Widmung

für Matthias und Johannes

Herstellung und Verlag:
BoD - Books on Demand, Norderstedt
ISBN 978-3-7347-6442-4

Endlich vorbei, dachte sich Klara, als sie morgens von den ersten zarten Sonnenstrahlen der Wintersonne sanft aus dem Schlaf geholt wurde. Es war sehr ruhig um sie herum, alles schien noch tief zu schlafen. Es war ein typischer erster Morgen im neuen Jahr. Alles fühlte sich so unschuldig und sauber an. Wie jedes Jahr eröffnete der 1. Jänner eine Möglichkeit das vor wenigen Stunden frisch geborene Jahr neu zu erleben. Dinge in die Hand zu nehmen, welche man im alten Jahr nur angesehen hatte. Oder gar nicht an sie gedacht hatte. Für viele Menschen hat ein vielversprechendes neues Jahr begonnen. Jedoch nicht für alle. Für Klara hatte sich nichts geändert. Ihre bernsteinbraunen Augen starrten auf die Zimmerdecke und waren wie die letzten beiden Jahre endlos traurig. Der Schmerz über Richards und Ninas Verlust saß tief fest und verankert in ihrem Inneren fest. Dieser schreckliche Unfall hätte nie passieren dürfen.
Wie an jedem vorangegangenen Morgen in den letzten beiden Jahren spürte sie auch heute nach dem Aufwachen diese schreckliche Antriebslosigkeit und endlose Erschöpfung. Sie brachte nicht die Kraft auf, auf die Uhr zu sehen, um zu erfahren wie spät es war. Vermutlich war es sowieso noch sehr früh. Klara schlief nie lange. Sie war froh, wenn die Nächte vorüber waren. In ihren Träumen fröstelte sie, wenn Nina nach ihr rief. Oft holten sie in ihren Träumen die vielen glücklichen Augenblicke, die sie mit ihrer

Tochter erleben durfte ein. Ninas Lachen bescherten ihr glückliche Momente in ihren düsteren Träumen. Auch die Erinnerung an ihren zehnten Geburtstag, den sie wenige Wochen vor ihrem Tod feierte, linderte Klaras Schmerz nur für einen kurzen Augenblick. Ninas grenzenlos glückliche Augen, als sie vor ihrem heißersehnten eigenen Pferd stand.

Richards Umarmungen, die in ihrer Ehe selten geworden waren, nahmen in diesen Träumen einen wichtigen Stellenwert ein. Oft riss sie die Sehnsucht nach ihrem früheren Leben aus dem ohnehin sehr leichten Schlaf. Tränen überströmt lag sie dann stundenlang wach. Wenn sich Klara abends niederlegte war sie am nächsten Morgen froh die Nacht überstanden zu haben. Wenn sie morgens aufwachte, fürchtete sie sich vor dem endlosen Tag. Nur im Krankenhaus konnte sie ihre Gedanken an ihre Tochter und ihrem Ex-Mann zur Seite schieben und sich voll und ganz ihren Patienten widmen. Auch an diesem ersten sonnigen Morgen im neuen Jahr hatte sich für Klara nichts geändert. Ihr Leben verlief wie der Film „Täglich grüßt das Murmeltier".

Endlich hatte sie die Weihnachtszeit, vor der sie sich so gefürchtet hatte, hinter sich gelassen. Sie hatte es vermieden in den prachtvoll geschmückten ersten Wiener Bezirk zu fahren. Die vorweihnachtliche Beleuchtung, welche sich durch die Kärntner Straße über den Wiener Graben bis in die zahlreichen Nebengassen streckt und mit der weihnachtlichen Schaufensterdekoration der Geschäfte um die Wette protzt. All dieser Glanz und die überfüllten Geschäfte hätten sie nur angewidert und noch

trauriger gemacht. Nina liebte die vielen Lichter auf den Straßen. Der Bratapfel, die heißen Maroni und die Fahrt mit dem Kinderzug durch den Wiener Christkindlmarkt am Rathausplatz waren für ihre Tochter die Krönung des Besuches.
Als sich dieses Jahr der 24. Dezember genähert hatte, hatte Klara der Mut, den Abend alleine vor dem Fernsehen zu Hause zu verbringen, verlassen und sie hatte sich im Spital zum Dienst einteilen lassen. Nach der Scheidung von Richard vor eineinhalb Jahren hatte Klara wieder begonnen, als Ärztin zu arbeiten. Auf der Onkologie war es ruhig gewesen. Außer einem geschmückten Christbaum erinnerte nichts an den großen christlichen Feiertag. Und so war auch dieser Abend zu Ende gegangen.
Frau Smetana, die Vermieterin, konnte nicht mit ansehen, wie ihre liebgewonnene Mieterin dahin vegetiert. Zwei Tage vor dem Jahreswechsel war sie vor Klaras Tür gestanden und hatte ihr, fest entschlossen eine Absage nicht zu dulden, eine Einladung zu einer kleinen Silvesterparty in ihrer Wohnung im Erdgeschoß entgegen gehalten. Zögernd hatte Klara sie eingewilligt. Deutlich hatte sie die Entschlossenheit ihrer Vermieterin gespürt, nicht eher zu gehen bevor sie eine klare Zusage bekommen hätte.
Obwohl Klara nur einen Stock tiefer gehen musste, war sie als Letzte zur Frau Smetanas Party gekommen. Sie schätzte ihre Vermieterin und sie fühlte sich endlos wohl in der alten herrlichen Jahrhundertvilla, in der sie das Obergeschoss vor einem Jahr in Untermiete bezogen hatte.

Die Schuberts waren bereits da. Ein Ehepaar, welches nur wenige Häuser von den Smetanas entfernt wohnte. Die beiden Familien waren seit Jahrzehnten befreundet. Dann war noch Luisa gekommen. Die älteste Freundin ihrer Vermieterin. Die beiden Damen hatten gemeinsam die Schulbank gedrückt und waren mit ihren Familien vor dem drohenden Kommunismus aus der ehemaligen Tschechoslowakei geflüchtet. Luisa, die Tochter einer aristokratischen Familie, und Frau Smetana, Tochter eines Großgrundbesitzers, hatten keine rosige Zukunft in der damaligen CSSR. Die beiden Familien hatten ihre neue Heimat über Umwege in Österreich gefunden. Und dann war hier noch der Herr Hofrat, der bereits als junger Mann verwitwet war, es aber nie wieder für nötig gehalten hatte, sich nochmals durch eine Ehe an eine Frau zu binden. Nach dem Tod seiner Frau hatte er sehr viele Frauen kennen und lieben gelernt. Seine Freiheit wollte er nie wieder für das Unternehmen Ehe aufgeben. Der Herr Hofrat und Hugo Smetana, der vor zehn Jahren verstorbene Mann der Vermieterin, waren Vorstände in einem international tätigen Unternehmen. Durch die gemeinsame Jagdpassion der beiden Herren entstand eine tiefe Freundschaft.

Wie so oft in den letzten Monaten zuvor hatte Klara auch gestern Abend beim Silvesterdinner beobachtet wie selbstverständlich der Herr Hofrat mit Frau Smetana geflirtet hatte. Für jedermann sichtbar hatte er sich um ihr Wohlergehen gekümmert. Anna Smetana hatte seine Aufmerksamkeit genossen und seinem charmanten Benehmen keine Einwände entgegengebracht. Nach dem köstlichen Mahl hatten sich Herr Schubert und der Hofrat einen Marillenschnaps gegönnt. Sie waren noch eine Zeitlang beim Esstisch sitzen geblieben und hatten sich über die aktuellen politischen Ereignisse unterhalten. Die Damen waren indessen beim offenen Kamin auf einer gemütlichen Couch gesessen und hatten sich heiteren Gesprächen gewidmet. Teilnahmslos hatte Klara das Geschehen in der eleganten Wohnung ihrer Vermieterin beobachtet und ins offene Feuer gestarrt. Zwischendurch war sie immer wieder, ihren schweren Gedanken nachgehangen und in eine andere Welt eingetaucht. Ab und zu hatte sie mit ihrem Kopf zustimmend genickt, um das Gefühl ihrer Teilnahme an den Gesprächen zu vermitteln. Sie kannte die Anwesenden hier alle schon seit einigen Monaten und mochte sie sehr gerne. Gestern Abend aber wäre sie am liebsten davon gelaufen. Nur ihrer Vermieterin zuliebe war sie bis Mitternacht geblieben. Eigentlich hätte sie den Abend am liebsten zuhause im Pyjama mit einer Tasse Tee und einem guten Buch verbracht. Um Mitternacht hätte sie, wenn sie nicht längst eingeschlafen wäre, aus dem Fenster geschaut und sich freundlos das Feuerwerk angesehen. Klara vermisste ihre Tochter sehr. Sie hatte das Gefühl, je länger dieser schrecklicher Unfall und die plötzliche Scheidung von Richard zurücklag, umso unerträglicher wurde der Schmerz. Endlich war der ersehnte Augenblick gekommen und alle hatten mit einem Glas Moët & Chandon aus dem Hause Dom Perignon angestoßen. Schließlich hatte sich Klara

kurz nach Mitternacht höflich von der Gesellschaft verabschiedetet und war nach oben in ihre Wohnung gegangen.
Im Bett war sie noch lange wach gelegen. Wieder einmal wurde sie von ihrer Trauer und ihrem Schmerz in den gefürchteten Schlaf begleitet.
Klara blieb noch eine Weile ruhig in ihrem Bett liegen. Sie mochte es, wenn es im Schlafzimmer nach frisch gewaschener Bettwäsche duftete. Ihre müden Augen beobachteten im Rhythmus ihres tiefen Atems das Heben und Senken der seidigen Bettdecke. Dabei zählte sie die Sekunden. Die Zeit schien still zu stehen. Es erschien ihr wie eine Ewigkeit bis sie eine Minute gezählt hatte. Sie fragte sich welche Bedeutung Zeit eigentlich hatte? Verliebte und glückliche Menschen würden die Zeit am liebsten anhalten. Unglücklichen Menschen dagegen scheint die Zeit nicht schnell genug zu vergehen. Bestimmt die Zeit den Zustand in dem wir uns befinden? Oder ist es der Umstand, der unsere Zeit bestimmt? fragte sich Klara.
„Zeit heilt alle Wunden" oder „Kommt Zeit kommt Rat", sind dies wirklich Sprichwörter, die aus der Erfahrung unserer Vorfahren stammen? Klara fand keine Antworten auf ihre philosophischen Gedanken.
So nahm sie schließlich ihre ganze Kraft zusammen und stand auf, um sich eine starke Tasse Kaffee zu machen. Sie blickte aus dem Küchenfenster in den Garten hinaus. Bis jetzt war noch kein Schnee gefallen. Obwohl es für diese Jahreszeit ungewöhnlich mild war, schien die Natur weiterhin im Winterschlaf zu verharren. Die Bäume waren kahl, nur ein Raabe saß einsam in

der Baumkrone. Das Moos beanspruchte zu dieser Jahreszeit den größeren Bodenanteil im Garten für sich. Die schwachen Sonnenstrahlen bahnten sich tapfer ihren Weg auf die Erde durch den Garten. Man konnte meinen der Frühling stand vor der Tür, dachte sich Klara, als sie das Schauspiel durch das verschlossene Fenster beobachtete. Für den restlichen Tag blieb sie in ihrem Flanellpyjama und beantwortete die ungelesenen E-mails, die sie über die Feiertage erhalten hatte. Die Zeit verflog und als Klara an diesem Tag bereits zum zweiten Mal auf die Uhr sah, musste sie feststellen, dass es bereits 11 Uhr Vormittag war. Sie war noch von dem üppigen Abendmahl satt. Also machte sie es sich in ihrem großen Sofa bequem, deckte sich mit einer Kuscheldecke zu, welche in den Wintermonaten lose über das Wohnzimmersofa hing, und drehte ihr Radio auf, um das Neujahrskonzert nicht zu verpassen. Gerade hatten die Wiener Philharmoniker mit dem traditionellen Walzer begonnen. Sie schloss ihre Augen und gab sich der Musik. Bis ihre Gedanken wieder hin und her zu springen begannen. Immer wieder besinnte sich Klara darauf, sich der wunderbaren Musik zu widmen aber so recht konnte sie sich nicht darauf einlassen. Sie war es mittlerweile gewohnt, sich außerhalb ihrer Arbeit auf wenige Dinge konzentrieren zu können.

Auf einmal wurde Klara bewusst, dass der Umzug von der Herrengasse in die Sollingergasse bald ein Jahr her sein wird. Sie erinnerte sich heute noch an den Tag, als ihre Mutter Elena ihrer Tür gestanden war. Das war ungefähr vor einem

Jahr. Vermutlich war es das erste Mal, dass sich Elena ernsthafte Sorgen um Klara gemacht hatte. Nur um in der Nähe ihrer Tochter zu sein, verzichtete sie damals bei ihrem Wien Aufenthalt auf die Luxussuite im Hotel Imperial, wo sie sonst abzusteigen pflegte.

Als Elena bei ihrem Besuch in Klaras Wohnung feststellen musste, dass ihre Tochter offensichtlich bereits vor Jahren aus dem Schlafzimmer, in das Gästezimmer gezogen war, wurde ihr bewusst, wie wenig sie über ihre einzige Tochter und deren Ehe wusste. Wann auch immer sie sich gesehen hatten, hatte sich Richard als liebevoller Ehemann und Klara als eine glückliche Ehefrau ausgegeben.

„Du wirst im Schlafzimmer übernachten Elena". Mit diesen Worten hatte Klara damals ihre Mutter in ihre großzügige Wohnung gebeten und sich unmittelbar danach gleich wieder ins Bett gelegt, wo sie den quälenden Tag am besten hinter sich bringen konnte. Schon als Kind nannte Klara ihre Mutter „Elena". Elena hatte immer großen Wert darauf gelegt, in Gesellschaft von ihrer Tochter mit ihrem Vornamen angesprochen zu werden. Klara behielt diese Gewohnheit als erwachsene Frau bei. Es erschien ihr glaubwürdiger, denn Elena war für ihre Tochter nie die liebende, aufopfernde Mutter gewesen. Elena stellte ihre eigenen Bedürfnisse – und das waren viele – immer über die ihrer Tochter. So wusste Klara bereits als kleines Mädchen woran sie bei ihrer Mutter war. Mit zunehmendem Alter war Elena für Klara immer berechenbarer. Das war immer schon so, bis zu dem Tag, an dem Elena das erste Mal bei ihrer Tochter übernachtet hatte.

Wortlos und beschämt hatte Elena das ihr damals zugewiesene Schlafzimmer bezogen. Sie hatte sich sehr gewundert, als sie vor einem Schrank gestanden war, der noch immer voll von Richards Anzügen war. Elena hatte beim Einpacken in New York auf ihre luxuriöse Garderobe verzichtet und war nur mit einem kleinem Koffer, gefüllt mit zwei Paar Hosen und wenigen Pullis, gekommen. Diese verstaute sie in einer leeren Lade im Schlafzimmer. Klara war in der Zwischenzeit in ihrem Bett eingeschlafen und Elena schlich in der eleganten Wohnung ihrer Tochter wie ein Dieb herum. Leise, um Klara nicht unnötig aufzuregen, hatte sie damals Ninas Kinderzimmer betreten. Das sonnengelbe Zimmer, war so gewesen, als hätte ihre Enkelin es erst morgens verlassen und würde am Nachmittag nach der Schule wieder kommen.

Erst damals hatte Elena das Ausmaß der Tragödie um ihre Tochter begriffen. Sie war wild entschlossen, ihrer Klara zu helfen. Sie wusste, dass sie in Bezug auf sie vieles falsch gemacht hatte und vielleicht hatte sie einmal in ihrem Leben etwas richtig machen wollen. Sie hatte ihren dritten Ehemann Simon in New York angerufen, um ihm mitzuteilen, dass ihr Aufenthalt in Wien etwas länger als ursprünglich angenommen dauern werde. Elena war am Telefon so aufgeregt gewesen, dass sich Simon große Sorgen um seine Stieftochter gemacht hatte. Er hatte das nächste Flugzeug nach Wien genommen und war für drei Tage nachgekommen. Elena erschien es damals logisch, Klara zu einem Umzug nach New York zu bewegen. „Schätzchen, du wirst neue Leute kennenlernen. Simon hat einen beachtlichen und mächtigen Freundeskreis in New York. Bestimmt ist auch ein netter Mann in deinem Alter dabei". Waren damals die Worte ihrer Mutter.

Noch immer lag Klara auf ihrem Sofa und bemerkte gerade, dass das Neujahrkonzert bereits zu Ende war.

Elenas Worte klangen noch immer klar und deutlich in ihren Ohren. „Sieh den Umzug als eine Möglichkeit neu anzufangen. Lasse deine Vergangenheit hinter dir und fange an, nach vorne zu sehen. Du bist eine junge, eine überaus attraktive und gebildete Frau, Klara. Nina bekommst du so nicht zurück und Richard ist aus deinem Leben verschwunden und hat sich soweit ich weiß seit eurer Scheidung nicht mehr bei dir gemeldet", hatte damals Elena ihre Tochter angefleht, mit ihr nach New York zu ziehen. Bald hatte sie aber feststellen müssen, dass es vergebene Mühe war. Denn Klara würde auf keinen Fall Wien und somit die Nähe zu ihrer Tochter aufgeben. Auch Simon hatte es anfänglich für eine gute Idee gehalten, Klara nach New York zu holen, aber ihm wurde sehr schnell klar, dass dieses Unterfangen zwecklos war. Zumindest war es den beiden gelungen, Klara zu überzeugen, die Wohnung zu verkaufen. Zu schmerzlich war die Erinnerung an ihr früheres Leben in der Herrengasse. Nach stundenlangen Gesprächen hatte Klara schließlich eingewilligt, sich nach einer anderen Bleibe umzusehen. Sie hatte ihrer Mutter recht gegeben, dass es an der Zeit war, ihr Leben wieder in den Griff zu bekommen. Und ein Umzug innerhalb Wiens war ihr eine bessere Lösung erschienen, als eine

Flucht nach Amerika. Klara hatte genau gewusst, dass ihre Mutter in allen Punkten Recht gehabt hatte. Allerdings hatte es ihr bis zum damaligen Zeitpunkt an Kraft gefehlt, diesen großen Schritt zu setzen. Simon war damals nach drei Tagen wieder zurück nach New York gereist und Elena war bis zum Umzug bei ihrer Tochter in Wien geblieben. Klara war es wie eine Ewigkeit vorgekommen. Elena hatte mit ihrer Anwesenheit einen Druck auf ihre Tochter ausgeübt, welchem Klara nicht standhalten konnte. So hatte sie es damals ihrer Mutter überlassen, ihr Leben zu verändern. Dadurch hatte Klara etwas Raum alleine zu sein gewonnen. Klara hatte gewusst, wie wichtig es war, dass Elena da war, um ihr zu helfen. Letztendlich hatte sie den Besuch ihrer Mutter auch größtenteils genossen.

Elena hatte ihrer Tochter ein Treffen mit Frau Smetana ermöglicht, welche über eine Wohnung in einer verträumten, alten Jahrhundertwende-Villa im Herzen von Wien verfügte. Elenas Vater war mit Anna Smetanas verstorbenem Mann bekannt gewesen. Elena wusste, dass die alte Dame gerne jemanden bei sich aufnehmen würde.

Klaras neue Vermieterin, Frau Smetana, war eine achtundsiebzigjährige Dame, welche sich über Klaras Anwesenheit sehr freute. Anna Smetana hatte sich in ihrem großen Haus, welches über zwei getrennte Wohnungen und einer kleinen Dachwohnung verfügte, schon lange ziemlich einsam gefühlt. Zu Lebzeiten ihres Mannes wollte ihre Tochter in den oberen Stock ziehen. Doch das Leben verschlug sie nach Paris, wo sie mittlerweile eine bekannte Malerin war. Eine

Rückkehr nach Wien war nicht in Sicht. Klara hatte sich damals sofort in die geräumige Wohnung mit dem herrlichen Blick über Wien verliebt. Der wild verwachsene Garten, in dem überall verstreut größere und kleinere Terrakotta-Töpfe standen, die über den Winter nicht weggeräumt wurden und sehnsüchtig auf den nächsten Frühling warteten, um mit neuen prächtigen Blumen bepflanzt zu werden. Ein Händedruck, ein schnell aufgesetzter Mietvertrag und schon konnte Klara in die selten schöne Wohnung einziehen. Die alten großen Doppelfenster sowie den herrlichen Fischgrätenparkett-Boden hatte sie neu streichen und schleifen lassen. Dann hatte sie die Wände in zarten Pastellfarben ausmalen lassen. Als sie nach der Renovierung durch die Räume gegangen war, hatte sie das Flair von damals, vermischt mit der Welt von heute, gespürt. In der Wohnung hatte es noch nach Farbe und frisch geöltem Holz gerochen, als Klara eingezogen war. Sie hatte noch keine Kleiderkasten, ihre Sachen waren in Kisten eingepackt, aber das hatte sie nicht weiter gestört. Nur die wenigen, von ihrem Großvater geerbten Möbelstücke, sowie das eine Bild, auf welchem man Frauen bei der Feldarbeit sehen konnte, hatte Klara in die neue Wohnung mitgenommen. Das Porzellanservice sowie viele andere wertvolle Gegenstände, welche Klara und Richard zur Hochzeit bekommen hatten, hatte Elena eingepackt und ins Dorotheum gebracht. In diesen Wochen war alles nach Elenas Wunsch gegangen. Klara war mit allem, was ihre Mutter vorgeschlagen hatte, einverstanden gewesen.

Hauptsache sie hatte mit ihr nie wieder über einen lächerlichen Umzug nach Amerika sprechen müssen. Die beiden hatten aber auch ihre gemeinsame Zeit genutzt und viele Gespräche geführt. Elena hatte ihrer Tochter über ihre Ehe mit Simon erzählt, wie glücklich sie mit ihm war. Und über die schwere Entscheidung, ihrem Mann nach Amerika zu folgen. Darüber, all die Menschen, die sie in ihrem Leben begleitet hatten, in Wien zurück zu lassen und der Liebe wegen in die Ferne zu ziehen. Und sie hatte auch zum ersten Mal über die schwere Zeit, als Klaras Vater von heute auf morgen verschwunden war, gesprochen. Auf einmal hatte Klara erkannt, wie zerbrechlich und leicht verletzbar Elena war. Plötzlich hatte sie ihre Mutter in einem in einem völlig anderen Licht gesehen. Sie hatte erkannt, wie unsicher Elena war. Die Abende waren mit Zuhören und Verzeihen gefüllt. In dieser Zeit hatten sowohl Mutter als auch Tochter reichlich Tränen vergossen. Nebenbei hatte Elena aber ihre Zeit ordentlich genützt und sehr gründlich gearbeitet. Sie hatte alles aus Klaras Leben, was sie nur ansatzweise an Nina oder Richard erinnern hätte können, verbannt. Sogar neue Handtücher hatte sie für ihre Tochter besorgt. Klara hatte lediglich ihre Bücher eingepackt, für welche sie aus Ziegeln und lackierten Latten aus Nussholz ein Bücherregal in ihrer neuen Wohnung zusammengestellt hatte. Sie liebte Bücher, in denen konnte sie sich restlos verlieren und für kurze Zeit die Vergangenheit loslassen. Am liebsten las sie historische Romane und Biografien über die frühere Prominenz. Sie liebte Maler wie Rudolf von Alt, Klimt, Kokoschka,

Mahler und die vielen verschiedenen Epochen. Aber das neunzehnte Jahrhundert hatte es ihr besonders angetan. Biografien und viele andere Bücher fand Klara zu Genüge auch bei Frau Smetana in deren großer exklusiver Bibliothek. In ihrer Wohnung im Erdgeschoß war Klara immer willkommen und konnte sich jederzeit Bücher ausborgen. Von Zeit zu Zeit brachte Klara, eine köstliche Torte oder verführerische Cremeschnitten und Teekeksen von Demel mit. Dann verbrachten die beiden Frauen Stunden bei Tee und Kuchen und erzählten sich über die Liebe und das Leben. Meistens ergriff Frau Smetana das Wort. Gerne wälzte sie ihre Erinnerungen aus der Vergangenheit. Das geistreiche und abwechslungsreiche Leben der Vermieterin stieß bei Klara immer auf Begeisterung. Frau Smetana war froh, einen dankbaren Zuhörer gefunden zu haben. Die belesene Dame wählte ihre Worte mit Leichtigkeit aus. Manchmal schloss Klara ihre Augen und lauschte ihrer Vermieterin. Dabei stellte sie sich vor, wie es wohl damals gewesen war, als Anna Smetana ein junges Mädchen war. Über unzählige Tassen Tee saßen sie da, in dem herrlich großen Wohnsalon, in welchem sich zum Großteil alte wertvolle Möbel und Gemälde befanden. Links beim Fenster stand eine alte Vitrine, vermutlich aus der Barockzeit. Darin waren sorgfältig unzählige Porzellan- und Bronzestatuen aufbewahrt. Vermutlich befanden sich manche Gegenstände bereits seit Generationen im Eigentum der Familie. Ganz besonders hatte es Klara das große Bild über dem Sofa angetan. Es zeigte eine alte Frau, mit einem vollen Korb mit Holz am Rücken schleppend, während sie einen beschwerlichen Waldweg neben einem großen See nach Hause ging. Gerne verlor sich Klara in ihren Gedanken beim Anblick der zahlreichen Gemälde von Frau Smetana. Und so saßen die beiden Frauen hier in einer herrlichen Jahrhundertvilla, welche eine gewaltige Nostalgie an frühere Zeiten versprühte. Die Freundschaft zwischen den beiden, sehr unterschiedlichen Frauen, wuchs mit jedem Tag. Eines Tages hatte Klara ihrer Vermieterin von ihrer Tochter Nina erzählt. Ihre Ehe hatte sie nur am Rande erwähnt. Frau Smetana hatte aufmerksam zugehört und sich jede unnötige Frage verkniffen. Allzu gut wusste sie, wie leicht und schmerzvoll es war, heilende Wunden wieder aufzureißen. Noch nie zuvor hatte Klara mit jemandem über Nina oder Richard gesprochen. Bei Anna Smetana hatte sie eine große Ausnahme gemacht. Es war ein Zeichen für eine tiefe Verbundenheit mit ihrer Vermieterin. Sofort verstand Anna Smetana, warum die bildhübsche junge Frau mit den großen, endlos traurigen Augen ganze Tage im Krankenhaus verbrachte. Oder sich zuhause vor der Außenwelt versteckte und hinter ihren Büchern verkroch. Mit der Zeit hatte Klara gelernt, mit ihrem Schmerz und ihrer Trauer umzugehen. Ordentlich hatte sie die beiden verpackt und tief in ihrem Inneren verschlossen. Für die Außenwelt waren sie kaum merkbar. Im Krankenhaus wusste niemand über ihre Vergangenheit Bescheid. Und sie war froh darüber. Niemand sonst, außer Menschen, die dieses Ausmaß an Leid am eigenen Leib erfahren mussten konnten aufrichtig nachvollziehen was es für eine Mutter bedeuten musste, ihr kleines Kind zu begraben. Nur wenn sie alleine war packte sie ihre Trauer sorgfältig aus und ließ es zu, von ihr in all ihrer Grausamkeit vereinnahmt zu werden. Auch der Umzug in die Sollingergasse konnte diese Selbstzerstörung nicht verhindern.

Nun saß Klara an diesem ersten milden Morgen im neuen Jahr auf ihrem großen Sofa und musste feststellen, dass das letzte Jahr dennoch einige gute Veränderungen mit sich gebracht hatte. Ihrem labilen Zustand entsprechend wuchs auf einmal eine unbändige Zuversicht, irgendwann Frieden mit ihrem Schicksal zu schließen. Unwillkürlich musste sie schmunzeln. Es wurde ihr bewusst, was sie mit Elenas Hilfe letztendlich in den letzten Monaten geschafft hatte. Plötzlich war ihr klar, wie gut ihr der Umzug in die Sollingergasse getan hatte. Trotz ihrer tiefen Trauer konnte Klara ihren Alltag nun besser ertragen. Während sie noch immer in ihrem Flanellpyjama auf ihrem Sofa saß und ihren Gedanken nachhing, hörte sie plötzlich unten im Parterre Frau Smetana, wie sie freudig einen offensichtlich jüngeren Mann begrüßte. Klara versuchte, die fremde Stimme einem bekannten Gesicht zuzuordnen, aber es fiel ihr niemand dazu ein. Schließlich wurde es nach einem dumpfen Knall der Tür wieder ruhig im Stiegenhaus. Klara dachte noch eine Weile nach, wer der Fremde sein könnte, denn ihre Vermieterin hatte den ganzen gestrigen Abend nichts von einem Gast erwähnt. Nachdem sie ohnehin wusste, dass Frau Smetana ihr beim nächsten Treffen über den Besucher erzählten würde, schob sie das Grübeln für den Moment zur Seite und nahm eine ausgiebige Dusche.

-2-

Über die Feiertage war es im Spital sehr ruhig gewesen. Einige der Patienten wurden von ihren Angehörigen über die Festtage nach Hause geholt. Und die wenigen, die da geblieben waren, hatten die vollste Aufmerksamkeit des Pflegepersonals genossen. Auch die diensthabenden Ärzte hatten sich in dieser besinnlichen, ruhigen Jahreszeit öfter bei den Patienten blicken lassen, als nur bei den routinemäßigen Morgen- und Abendvisiten. Es war im ganzen Haus spürbar, dass auf den Stationen weniger los war. Die Ambulanz im Parterre war über die Feiertage geschlossen. Die Hektik war auf einen Schlag weggefallen. In der ersten Jännerwoche kehrte aber auf den Bettenstationen der Alltag zurück. So wurde auch Fiedler wieder aufgenommen. Er sollte sich in den nächsten Tagen einer weiteren Operation unterziehen. Es war seine fünfte. Dieses Mal hatten allerdings die Ärzte alle Hände voll zu tun gehabt, ihn von einem erneuten Eingriff zu überzeugen. „Über die Feiertage habe ich mir nochmals überlegt, ob die Operation überhaupt noch sinnvoll sei?", begrüßte Fiedler leise Dr. Neumann, als der Arzt das frisch bezogene Zimmer des Patienten betrat. „Man darf nie im Leben aufgeben. Aber wem sage ich es. Sie sind ein Kämpfer. Nur Sie wissen, was sie nach so einem schweren Eingriff erwartet. Gerne würde ich Ihnen sagen, dass Sie mich zum letzten Mal in Ihrem Leben sehen. Und Ihnen bei der

Entlassung ein schönes Leben wünschen. Das kann ich aber nicht. So ein Eingriff ist immer ein Risiko. Aber ich kann Ihnen versprechen, dass wir unser Bestes geben werden. Ich kann Ihnen versprechen, dass Prof. Grundl sein erfahrenes Team für Sie bereitgestellt hat. Und so bleibt es alleine Ihre Entscheidung, sich dem Ganzen neuerlich zu unterziehen. Entscheiden Sie sich gegen die Operation, dann kann ich Ihnen nicht versprechen, ob Sie diesen Sommer erleben. Entscheiden Sie sich allerdings für die Operation, so verschiebt sich Ihre Reise in die Ewigkeit vielleicht in die Ferne. Wir wissen nicht, was uns erwartet, wenn wir Sie operieren. Niemand von uns ist hier auf ewig. Aber wenn es eine Chance gibt, länger zu leben, warum denn diese nicht nutzen? Früher oder später werden wir so und so alle geholt. Der Tod hat noch nie jemanden von uns hier vergessen. Aber einfach muss man es ihm nicht machen." Neumann drückte Fiedler die Hand und schaute ihn lange und stumm an. In den tief liegenden stahlblauen Augen seines liebgewonnen Patienten erkannte er Angst. Für einen Augenblick befürchtete er, Fiedler könnte kneifen und es diesmal sein lassen. Es hätte ihn nicht gewundert. Der Mann war Mitte vierzig und stand in der Blüte seines Lebens. Vor einigen Jahren war der Krebs bei ihm ausgebrochen. Fiedler hatte bereits einige Operationen und Chemotherapien hinter sich gebracht. Immer wenn er etwas Hoffnung hegte, den Krebs wirklich besiegt zu haben, brach das Virus woanders aus. Neumann hasste es, Gespräche dieser Art mit den Patienten führen zu müssen. Aber auf der Onkologie gehörte es nun mal zu seinem Alltag. Von Beginn an seiner Arztkarriere baute er eine gesunde Schutzmauer um sich herum. Trotzdem konnte er sich an den Gedanken, Patienten zu verlieren, nie gewöhnen. Schweigend verließ er schließlich Fiedlers Zimmer. Eine merkwürdige Stille breitete sich nun in diesem schlicht eingerichteten Erste-Klasse Einzelzimmer aus. Die Ruhe bereitete Fiedler Unbehagen. Nur den eigenen schneller werdenden Herzschlag konnte er hören. Seine Lippen fühlten sich trocken an. Panik stieg in ihm auf, dabei würgte er hektisch seinen Speichel hinunter. Sein Atem wurde immer schwerer. Zwar war er es gewohnt, von den Ärzten die grausame Wahrheit über seinen Gesundheitszustand zu erfahren. Es war ihm auch immer ein wichtiges Anliegen, dass man immer ehrlich zu war. Nur diesmal verlief das Gespräch etwas anders. Er spürte, wie ihn der Mut und die Kraft verließen. Er erinnerte sich an seine Kindheit zurück, als ihn seine Mutter getröstet hatte, wenn er Angst gehabt hatte. Oder ihn bei Entscheidungen unterstützt hatte. Immer hatte sie für ihn einen Rat gehabt. Immer hatte sie gewusst, was zu tun war, um seine Ängste und Probleme zu beseitigen oder zumindest für den Augenblick zur Seite zu schieben. Allzu gerne hätte er sie jetzt im Moment nach ihrer Meinung gefragt. Vermutlich hätte sie ihn zum weiteren Eingriff ermutigt. Sie war eine Kämpferin, das hatte er von ihr geerbt. Auch sie hatte gegen diese Krankheit gekämpft. Zum Schluss hatte sie aber verloren und ihren kleinen Sohn zum Halbwaisen gemacht. Nie wird Fiedler ihre letzten Worte, die sie zu ihm, ihrem kleinen neunjährigen Jungen, am Sterbebett gesagt hatte vergessen. „Mein Junge, trauere nicht zu lange um mich. Genieße dein Leben. Das Leben ist schön und lebenswert. Genieße jede Sekunde deines Lebens, es könnte schneller vorüber sein, als du dir im Moment vorstellen kannst". Es war merkwürdig - in den letzten Monaten erinnerte sich Fiedler immer öfter an seine Kindheit. Und es fielen ihm immer mehr kleine Details aus diesen Tagen ein. Es waren Details, die er glaubte längst vergessen zu haben. Es waren Gerüche, die er auf einmal zu riechen glaubte, welche ihn an bestimmte Situationen erinnerten. Es war die Art, wie eine bestimmte Luftbrise durch Wien gezogen war. Es waren Momente, die Fiedler am liebsten für immer festgehalten hätte. Die sich aber, so schnell sie auch da waren, gleich wieder in Luft aufgelöst hatten. Fiedler war für jedes Glücksgefühl und auch nur die kleinste Erinnerung an seine Kindheit dankbar. Mit wachsender Demut nahm er jede kleine Freude in seinem Leben auf. Trotz des frühen tragischen Verlustes seiner Mutter erschien ihm die Kindheit als die beste Zeit seines Lebens. Es stimmte wohl, dass das Leben die traurigen Erlebnisse vergessen ließ, dafür die glücklichen Momente für die Ewigkeit ins Gedächtnis eingravierte. Es lag ihm fern zu weinen, doch auch mit dieser neuen Eigenschaft hatte Fiedler gelernt zu leben. Gerade eben bemerkte er, dass eine Träne über seine Wange auf das Kopfkisten rollte. Er drehte sich in seinem Bett um und starrte in den grauen Himmel durch das geschlossene Fenster hinaus. Fiedler hatte Angst. Die bevorstehende Operation machte ihm keine Sorgen, auch an die zusätzlichen Schmerzen dachte er nicht. Mit ihnen hatte er allmählich gelernt umzugehen. Sie hatten sich in den letzten Jahren als treue Wegbegleiter erwiesen. Fiedler hatte zum ersten Mal vor dem allmächtigen Tod Angst. In den Jahren seiner Erkrankung, schöpfte er Kraft aus seinem unbändigen Lebenswillen und der starken Hoffnung, ein gesundes Leben zu führen. Diesmal konnte er seinen Lebenswillen nicht mehr gegen den Krebs mobilisieren. Der jahrelange Kampf hatte seine Spuren hinterlassen. Fiedler fehlte nicht nur die Kraft, auch der Glaube an eine endgültige Heilung verließ ihn bereits zeitweise. Vor fünf Jahren - es waren etliche Monate nachdem die Ärzte Fiedler versichert hatten, er hätte den Krebs besiegt - war diese Krankheit an einer anderen Stelle in seinem Körper ausgebrochen. Wieder wurde Fiedler operiert und wieder hörte er zum Abschied die gleichen Worte „Sie haben es geschafft. Sie sind ihn los. Jetzt wollen wir Sie hier aber nicht mehr so schnell sehen!" Dabei hatte ihm Oberarzt Grundl auf die Schulter geklopft. Es hatte sich eine Art Freundschaft zwischen Fiedler und den Ärzten entwickelt. Exakt zwei Jahre später war er wieder gekommen. Diesmal waren es die Lymphdrüsen, welche angegriffen wurden. Die Ärzte gaben ihm nur noch wenige Monate. Trotzdem unterzog sich Fiedler jeder möglichen Therapieform und hing an den Lippen und Taten der Ärzte. Fiedler suchte Wunderheiler in Asien auf. Der Glaube an eine mögliche Heilung gab ihm Kraft und hielt ihn am Leben. Manchmal fragte sich Klara, woher dieser Mann die Energie zum Lächeln schöpfte. Oft beobachtete sie ihn am Gang auf der Bettenstation, wenn er sich mit anderen Patienten unterhielt und sie in ihrem eigenen harten Kampf behutsam bestärkte. Fiedler war ein Kämpfer, diszipliniert und überlegt. Und er war der höflichste Mensch, den Klara je getroffen hatte. Es war außergewöhnlich, wie er mit seinem Schicksal umging. Während er weiterhin seinen Gedanken nachhing, betrat eine aus dem Süden Europas stammende Frau sein Zimmer. Sie wünschte ihm mit einem breiten Lächeln einen guten Morgen. Aus ihrem Mund glitzerte ein goldener Zahn, der von dem starken Damenbart ablenkte. Bei der Betonung auf Morgen legte sie unüberhörbar einen großen Wert auf den Buchstaben „r", der während des Aufwischens in Fiedlers Ohr nachklang. Schließlich verschwand die Frau in der Duschecke, wo sich das Plätschern des Wassers mit ihrem Summen Fiedler einer unbekannten Melodie vereinte. Dann fiel die Tür hinter ihr ins Schloss und es wurde wieder ruhig. Gerade dachte Fiedler über seinen eigenen Tod nach. „Wenn ich gerade eben gestorben wäre, hätte sie es nicht einmal bemerkt." Sein ganzes Leben, sofern man über ein ganzes Leben reden kann, wenn ein Mensch gerade die Vierzig erreicht hatte, hatte Fiedler alles getan, um möglichst erfolgreich in seinem Job zu sein. Sein Studium hatte er in einer respektablen Zeit hingelegt. Dann war es nur noch eine Frage der Zeit, bis er die Anwaltskanzlei seines Vaters übernehmen konnte. In seinem Leben hatte er viele wunderschöne Frauen kennengelernt, doch mit keiner wollte er im Hafen der Ehe ankern.

Bestimmt hatte er die Möglichkeit gehabt, mit Sandra eine Familie zu gründen. Aber als ihn Sandras Andeutungen sie zu heiraten und Kinder mit ihr zu bekommen erreicht hatte, und ihm überhaupt in den Sinn gekommen war, über eine Heirat mit Sandra nachzudenken, war dieser Zug bereits abgefahren. Eines Tages war sie aus seiner Wohnung ausgezogen. Für eine kurze Zeit hatte er versucht, sie zurückzuholen. Aber sein Bestreben war so halbherzig, dass seine Versuche ein baldiges Ende genommen hatten. Jetzt lag er wieder im Spital und kämpfte bereits das fünfte Jahr gegen eine Krankheit, die offensichtlich unwillkürlich und launisch da oder dort ausbricht. Über seine Zukunft machte sich Fiedler keine Gedanken mehr, er hatte keine Ahnung, wie lange die Zukunft für ihn noch dauern würde. Die Ärzte machten keine Prognosen mehr, er selbst schätzte die Sache kurz ein. Immer wieder, wenn er in seine Gedankenwelt versunken war, realisierte er, dass er gerne das Eine oder andere in seinem Leben anderes gemacht hätte. Niemand anders außer Georg Sandler besuchte ihn regelmäßig im Spital. Plötzlich merkte er, wie einsam er durch sein Leben gegangen war. Er hatte Geschäftspartner und im Laufe seines Lebens hatten sich viele einflussreiche Menschen um ihn herum versammelt. Alle hatten beruflich mit ihm zu tun gehabt. Sein einziger Freund war Georg. Mit ihm hatte er vor mehr als zwanzig Jahren maturiert. Mit ihm hatte er vieles erlebt und auf ihn konnte er sich verlassen. Er war vermutlich der einzige Mensch, der wirklich nichts anderes außer seiner Freundschaft von Fiedler wollte. Er fragte sich, was er hinterlassen werde, wenn er eines Tages die Welt verlassen muss. „Hätte ich Kinder," dachte er sich, „könnte ich aus ihnen vielleicht gute Menschen machen, die unseren Lebensraum ehren und schätzen. Menschen, die mit ihrem Beitrag der Welt eine winzige Hoffnung auf ihr weiteres Bestehen geben. Hoffnung dass die Sonne uns noch möglichst lange das Tageslicht beschert und wir noch möglichst lange sauberes Wasser trinken dürfen. Ich habe nichts dergleichen zu Stande gebracht", grübelte Fiedler. „Ich hatte nicht den Mut, eigene Kinder zu zeugen. Nie werde ich ein Vater sein, der seinen Kindern Rede und Antwort steht, wenn sie in ihrer kindlichen Neugier Löcher in den Bauch fragen." Er hatte nur gearbeitet. Viele meine Mandaten hatten die Grenze des Gesetzes überschritten. Einige von ihnen waren Ehebrecher, kleinere Ganoven oder verdammt gute Lügner. Viele von ihnen hatten ihm unverschämt viel Geld angeboten, um sie vor dem Gesetz und dem Volk reinzuwaschen. In ihrem Größenwahn, ihrem Narzissmus und der unermesslichen Not anderer Menschen, hatten sie ihre Ignoranz des gesellschaftlichen Zusammenlebens trotz ihrer Lage beibehalten. Selten hatte es ehrliche Reue gegeben. Selten hatte es Einsicht gegeben. Heute kann Fiedler nicht mit hundertprozentiger Sicherheit sagen, dass alle so unschuldig waren, wie sie sich vor Gericht präsentierten. Fiedler schämte sich für die Menschen, die ihr Geld für den Kauf ihrer Macht missbrauchten. Aber es war Fiedlers Job. Geld hatte er gerne den Reichen für ihre kleineren und größeren Abenteuerreisen mit dem Gesetz abgenommen. Nun wälzte er sich im

Bett und hasste sein Leben. Seine Zeit schien ihm davon zu laufen. Dann erinnerte er sich auch auf die Fälle die er aus tiefstem Vertrauen und Überzeugung übernommen hatte. Es gab auch Aufträge, für die er kein Geld verlangt hatte. Erleichtert musste er schließlich feststellen, dass er auch vielen Menschen in Notsituationen geholfen hatte. Durchaus hatte er sich für moralische Werte eingesetzt. Dass er noch keine Zeit gehabt hatte, eine Familie zu gründen, störte ihn jetzt nicht mehr. Und er nahm sich vor, sich nach seiner Operation ernsthaft mit dem Thema auseinander zu setzen. Der alte Fiedler, der Kämpfer, war wieder zurück.

„Heute bin ich reifer und ruhiger, als ich es noch vor ein paar Jahren war." Seine Gedankengänge entsprachen seinem inneren Zustand, zu Tode betrübt bis Himmel hoch jauchzend. Fiedler entschied sich für den Eingriff, er beschloss aber gleichzeitig, dass es sein Letzter sein sollte. Unbedingt wollte er noch etwas in seinem Leben erreichen. Unbedingt wollte er sich auf etwas Neues einlassen. Es war nicht das Geld, das ihn lockte. Es war die Familie, die ihm fehlte. Es wurde ihm bewusst, dass er noch nicht bereit war, von dieser Welt zu scheiden. Sein alter Mut und seine Kraft kamen wieder. Einmal noch wollte Fiedler kämpfen. Sein Herz raste voller Hoffnung. Ein Kampfgeist nistete sich wieder in seinem Inneren ein. Ein breites Grinsen erhellte sein Gesicht. Er hatte die Hoffnung und den Glauben an das Leben wieder gefunden, hier war er wieder. Der Anwalt – Fiedler, mit all seiner Stärke und seiner Überzeugung. Nach diesem kleinen Pakt mit sich selbst, stellte er fest, dass es noch nicht an der Zeit war, diese Welt zu verlassen. Er fühlte, seine Aufgaben hier auf der Erde waren noch nicht alle erledigt. Voller Optimismus beugte er sich über das Formular für die Freigabe zu dem bevorstehenden Eingriff. Ohne ihn zu lesen unterschrieb er schwungvoll den Zettel, dessen Inhalt er ohnehin schon auswendig kannte. Dann läutete er nach einer Krankenschwester. Als diese wenige Minuten später zu ihm ins Zimmer kam, reichte er ihr das unterschriebene Stück Papier.

„Da, bitte nehmen Sie es und sperren es in einem Safe ein. Könnte sein, dass ich es mir wieder überlege", grinste der hoffnungsvolle und sich stark fühlende Fiedler.

„Ja, mach' ich. Professor Grundl wird sein Bestes geben. Aber das wissen Sie ja sowieso. Hi Hi Hi" quietschte, die zierliche aus Asien stammende Frau. Er fragte sich warum asiatische Frauen so hohe Piepse Stimmen haben. Die Antwort blieb er sich aber schuldig.

„Ja, ich weiß", murmelte er stattdessen und stand auf. „Kommen Sie, ich helfe Ihnen", piepste sie munter weiter. Mit schnellen Schritten war das für europäische Verhältnisse kleine und zarte Persönchen an sein Bett getreten und hielt ihm seinen Morgenmantel entgegen. „Dankeschön. Ich gehe in die Lobby um mir eine Tageszeitung zu holen." Eigentlich war es ihr egal gewesen, wohin er ging. Hauptsache er hatte die OP Freigabe unterschrieben. Es hatte sich auf der Station herumgesprochen, dass Fiedler nicht mehr über den Willen und die Kraft verfügte. Als Fiedler das Zimmer verließ, verschwand

gleichzeitig mit ihm auch das zarte Persönchen aus seinem Zimmer.
„Mein lieber Freund. Wie ich hörte können wir loslegen und Sie operieren?" Während Fiedler auf seinen Aufzug wartete und die Tür anstarrte, hörte er Grundls Stimme hinter ihm sprechen. „Ja, so ist es. Ich habe noch einiges zu tun, bevor ich diese gottverdammte Welt verlasse." „Ja, das gefällt mir." Lachte Prof. Grundl mit seiner tiefen Stimme. Und beide stiegen in den Fahrstuhl ein. Grundl stieg ein Stockwerk tiefer aus. „Am Nachmittag werde ich bei Ihnen vorbei schauen" brummte der Professor. Unten in der Spitalslobby war es ruhig. Fiedler steuerte auf die Bäckerei zu. Seit der Früh hatte er Gusto auf einen richtig starken Kaffee gehabt. Er bestellte sich einen doppelten Espresso und schnappte den „Standard", welcher am Nebentisch lag.

Endlich war der Winter in Österreich angekommen. So mild der Dezember auch gewesen war, so kalt wurde der Jänner. Der Schnee bedeckte die Alpenländer und weitete sich auf die Städte aus. Die Donauauen schliefen tief und fest unter einer dicken weißen Schneeschicht. Der Donauarm war tief zugefroren. Auf der unendlichen Eisfläche liefen viele Eltern mit ihren Sprösslingen Eis. Es bildeten sich Grüppchen, wo Jungs mit ihren Sporttaschen Tore gebildet hatten und Eishockey spielten. Auch viele Spaziergänger ließen es sich nicht nehmen, auf dem zugefrorenen Gewässer zu rutschen und zum anderen Ufer der Donau zu gelangen. Selbst junge Mütter mit ihren Kinderwägen wagten den außergewöhnlichen Spaziergang. Während gut einen Meter unter ihnen Welse und Karpfen durch das Donaureservat ihre Runden schwammen. Sie alle genossen das selten großartige Naturerlebnis eines einzigartigen Eisparadies mitten in der Hauptstadt.

Es waren jetzt vier Wochen seit dem Silvesterabend vergangen und seitdem hatte Klara ihre Vermieterin nicht gesehen. Im Spital war die Hölle los. Klara hatte kaum Zeit, die notwendigsten Lebensmittel für zu Hause einzukaufen. Ihre Nahrung nahm sie ausschließlich in der Spitalskantine ein. Das Essen war nicht übel, aber Klaras hohem Anspruch auf gesunde und ausgewogene Kost, wurde es nicht gerecht. Wenigstens etwas Warmes, dachte sie sich, als sie ihren Teller mit Kalbsnaturschnitzel anstarrte. An einem der seltenen Tage, die sie seit dem Jahreswechsel in Ruhe zu Hause verbringen konnte, wollte sie Frau Smetana einen Besuch abstatten. Zu Klaras Leidwesen steckte der Schlüssel an diesem Tag nicht in der Tür ihrer Vermieterin. Somit wusste Klara, dass sie nicht zu Hause war. Die junge Frau vermutete, Frau Smetana war mit Luise verreist. Vermutlich waren die beiden zu dieser Sternenfahrt nach Prag gefahren, dachte sie sich. Sie erinnerte sich, wie sich die beiden Damen darüber am Silvesterabend zum Leidwesen des Herrn Hofrats unterhalten hatten. Am Liebsten wäre er mit ihnen gemeinsam verreist, aber die Damen bestanden darauf, alleine zu fahren. Im Haus war es sehr ruhig. Ab und zu schien es Klara, als hätte sich seit Jahreswechsel jemand in der kleinen Dachwohnung eingenistet. Manchmal meinte sie, oben Schritte zu hören. Und dann wurde es wieder für lange Zeit still. Soweit sie es aber beurteilen konnte, sah sie oben weder jemanden in die obere Wohnung einziehen, noch die Wohnung verlassen. Sie vermutete, dass der eiskalte Winter das alte Haus knarren ließ, oder eine Vogelfamilie im Dachstuhl des Hauses über den Winter Unterschlupf fand. Es war viel Schnee gefallen. Die Minusgrade hatten ihren Höhepunkt erreicht. Und auf den Straßen bildeten der immer wieder frisch gefallene Schnee und die fahrenden Autos eine Marmelade. Seit Neujahr ging Klara regelmäßig ein paar Kilometer laufen. Die Kälte machte ihr nichts aus. Manchmal wünschte sie sich sogar, umzufallen und im Schnee liegen zu bleiben, bis das der Tod sie holen würde. Dann könnte sie Nina endlich wieder in ihre Arme schließen. Klara war sehr streng mit sich, sie gönnte sich nicht die kleinste Freude im Leben. Sich zu amüsieren und die Sonnenseiten des Lebens zu genießen hätte sie als Hochverrat an ihre Tochter empfunden. Aber das Laufen tat ihrem Geist sehr gut. Heute war sie besonders stolz auf ihre Leistung, denn als sie der Wecker aus dem Schlaf riss, war es noch stockdunkel und bitterkalt gewesen. Tapfer war sie aus dem behaglichen Bett gesprungen und in ihr Laufgewand geschlüpft. Zum Schluss hatte sie noch ihren Kopf und Hals mit Haube und Schal vermummt und war in die morgendliche Finsternis hinaus gelaufen. Die Straßen waren leer, nur das surrende Geräusch der Straßenbahn konnte sie in der Ferne hören. In manchen Häusern, deren Fassadenfarbe im diffusen Licht des neu anbrechenden Tages war noch blass erschienen, hatten bereits vereinzelt in den Fenstern die Lichter gebrannt. Klara war mittlerweile ihre gewohnte Strecke gelaufen. Die kalte Luft hatte ihr ins Gesicht geblasen. Aber nach einer gewissen Zeit hatte sie erste kleine Schweißperlen unter ihrem Gewand gespürt und dann noch bewusst das Tempo gesteigert. Aus ihrem I-Pod dröhnte Ninas Lieblingsmusik, dadurch fühlte sie sich ihrer Tochter näher. Auch Richard hatte sie nie aus ihren Erinnerungen verbannen können. Die Scheidung, auf welche er kurz nach Nina Begräbnis bestanden hatte, war schon längst verziehen. Sie hatte verstanden, dass Richard ihr nie wieder in die Augen hätte sehen können. Bestimmt machte er sich Vorwürfe und konnte Klaras Nähe, als er selbst damals nach dem Unfall, aus dem Krankenhaus entlassen wurde, nicht ertragen. Zu sehr hatte ihn ihr klagender Blick, während sie ihn im Spital besucht hatte belastet. Bestimmt hatte er sich immer und immer wieder gefragt, ob er die Tragödie hätte verhindern können. Dass ihre Ehe schon seit Jahren zerbrochen war, blendete Klara in ihren Erinnerungen völlig aus. Noch während seines Spitalsaufenthaltes hatte Richard die Scheidung eingereicht. Klara hatte es teilnahmslos angenommen und war mit allen seinen Forderungen einverstanden gewesen. Sie behielt die Wohnung in der Herrengasse und er zahlte nicht weiter Unterhalt für sie. Damals war sie ihrem Beruf nicht nachgegangen, sondern kümmerte sich um Nina und um Richard, wenn er zu Hause gewesen war. Unmittelbar nach der Scheidung riss der Kontakt zu Richard völlig ab. Sie verloren sich aus den Augen. Es gab kaum gemeinsame Bekannte. Richards Geschäftspartner zählten nicht zu Klaras Freundeskreis. Während sie heute Morgen gelaufen war, hatte sie kurz daran gedacht, ihn im Büro anzurufen. Plötzlich hatte sie sich Sorgen gemacht, es könnte ihm in den letzten beiden Jahren schlecht ergangen sein. Sie verspürte den Drang, ihn trösten zu wollen. Sicherlich hatte auch er sich von diesem schrecklichen Verlust nicht ganz erholt. Abgesehen davon würde es ihr auch gut tun, ihn wieder einmal zu sehen. Schließlich waren sie über fünfzehn Jahre verheiratet gewesen. Ihre Ehe war nicht glücklich verlaufen und zum Schluss hatte ihre Beziehung ein schlimmes Leid ertragen müssen. Klara beschloss, Richard sehr bald in seinem Büro anzurufen. Der Gedanke erregte sie. Sie hoffte sehr, durch ihn wieder mehr Ninas Nähe zu spüren. Schweißgebadet zu Hause an und nahm eine heiße Dusche. Danach ließ sie ihren Blick im Spiegelbild auf ihrem nackten Körper langsam hinauf und hinunter gleiten. Klara hatte nie die Figur eines magersüchtigen Models gehabt. Immer schon verfügte sie über leichte Rundungen, welche ihre sinnliche Weiblichkeit sanft unterstrichen. Sie war nicht dick, Klara hatte eine sehr schöne weibliche schlanke Silhouette. Nun bändigte sie ihr frisch gewaschenes blondes Haar und schlüpfte in ihre Jeans. Vor ihrem offenen Kleiderkasten verweilte sie nur kurz, um sich dann für den lila Pulli zu entscheiden. Zum Schluss trug sie etwas Make-Up auf - und fertig war sie. Klara hasste es, zu viel Zeit im Badezimmer zu verbringen. Seit wenigen Wochen hatte sie wieder begonnen, ihrem gleichmäßig schönen blasen Gesicht mit ein wenig Farbe nachzuhelfen. Ihre hohen Backenknochen bekamen einen leichten Hauch von Erdpuder, die Wimpern wurden mit schwarzer Tusche nachgefärbt und den sinnlichen vollen Lippen verpasste sie einen zart rosa Lippenstift. Unmittelbar nach dem Unfall hatte Klara aufgehört, sich zu schminken und hatte den ganzen Tag im Schlabberlook verbracht. Aber auch in dieser Zeit wirkte sie stets gepflegt und elegant. Klara stand einfach alles, was sie anzog, sehr gut. Ein edles ebenes Gesicht und ein Herz aus Gold ließen sie trotz ihrer unerträglichen Trauer strahlen. Klara verfügte über eine entwaffnende Schönheit, die

aus ihrem Inneren kam. Egal, ob sie in einer Jeans, zum Einkaufen ging oder wie früher Richard in eleganter Robe zu wichtigen Veranstaltungen begleitet hatte. War Klara war immer eine sehr elegante Erscheinung. Im Spital war sie in ihren weißen Arbeitskittel geschlüpft und ihre endlos traurigen bernsteinbraunen Augen versteckte sie hinter einer Hornbrille. Meistens trug sie ihr goldblondes Haar mit einer Haarspange locker hinten zusammengebunden, sodass ihr eine oder mehrere Haarsträhnen weich ins Gesicht fielen. Vielleicht war es das Joggen, das ihre Lebensgeister wieder zart zum Leben erweckten. Oder die Arbeit im Spital, welcher sie dank glücklicher Umstände seit einem Jahr wieder nachging. Gerade wollte sie zu Hause zur Tür hinaus in die Arbeit eilen, als plötzlich ihr Handy klingelte. Sie legte den Schlüssel in die grüne Glasschale im Vorzimmer und wühlte in ihre Handtasche nach dem Handy.
„Klara, wo steckt Du denn? Ich habe schon etliche Male versucht, Dich zu erreichen." Klara schämte sich ein wenig, denn sie hatte tatsächlich einige Anrufe von Elena erhalten, sich aber keine Zeit genommen, ihre Mutter zurück zurufen. Vielleicht, weil es sie nicht im Geringsten interessierte, mit wem sich Elena in New York gerade traf oder wohin ihre nächste Reise ging. Elena und Klara hatten unterschiedliche Einstellungen zum Leben. Manchmal war es etwas schwierig, sich aufeinander einzulassen und in die Welt des Anderen einzutauchen. In New York war es gerade Mitternacht. Mutter und Tochter tauschten die neuesten Informationen aus ihren Leben aus. Eigentlich ergriff immer

wieder Elena das Wort. Klara hörte geduldig zu, nur ab und zu schaute sie auf ihre Armbanduhr, welche sie zum ersten Hochzeitstag von Richard bekommen hatte. Allzu gut wusste sie, dass Telefongespräche mit ihrer Mutter endlos dauern könnten. „Darling, es ist furchtbar. Simon arbeitet rund um die Uhr. Nicht, dass es mich stört, von zu Zeit alleine zu sein. Aber er verbringt mehr Zeit im Verlag als mit mir. Dabei habe ich so viel zu tun, ich bräuchte ihn zu Hause dringender. Aber es hat kein Sinn mit ihm darüber zu reden. Wenn ich davon anfange, wie einsam ich mich den ganzen Tag in unserem Haus fühle, lacht er. Er denkt, wenn er mich in seine Arme schließt, geht es mir besser. So ist es aber nicht. Wir werden nicht jünger und ich möchte mit ihm noch viel erleben bevor uns das Alter einholt. Dabei habe ich auch wegen seiner Gesundheit große Sorgen. Das kann doch nicht gut für ihn sein, ständig an die Arbeit zu denken? Klara, sprich Du mit ihm! Du bist Ärztin, auf Dich wird er vermutlich hören. Ach, bevor ich es vergesse, übermorgen fliegen wir für ein paar Tage nach Barbados. Simon trifft sich dort auf einer Yacht mit irgendwelchen Politikern. Also werde ich für einige Tage nicht erreichbar sein." Klara hatte ohnehin nicht vorgehabt, Elena anzurufen. Das erwähnte sie aber nicht. Unter keinen Umständen wollte sie ihre Mutter beleidigen. „Darling, wir werden im Frühjahr für ein paar Tage nach Wien kommen. Im Imperial ist für uns schon eine Suite gebucht. Es wäre schön, wenn du Zeit für uns finden könntest" ratterte Elena ins Telefon hinein. Mit keinem Wort fragte sie ihre Tochter, wie es ihr ginge? Oder ob sie etwas brauche? Nein, es würde Elena nie in den

Sinn kommen, sich nach dem Befinden von jemand anderem zu erkundigen. „Klara, bitte vergiss nicht, mit Simon zu sprechen. Du als Ärztin bist die Einzige, auf die er hören könnte. Ich mache mir wirklich Sorgen um ihn" flehte Elena ihre Tochter noch an, bevor sie auflegte. Klara mochte ihre Mutter, aber beide Frauen lebten in verschiedenen Welten. Beide erlebten in ihren Leben harte Schicksalsschläge. Elena hatte sich von ihren im Gegensatz zu ihrer Tochter rascher erholt. Simon Frank war das große Los in Elenas Leben, welches sie vor rund acht Jahren auf einer Mittelmeerkreuzfahrt gezogen hatte. Er hatte sich in die um sieben Jahre jüngere lebhafte Frau verliebt und sie noch am Schiff geheiratet. Damals war es eine große Überraschung für Klara und Richard, als Elena Ihnen nach ihrer Rückkehr mitgeteilt hatte, dass sie verheiratet sei und in wenigen Wochen ihrem Ehemann für immer nach New York folgen werde. Klara und ihr neuer Stiefvater hatten sich auf Anhieb gut verstanden. Elena hatte schon zwei Ehen hinter sich. Klaras Vater hatte seine junge Frau, als diese noch schwanger war, verlassen. Klara hatte ihn nie kennengelernt. Er war über Nacht verschwunden. Eines Morgens hatte er zu der hochschwangeren Elena gesagt, sie solle nicht mit dem Abendessen warten, er werde erst spät in der Nacht heimkommen. Als Elena am nächsten Morgen aufgewacht war, war ihre linke Bettseite leer gewesen. Sie hatte versucht, ihren Mann im Büro zu erreichen. Verwundert hatte ihr eine Kollegin mitgeteilt, dass er bereits vor Wochen gekündigt hatte. Den ganzen Tag und die ganze Nacht hatte Elena auf ein

Lebenszeichen von ihm gewartet, bis sie schließlich am darauffolgenden Tag völlig verzweifelt und Angsterfüllt eine Vermisstenanzeige bei der Polizei aufgegeben hatte. Dann waren Monate der Hoffnung und Hoffnungslosigkeit gefolgt. Zu viele Leichen waren ihr von der Polizei vorgeführt worden, um diese als ihren Mann zu identifizieren und alle hatten sich als Falsch herausgestellt. Ein von ihr beauftragter Privatdetektiv hätte ihren Mann finden sollen, war aber genauso erfolglos wie die Polizei. Zuerst war er einer vielversprechenden Spur nach Asien gefolgt. Aber auch diese Spur war sich im Sand verlaufen. Schließlich hatte die Polizei ihren Mann für tot erklärt. Auf der Suche nach einer geeigneten Wohnung hatte Elena ihren zweiten Ehemann Manfred kennengelernt. Er war sehr fürsorglich und hatte sich liebevoll nicht nur um Elena, sondern auch um ihre damals erst zweijährige Tochter Klara gekümmert. Elena hatte damals Manfreds Zuwendung dringend gebraucht. Niemand, der Elena und Klara später kennengelernt hatte, hätte erraten, dass Manfred nicht Klaras leiblicher Vater war. Für Klara war Manfred ihr Vater gewesen. Die Ehe war nicht mit Liebe gesegnet gewesen, dafür mit tiefem Respekt und Achtung füreinander. Manfred war um zwanzig Jahre älter als seine junge Frau. Sie lebten ein konservatives Leben miteinander. Bis Manfred eines Tages völlig überraschend an Herzversagen gestorben war. Durch seinen Tod hatte Elena ein kleineres Vermögen geerbt. In Wien hatte Manfred eine florierende renommierte Immobilien-Firma besessen, welche Elena kurzerhand um eine kolportierte Summe verkauft hatte. Noch immer im Vorzimmer stehend lächelte Klara, sie kannte ihre Mutter. Elena liebte sich in der Rolle des Opfers. Gekonnt spielte sie die vernachlässigte Ehefrau. Simon Frank war ein liebevoller Ehemann und ein Arbeitstier. Nicht umsonst wurde aus einem Sohn einer Flüchtlingsfamilie ein angesehener Medienmagnat. Er besaß die zweitgrößte Tageszeitung New Yorks, „D.N.Y.C", was so viel heißt wie „Daily New York City". Seine Familie mütterlicherseits war deutscher Abstammung. Der Vater war Jude. Die Familie war während des Zweiten Weltkrieges nach Amerika geflüchtet. Er selbst war gerade drei Jahre alt, als er Deutschland verlassen musste, aber seine Mutter hatte bis zu ihrem Tod, mit ihrem Sohn Deutsch gesprochen. Dank ihrem Bemühen, ihm seine deutsche Wurzel nicht vergessen zu lassen, konnte er problemlos zwischen der deutschen und der englischen Sprache wechseln. Simon Frank liebte seine Frau und er liebte seine Arbeit. Er hatte keine eigenen Kinder und war vor Elena nie verheiratet gewesen. Trotz des beruflichen Erfolges hatte es mit der Familienplanung in seinem Leben nicht geklappt. Vermutlich war es daran gelegen, dass er nie Zeit hatte, darüber nachzudenken. Klara hatte ihren Stiefvater bis jetzt nicht sehr oft gesehen. Das Begräbnis von Nina vor eineinhalb Jahren war vielleicht das fünfte oder sechste Mal gewesen, dass sie sich begegnet waren. Während Elena das Begräbnis zur Selbstdarstellung der trauenden Großmutter genutzt hatte, war Simon nicht von Klaras Seite gewichen. Verstohlene Blicke der Trauergäste zu Klara hatte er mit seinem stattlichen Körperbau

abgeschirmt. Jedes unnötige, unpassende Wort, das an Klara gerichtet wurde charmant abgefangen, um ihre ohnehin tränenerstickte Stimme zu schonen. Klara hatte nichts von all dem damals mitbekommen, sie war im Krematorium auf dem ihr zugewiesenen Stuhl gesessen und hatte die Trauerfeier über sich ergehen lassen. Trotz der vielen Kränze, Blumen und Kerzen wirkte der Saal so furchtbar kahl. Der grausame Anblick des kleinen Sargs, mitten im Raum, am liebsten wäre Klara damals davon gelaufen. Ihre Beine waren taub und steif. Ihre Teilnahme am Geschehen war rein physischer Natur. Auch Richard schien damals teilnahmslos die Beerdigung über sich ergehen zu lassen. Nach der Zeremonie hatte er sich von Klara verabschiedet und die Gesellschaft verlassen. Klara hatte keine Ahnung gehabt, wohin er fuhr, aber das war ihr ohnehin egal gewesen. Sie hatten bereits in Scheidung gelebt und er war bereits aus der gemeinsamen Wohnung in der Herrengasse ausgezogen. Mit viel Feingefühl hatte Simon damals gemerkt, dass Klara unmittelbar nach dem Begräbnis die Nähe anderer Menschen unerträglich wurde. Während Elena mit den anderen Gästen nach dem Begräbnis zum Wirtshaus gefahren war, hatte Simon ohne großes Aufsehen seine Stieftochter nach Hause gebracht. Dafür war Klara ihm sehr dankbar gewesen. Zuhause hatte sie sich in ihrer unendlichen Trauer ins Bett gelegt und gebetet, einzuschlafen und nie wieder aufzuwachen.
Klara blickte auf die Uhr, griff nach dem Hausschlüssel, der noch immer in der grünen

Schale lag, und lief zur Tür hinaus. In weniger als einer Stunde fing ihr Tagdienst an.

-4-

Obwohl Richard nie für die Familie da gewesen war, fehlte ihr seine Nähe. Zu Beginn ihrer Ehe waren die beiden wirklich ineinander verliebt gewesen. Richard hatte aber bald das Interesse an seiner Frau verloren und es bevorzugt, seine Zeit in der Arbeit zu verbringen, anstatt bei seiner jungen Frau und seinem Baby zu sein. Klara hatte immer an ihre Ehe und an ihren Mann geglaubt und sie hatte ihn aufrichtig geliebt. Daran hatte sich bis zum Tag ihrer Scheidung nichts geändert. Richard dagegen war mit seiner Bank verheiratet. Es war ihm immer klar, dass er Klaras Erbe für seinen aufwendigen Lebensstil zu Beginn ihrer Ehe verprasst hatte und so fühlte er sich ihr gegenüber immer schuldig. Auch dann, als sich das Blatt gewendet hatte und Richard mit seinen vierzig Jahren das große Geld selbst verdient hatte. Die Sucht nach Macht und Reichtum hatte ihn verändert. Er hatte es geliebt, sich in elitären Kreisen zu bewegen. Immer seltener hatte ihn Klara bei öffentlichen Anlässen begleiten dürfen. Immer öfter hat man Richard alleine in der Öffentlichkeit auftreten gesehen. Klara hatte es nicht weiter gestört, denn Richard hatte ihr stets seine Liebe versichert. Über all die Jahre hatte sie ihm vertraut und an ihn geglaubt. Aus dem ehemalig armen Studenten hatte sich ein von seinen Geschäftspartnern und Mitarbeitern geschätzter Mann der Öffentlichkeit entwickelt. Klara hätte wie eine Löwin um die Ehre ihrer Familie, ihrer Ehe gekämpft, wenn jemanden behauptet hätte, Richard habe sie nur wegen ihres Vermögens geheiratet. Was einige ihrer Freunde zu Beginn ihrer Beziehung vermutet, aber es nie ausgesprochen hatten. Wahrscheinlich war Richard zu Beginn ihrer Liebe wirklich in Klara verliebt gewesen. Bald aber hatte er bemerkt, wie sehr die Vorzüge ihres Standes ihm Gute kamen. Er hatte die Schwäche, welche das junge Mädchen für ihn hegte, gekonnt ausgenutzt und sie wenige Wochen nach ihrem Kennenlernen geheiratet. Richard hatte Klaras Vermögen im großen Stil ausgegeben. Maßgeschneiderte Anzüge, ein Mercedes und die Wohnung in der Herrengasse waren alles andere als bescheiden gewesen. Die sündhaft teure Armbanduhr, welche ihm Klara an ihren zweitem gemeinsamen Weihnachten gekauft hatte, gab Richard damals die endgültige Bestätigung, zu den großen Machern in der Chefetage, wo er unbedingt hin wollte, zu gehören. Ohne Zweifel hatte sich Richard im Gegensatz zu seiner Frau über Statussymbole wie Auto, Kleidung und Freunde definiert. Unbeirrt, ja fast schon besessen, hatte er an seiner Karriere als Bankier gearbeitet. Zuhause hatte es regelmäßig Empfänge für seine Geschäftspartner gegeben. Bei wichtigen Anlässen, bei denen die Presse anwesend war, hatte er keine Gelegenheit ausgelassen, sich mit wichtigen Männern aus der Wirtschaft ablichten zu lassen. Richard war ohne Zweifel ehrgeizig und zielstrebig. Keine Überstunde war ihm zu viel und kein Aufwand, wenn es darum ging, ein Geschäft zu gewinnen zu groß. Mit seinem Charme, den er großzügig und mit Leichtigkeit versprüht hatte sowie seinem unglaublichen fortschrittlichen Denken, hatte der Erfolg nicht lange auf sich warten lassen. Doch mit dem beruflichen Erfolg war längst der Tiefpunkt in seiner Ehe gekommen. Mit der Zeit war Richard seiner Frau überdrüssig geworden. Und er hatte sich noch mehr in seine Arbeit gestürzt und seine Frau und seine Tochter aus seinem Leben ausgeschlossen. Trotzdem erinnerte sich Klara stets mit großer Wehmut an ihre zarte Liebe vor der Heirat. An die unbeschwerte Zeit, bevor Nina auf die Welt gekommen war und sie von einem Liebespaar zu einem pflichtbewussten Elternpaar wurden. Vor elf Jahren hatte Klara ihre große Liebe Richard geheiratet. Sie war gerade sechsundzwanzig Jahre jung gewesen. Klara war ein bildhübsches Mädchen, welches ihr Medizinstudium in Mindestzeit absolviert hatte. Schon damals, als sie sich in den um fünf Jahre älteren Richard verliebt hatte, hatte sie älter, durchaus reifer, als viele andere Mädchen in ihrem Alter gewirkt. Vermutlich deswegen, weil sie seit Kindesbeinen immer viel unter Erwachsenen gewesen war. Kurz nach ihrer Hochzeit war das Töchterchen Nina auf die Welt gekommen. Richard wurde mürrisch, da sich alles rund um das Baby gedreht hatte. Von nun an hatte er sich immer mehr und mehr von seiner Familie entfernt. Während Klara sich um das gemeinsame Baby gekümmert hatte, war Richard mit seinen Geschäftspartnern beschäftigt gewesen. Er hatte begonnen, in seinem Büro zu übernachten. Anfangs hatte er Klara persönlich angerufen. Später hatte seine Sekretärin Klara über Richards Termine informiert. Auch hier mag einen Grund gegeben haben. Je höher Richard seine Karriereleiter in der Bank hinauf gestiegen war, umso unerträglicher war er als Ehemann und Vater geworden. Das nächtliche Weinen des Babys hatte ihm zu schaffen gemacht, so war Klara bereits kurz nach der Geburt aus dem gemeinsamen Schlafzimmer ausgezogen, um Richard seinen wohlverdienten Schlaf nicht zu rauben. Nina wurde größer und allmählich hatte sie in der Nacht durchgeschlafen. Doch als Klara wieder die Nächte mit Richard im selben Bett verbracht hatte, hatte sie mit großer Wehmut feststellen müssen, dass sich alles verändert hatte. Richard hatte jegliches Interesse an seiner Frau verloren gehabt. Es waren schon einige Jahre vergangen, dass sich Richard Intimität von seiner Frau gewünscht hätte. Doch es sollte nicht alles sein, was er seiner jungen Frau verwehrt hatte. Selbst ihren Beruf als Ärztin durfte sie während ihrer Ehe nicht ausführen. Seine Toleranz ihrem Beruf gegenüber war sehr gering. Es war vermutlich daran gelegen, dass er in bescheidenen Verhältnissen aufgewachsenen war und stolz auf seine rasante Karriere war. Eine womöglich gleich erfolgreiche Partnerin hätte sein Ego nicht so leicht verkraftet. Trotz seiner aufgeschlossenen Art hatte er die konservativen Werte vertreten. Die Frau solle sich um den Haushalt kümmern, während der Mann das Geld nach Hause bringt. In den ersten Ehejahren war es Klaras einzige Aufgabe gewesen, Richard bei offiziellen Einladungen zu begleiten. Und später, als sie die große Wohnung in der Herrengasse gekauft hatten, Geschäftsessen für seine Partner zu organisieren. Als Gastgeber waren beide einzigartig. Sie hatten in Harmonie und mit Witz ihre Gäste unterhalten können. Sobald sich diese aber am Abend verabschiedet hatten, waren beide in ihre getrennten Welten zurückgekehrt. Nach dem tödlichen Unfall vor beinahe zwei Jahren fing Klara wieder an zu arbeiten. Die Sehnsucht, endlich ihren Beruf ausüben zu können, hatte Klara dazu getrieben, sich auf Empfehlung bei Prof. Grundl in einer Wiener Privatklinik zu bewerben. Schon als kleines Mädchen wollte Klara in die Fußstapfen ihres Großvaters, der ein großer Arzt war gewesen, treten und so beschloss sie bereits im zarten Kindergarten-Alter, selbst Ärztin zu werden. Ihr Großvater war, als sie gerade sieben Jahre alt war, gestorben, niemand hatte ihr eine Erinnerung an den alten Mann zugetraut. Doch Klara hatte sehr eindrucksvolle Erlebnisse mit ihm geteilt. Als ob es gestern gewesen wäre, sah sie ihn souverän hinter seinem Arbeitstisch in seiner Ordination sitzen. Den weißen Mantel hatte er stets offen getragen und um seinen Hals war ein Stethoskop gehangen. Mit diesem hatte sie ihren Großvater, wenn seine Ordination leer war, untersuchen dürfen. Er hatte sie immer „meine kleine Ärztin" genannt. Seine tiefe Stimme war kräftig und klar gewesen. Klara hatte sich bei ihm geborgen gefühlt. Noch heute, rund dreißig Jahre später, konnte Klara spüren, wie er immer wieder ihren kleinen Kopf mit seinen mächtigen großen Pranken umfasst hatte und ihr einen liebevollen dicken Schmatz auf den Scheitel verpasst hatte. Klara hatte ihren Kindheitstraum verwirklicht. Die Kollegen merkten bald, dass Klara eine Perle und ein großer Gewinn war. Wann immer jemand seinen Dienst tauschen musste, konnte er sich beruhigt an Klara wenden. Sie tauschte immer und mit jedem. Die verschiedenen Dienstzeiten machten ihr nichts aus. Das Krankenhaus lag nur wenige Busstationen von Klaras Zuhause entfernt. Es war die Türschwelle zu ihrer Wohnung, welche sie jedes Mal erschöpft nach ihrem Dienst überstieg und dann mit aller Wucht von ihrer Vergangenheit eingeholt. Es hätte ein unbeschwertes Vater-Tochter Wochenende werden sollen, welches mit einem grausamen Autounfall, der zwei Todesopfer gefordert hatte, geendet hatte. Klara hatte sich an diesem Wochenende etwas kränklich gefühlt. Trotz der Eheprobleme und dem mangelnden Interesse am Familienleben hatte sich Richard in den letzten Wochen immer mehr Zeit für seine Tochter Nina genommen. Er war kein fürsorglicher Vater, aber er hatte zumindest in der letzten Zeit, versucht Klara ab und zu auf ihrem Lebensweg zu begleiten und ihr zuzuhören. Klara war guter Hoffnung, dass Richards Bemühen die Familie wieder zusammenführen würde. An einem Dienstag hatte er an Klaras Tür im Gästezimmer geklopft und in einem für ihn unüblich schüchternen Ton gefragt, ob er mit Nina übers Wochenende Schifahren gehen dürfe. Klara solle sich in der Zwischenzeit ausruhen und ihre Verkühlung auskurieren. Und dann fügte er leise, ja fast unsicher, hinzu: "Was hältst Du davon?" Nina hatte sich so sehr gefreut und Klara war es nur gelegen gekommen, ein Wochenende für sich zu haben. Richard hatte bestimmt viel bei Nina nachzuholen, hatte sie sich damals gedacht. Die Wetterprognose für das kommende Wochenende war unbeständig gewesen, aber Vater und Tochter hatte es nichts ausgemacht. Sie beide waren begeistert dabei, ihre Kleidung auf das Bett zu schmeißen und zu besprechen, was sie wohl alles brauchen werden. Und was sie alles machen werden. Auch Klara hatte sich für die beiden gefreut, und die Vorstellung genossen, ein ganzes Wochenende ihr Bett hüten zu dürfen und endlich diese hartnäckige Verkühlung, welche sie schon seit Tagen mitgeschleppt hatte, loszuwerden. Natürlich war in ihr auch die Hoffnung hochgekommen, dass Richard seine bis jetzt vernachlässigte Vaterpflicht nachholen werde. Offensichtlich war Richard bewusst geworden, wie groß seine Tochter geworden war. Trotz ihrer Verkühlung hatte es sich Klara nicht nehmen lassen, Nina die wichtigsten Kleidungsstücke mit einzupacken. Laut Polizei hatte es auf dem Straßenabschnitt, an dem dieser entsetzliche Unfall passiert war, leicht gehagelt. Aus dem Gegenverkehr hatte sich in einer ungeheuren Geschwindigkeit ein polnisches Lastfahrzeug Richards Mercedes genähert und ihn mühelos, wie eine Zündholzschachtel, von der Straße weg, hin zu einem einsam am Straßenrand stehenden riesigen alten Baum geschleudert und ihn platt gedrückt. Richard hatte gar keine Chance gehabt, etwas zu unternehmen. Der Unfalllenker hatte durch den Hagel die Kontrolle über sein LKW völlig verloren. Auf der spiegelglatten Fahrbahn hatte es ihn regelrecht auf die andere Fahrbahn geschleudert. Nina war noch an Ort und Stelle verstorben. Der Unfalllenker war am Weg zum Krankenhaus seinen inneren Verletzungen erlegen. Richard war wie durch ein Wunder nur mit einer Platzwunde davongekommen. Als Richard damals wenige Tage nach dem Unfall aus dem Krankenhaus entlassen wurde, hatte er seine persönlichen Sachen aus der gemeinsamen Wohnung abgeholt. Klara war damals zu einem ihren seltenen außer Haus Besorgungen gegangen, als sie heimgekommen war, hatte sie Richards Wohnungsschlüssel am Wohnzimmertisch vorgefunden. Obwohl ihn keine Schuld am Tod seiner Tochter traf, fühlte er sich verantwortlich. Hätte er nicht diese Idee gehabt, zum Schifahren zu gehen, würde seine Tochter heute noch leben. Das waren Richards Gedanken und vielleicht hatte auch Klara so gedacht. Er hatte nicht von ihr zur Rede gestellt werden wollen. Er wollte nicht Klaras rot unterlaufenen Augen sehen müssen. Richard hatte Angst gehabt. Er war ein Feigling. Er hatte sich heimlich davon geschlichen, darin war er gut. Tatsächlich hatte er damals einige Stunden in seinem Auto in der Herrengasse verbracht und gewartet, bis Klara die Wohnung verlassen hatte. Erst dann war er nach oben gelaufen und hatte wenige Sachen in seine zwei Koffer eingepackt. In großer Angst, er könnte Klara begegnen, hatte er die Wohnung schnell wieder verlassen. Er hatte sich in seiner eigenen Wohnung wie ein Verbrecher gefühlt. Es war ihm nicht schnell genug gegangen, seine Vergangenheit hinter sich zu lassen. Als Klara vom Einkaufen zurück war und Richards Schlüssel gesehen hatte, konnte sie an diesem Tag keine weitere Träne mehr vergießen. Mit einem tiefen Seufzer hatte sie damals ihren Einkauf ausgepackt, welcher ausschließlich aus Tiefkühlfertigprodukten bestand. Dann hatte sie sich in ihr Bett gelegt und darauf gewartet, dass die gefürchtete schlaflose Nacht endlich den zermürbten endlos lang scheinenden Tag ablösen kommt.

-5-

„Liebes, komm herein", wie immer begrüßte Frau Smetana Klara mit einem Lächeln auf den Lippen. Ihr Leben spiegelte sich in ihrem ganzen Gesicht wider. Sie hatte warmherzige und sanfte Augen und strahlte eine unendliche Ruhe und Eleganz aus. Vergnügt saß sie in ihrem großzügigen Wohnzimmer. Aus dem Kaminofen prasselte behaglich das Feuer und vor ihr lag der Kurier offen auf dem Tisch.
„Ich wollte mich nach Ihnen erkundigen. Seit der Neujahrsparty habe ich Sie nicht mehr gesehen. Einmal habe ich versucht anzuklopfen, aber Sie waren nicht da. Der Schlüssel steckte nicht in der Tür", sagte Klara sanft.
„Luise ist für eine Woche hier bei mir gewesen. An einem Tag haben wir Poker gespielt und auf einmal wurde uns langweilig. Da ist uns die Idee gekommen, dass wir verreisen könnten, also sind wir für ein paar Tage nach Budapest gefahren."
„Oh, ich dachte Sie waren in Prag."
„Meine Liebe, nach Prag fahre ich nächstes Monat mit dem Hofrat", erwiderte schelmisch Frau Smetana und nahm einen kleinen Schluck von ihrem Tee.
„Mit Luise war ich in Budapest", dabei erhob sie ihre Augenbrauen und grinste.
„Wo haben Sie in Budapest übernachtet?", fragte Klara neugierig. Sie wusste, dass Frau Smetana großen Wert auf gute traditionelle Häuser legte, wenn sie verreiste. Dabei nahm sie gegenüber ihrer Vermieterin an dem großen Tisch, auf dem

sich noch Frühstücksreste befanden, Platz. Die Hälfte des Tisches war mit Zeitungen und Zeitschriften vollgeräumt. Frau Smetana nahm ihre Lesebrille ab und legte sie neben ihren Teller, auf dem sich nur noch Bröseln vom offensichtlich sehr späten Frühstück befanden. Sie stand auf und holte, ohne Klara zu fragen, aus der Vitrine eine weitere Teeschale für sie heraus und goss ihr eine Tasse von diesem köstlichen Orangentee ein. Den Orangenduft hatte Klara bereits gerochen, als sie die Wohnung betrat.

„Wir haben in dem traditionsreichen Hotel Gellert gewohnt", erwiderte sie mit überspielte geheimnisvoller Tonlage.

„Es ist ein sehr altes Hotel. Ich habe schon von diesem Hotel gehört, war aber selbst noch nie dort" gab Klara zurück.

„Ludwig und ich haben dort unsere erste gemeinsame Nacht verbracht. Ich war unerfahren und hatte Angst davor, aber Ludwig hat mich so stark begehrt, dass ich sämtliche Hemmungen bald vergessen habe. Es war für uns beide das erste Mal. Er war gerade ein frischgebackener Bauingenieur und ich war noch in der Schule. Mit seinem ersten Geld hatte er mich für zwei Tage nach Budapest eingeladen. Wir waren damals schon sehr verliebt ineinander. Meine Eltern haben von unserer Liebe nichts geahnt. Ich war jung und ich schämte mich für meine Gefühle für Ludwig. Ich war so hoffnungslos in ihn verliebt, dass es sowieso keinen Sinn machte, vernünftig zu denken und nicht mit ihm nach Budapest zu fahren. Obwohl es damals tausend Gründe gegeben hätte, Ludwig nicht nach Ungarn zu

begleiten. Ich musste damals meine große Schwester in mein Abenteuer einweihen. Sie war damals schon in Prag verheiratet und konnte mir vor meinen Eltern ein lückenloses Alibi für die Zeit in Budapest geben. Natürlich habe ich ihr damals bei meiner Rückkehr alles erzählen müssen. Wobei ein kleines Geheimnis habe ich dann doch noch eine Zeit lang für mich behalten." Frau Smetanas Augen funkelten und aus ihrem Mund sprudelte es nur so. „Sie waren mit Maria schwanger", platze es aus Klara heraus.
„Nein", Frau Smetana und machte eine abweisende Handbewegung und schloss dabei theatralisch die Augen.
„Damals habe ich mich wie in einem Märchen gefüllt. Ludwig hat mir jeden Wunsch von den Augen abgelesen. Es war aber nicht sehr schwer, da ich in diesen Tagen absolut wunschlos glücklich war. Bei unseren letzten Abendessen in diesem herrlichen Hotelrestaurant hat Ludwig um meine Hand angehalten. Zuerst haben wir prächtig gegessen. Eigentlich haben wir das billigste Essen ausgewählt. Er hatte bereits fast sein ganzes erstverdientes Geld für unseren Liebesurlaub ausgegeben. Da stand er plötzlich auf, kam auf mich zu und kniete sich im Restaurant vor meinem Stuhl nieder. Flüsternd hat er um meine Hand angehalten. Er war sichtlich nervös, aber ich war es ganz sicher noch mehr. Seine Stimme brach mitten im Satz ab. Als er mir den Verlobungsring an den Finger gesteckt hatte, spürte ich seine kalten, feuchten Hände. Ich fühlte alle Blicke im Restaurant auf uns gerichtet. Noch während er mir tollpatschig den Ring über meinen Finger streifte, flüsterte ich ihm

schon leise ins das Ja in Ohr. Ich war rettungslos in ihn verliebt. Ich wollte unbedingt diesen jungen, dünnen, äußerst unsicheren Mann heiraten. Nichts auf der Welt hätte mich davon abhalten können. Wir konnten es kaum abwarten, wieder in unserem Zimmer zu sein. Wir haben uns bis in die frühen Morgenstunden geliebt. Ludwig strotze vor Kraft und Ausdauer und ging es richtig wild an. Keine Spur mehr von unserem ersten Mal vor zwei Nächten. In dieser Nacht hatten alle Liebesglocken auf dieser Welt nur für Ludwig und mich geläutet. Bei der Rückfahrt nach Hause haben wir im Zug überlegt, wie ich meine Eltern darauf vorbereiten soll, dass ich Ludwig Smetana heiraten werde. Das war auch die Kleinigkeit, welche ich meiner Schwester nicht unmittelbar bei meiner Ankunft in Prag erzählt habe. Ich war der Meinung, meine Eltern sollten es dann doch als erste erfahren. Ludwigs Eltern lebten damals nicht mehr. Sein Vater war im Ersten Weltkrieg gefallen und seine Mutter war bereits kurz bevor ich Ludwig kennengelernt habe verstorben."

„Wie haben Ihre Eltern auf die Verlobung reagiert?", fragte Klara neugierig und goss sich eine weitere Tasse Tee ein.

„Meine Eltern waren sehr großherzig und großzügig. Sie waren sehr traurig, dass ich sie angelogen habe und heimlich in Budapest war. Sie haben aber bald uns allen, meiner Schwester, Ludwig und mir verziehen. Ich war so verliebt in Ludwig, dass sie vermutlich ahnten, dass ich ihm wohin auch immer folgen würde. Im Nachhinein habe ich es sehr bereut, meine Eltern angelogen zu haben. Ich hätte wissen müssen, dass bei meinen Eltern das Verständnis für die Jugend

und die Liebe, gegenüber ihrer konservativen Werte zumindest gleich gestellt war. Sie haben Ludwig zu einem Abendessen eingeladen. Mit seinem endlosen Charme und seiner herzlichen Wesen ist es ihm gelungen, meine Eltern auf seine Seite zu holen. Mein Vater und mein künftiger Mann haben sich auf Anhieb gut verstanden. Ludwig war ein verantwortungsbewusster junger Mann mit klaren Zielen in seinem Leben. Mein Vater war damals von seiner Zielstrebigkeit beeindruckt. Und er sagte mir damals: „Anna, wir haben dich mit deiner Mutter großgezogen und waren bemüht, Dir und Deinen Schwestern Werte vorzuleben, welche uns als wichtig im Leben erscheinen. Ich vertraue Dir, dass Du Dir einen guten Menschen zum Mann ausgesucht hast."
„Ich war glücklich und beschämt zugleich. Glücklich, dass ich mich nicht zwischen meiner Familie und meinem Verlobten entscheiden muss und beschämt, dass ich nicht vorher gewusst habe, wie toll meine Eltern waren. Nach Budapest sind Ludwig und ich nie mehr gekommen. Aber unser Leben lang erinnerten wir uns an die herrlichen Tage im Hotel Gellert."
„Wie lange waren Sie mit Ludwig verheiratet?", fragte Klara gefesselt. Sie selbst hatte sich auch eine lebenslange und mit Vertrauen und Liebe ausgefüllte Ehe gewünscht. Sehnsucht an ihr altes Leben drang wieder in den Vordergrund und wieder erinnerte sie sich an die Idee, welche ihr vor ein paar Tagen beim Laufen gekommen war: Sie spielte mit dem Gedanken, Richard anzurufen.
„Dreiundfünfzig Jahre", seufzte Frau Smetana.

„Es waren herrliche, aber auch schwere Jahre dabei. Aber ich will mich nicht beklagen, das Leben hat es gut mit mir gemeint. Wir haben eine schöne Ehe geführt."
Sie senkte ihren Blick zu der noch immer aufgeschlagenen Zeitung vor ihr und begann, darin zu lesen. Klara stand auf und verabschiedete sich.
„Ach, bevor ich es vergesse. Jan, mein Neffe, wohnt jetzt auch hier im Haus. Er hat die winzige Wohnung im Dachgeschoss bezogen. Ich hoffe es stört dich nicht. Er hat die letzten zwei Jahre im Ausland verbracht. Und zu Neujahr ist er plötzlich vor meiner Tür gestanden. Ich gewährte ihm Unterschlupf. Ich würde mich sehr freuen, wenn er hier bleiben würde und das Haus bewohnt bleibt. Wie dumm von mir, ich habe Euch noch nicht einmal einander vorgestellt. Nächste Woche werde ich einen Lammbraten machen und Euch beide zum Essen einladen, damit ihr Euch kennenlernen könnt" teilte Frau Smetana Klara mit. Dann schaute sie länger nachdenklich auf die weiße Tischdecke und fragte „Würde Dir nächsten Samstag um 20 Uhr passen, Klärchen?"
„Ja, sehr gerne, danke für die Einladung und natürlich stört es mich nicht im Geringsten" antwortete Klara und auf einmal erinnerte sie sich wessen männliche Stimme sie am Neujahrstag im Stiegenhaus gehört hatte. Und dass sich oben in der Dachwohnung keine Vogelfamilie über den Winter eingenistet hatte, sondern der Neffe der Vermieterin. Als sie merkte, dass Frau Smetana wieder in ihrer Zeitung vertieft war, verließ sie die Wohnung. Seltsam, diesen Jan hatte sie noch

nicht gesehen. Es war ihr auch egal, wen Frau Smetana in ihrem Haus aufnimmt. Es war nicht Klaras Haus, also konnte sie tun und lassen was sie wollte. Klara hatte einen unbefristeten Mietvertrag und fühlte sich in ihrer Wohnung wohl und ihre Vermieterin mochte sie auch außergewöhnlich gerne. In ihren Gedanken versunken stieg sie die Treppe in ihre Wohnung hoch, als sie plötzlich mit einem Mann etwas älter als sie selbst auf der Stiege zusammenstieß. Er trug eine Laufhose und sein I-Pod steckte fest in seinen Ohren.

„Hi". „Hallo" gab sie verdutzt zurück. Ohne ein weiteres Wort mit ihr zu wechseln, lief er gleich wieder los und nahm dabei jede zweite Stufe. ‚Er scheint hier seit einem Monat zu wohnen und nie sind wir uns begegnet. Und jetzt wo mir Anna über seinen Einzug erzählt hat, stoße ich auf einmal mit ihm im Stiegenhaus zusammen." Dachte sich Klara und schmunzelte.

„Sie fragte sich wie lange er bei Frau Smetana wohnen möchte. Wenn er so lange im Ausland gewesen ist kann es durchaus sein, dass er jetzt ohne Wohnung und Arbeit ist. Oder vielleicht ist er nur vorübergehend in Wien und geht bald wieder ins Ausland". Nachdem Klara war sie zuversichtlich, dass die Anwesenheit von Jan sie nicht im Geringsten stören wird denn sie wird möglicherweise nur von kurzer Dauer sein. Vermutlich wird sie ihn weiterhin nicht zu Gesicht bekommen. Auf einmal bereute sie es, Frau Smetana für das Wochenende zugesagt zu haben. Sie hatte keine Lust, ihn kennenzulernen. Eigentlich war ihr der männliche Zuwachs in der Sollingergasse nicht besonders Recht. Klara liebte ihre unangemeldeten Besuche bei der Vermieterin und sie liebte die Ruhe im Haus. Frau Smetana stellte ihr nie Fragen über ihr bisheriges Leben, umso aufmerksamer hörte sie aber der jungen Frau zu, wenn sie vorsichtig aus ihrem Schneckenhäuschen hinauskroch und etwas von sich erzählte. Dieses Haus war Klaras neues Nest geworden, in dem sie sich und geborgen fühlte.

In diesen Tagen schneite es gewaltig. Schneemassen fielen vom Himmel hinunter. Die ganze Stadt, das ganze Land, lag unter einer weißen Decke. Die Minusgrade hatten in den letzten Tagen ihren Höhepunkt erreicht. Mit einer gewissen Verspätung war der Winter in Österreich angekommen. Die meisten Autos waren unter der weißen Pracht versteckt. Bäume, Dächer der Wohnhäuser, alles wohin das Auge reichte, bekam einen schneeweißen Mantel über gezogen. Die wenigen Menschen auf der Straße nahmen die öffentlichen Verkehrsmittel und ließen ihr Auto in diesen Tagen stehen. Auf den Autostraßen rollten Schneeräumungsfahrzeuge langsam vor sich hin. Die Sonne hatte sich seit Tagen nicht mehr gezeigt. Wenn es nicht gerade schneite, war es den ganzen Tag über trüb, nebelig und eiskalt. Ganz Wien schien zu schlafen.
„Wie haben Sie geschlafen, Herr Fiedler?"
„Lassen Sie die Witze. Wie ist es verlaufen?" fragte der überaus schlechte gelaunte Fiedler seinen Arzt. Seine Operation war für Anfang Jänner geplant, wegen Fiedlers Verkühlung mussten die Ärzte erst die vollständige Fiedlers Genesung abwarten. Die letzten Wochen waren die Hölle für Fiedler. Er lebte zwischen Hoffen und Bangen.
„Wir haben alles rausgenommen. Mehr können wir derzeit nicht tun" sagte Grundl sachlich zu seinem Patienten. Er verweilte noch eine Zeit bei

Fiedler und untersuchte ihn persönlich. Er kontrollierte seinen Blutdruck und verglich erneut seine Blutwerte. Dann legte er die Hand auf seine Schulter und sagte: „Ich bin zuversichtlich. Verlieren Sie nur jetzt nicht den Mut."
Nachdem Grundl gegangen war, war Fiedler sofort wieder eingeschlafen. Er schlief den ganzen Tag und wachte erst am Abend wieder auf. Ausgeschlafen, aber mit großen Schmerzen im Unterleib läutete er nach der Krankenschwester. Im selben Moment öffnete sich die Tür und Klara kam hinein.
„Frau Doktor, können Sie mit bitte etwas gegen diese Gottverdammte Schmerzen geben?".
„Ja, ich habe die Infusion hier für Sie", Klara deutete auf die Flasche, welche sie in der Hand hielt und hing Fiedler diese an.
Dann besprach sie mit ihm die nächsten Schritte, welche er ohnehin schon kannte. „Ein Kuraufenthalt wäre ratsam. Eine Patientin erzählte mir von einer Rehaklinik an der Ostsee. Sie war nicht nur von dem Personal begeistert, sondern auch von der Lage. Das Haus liegt direkt an der See. Die Luft sei dort auch im Sommer sehr frisch und es sollen Menschen aus aller Welt dort ihre Kur antreten. Ich habe mir erlaubt, Ihnen hier Unterlagen zusammenzusuchen. Vielleicht möchten Sie darin ein wenig blättern? Ich denke, es würde Ihnen gut tun. Sie sollten jetzt nicht gleich wieder mit dem Arbeiten beginnen", sagte Klara und schaute in die dunkelblauen, erschöpften Augen, welche ihr Funkeln nicht verloren haben. Allzu gut kannte sie Fiedler, um zu wissen, er würde sich gleich nach der

Entlassung aus dem Spital wieder in die Arbeit stürzen.

„Werden Sie mich begleiten, Frau Doktor? Wenn es dort so schön sein soll, dann lade ich Sie, als meine ärztliche Begleitung, auf ein paar Tage Urlaub ein." Seine Schmerzen gaben unter Einwirkung der stark dossierten Infusion langsam nach.

„Ehrlich gesagt kenne ich Sie jetzt schon eine Weile und Sie wirken auf mich wie jemand der Urlaub dringend nötig hätte. Egal wann ich in diesem Haus mein Zimmer beziehe, Sie sind da. Nehmen Sie sich eigentlich nie frei? Mir scheint es, Sie wohnen hier. Und Sie wirken immer so traurig. Wann waren Sie das letzte Mal in den Ferien?"

Fiedlers Blick blieb auf Klaras blassem Gesicht haften. Ihre hellen frischgewaschenen Haare waren wie immer zu einem lockeren Pferdeschwanz hinten zusammengebunden. Es kostete ihn nicht einmal Mut oder Überwindung, mit seiner Ärztin so offen und ehrlich zu reden. Fiedler spürte, dass Grundl nicht alles gesagt hatte. Und das der Eingriff nur eine Lebensverlängerung war, aber keinesfalls Heilung versprach. Fiedler schaute Klara bereits seit einer Minute fest an. Klara begann, eine innere Unsicherheit und Nervosität zu spüren.

„Danke für das Angebot, aber Sie werden dort viel zu beschäftigt sein und ich würde Ihnen nur im Wege stehen. Sie werden dort zahlreiche Therapien haben und neue fantastische Menschen kennenlernen. Diese Rehaklinik scheint die beste in ihrem Bereich zu sein. Und so schnell werden Sie dort sowieso keinen Platz bekommen. Deshalb schlage ich vor, Sie sehen sich die Unterlagen hier an und entscheiden sich bald", unterbrach schließlich Klara die Stille, als sie wieder ihre Gedanken ordnen konnte. Ihr Blick wanderte von Fiedler zu den Unterlagen, welche sie ihm auf seinen Nachttisch legte. Sie fühlte noch immer einen Hauch von Befangenheit und sie spürte noch immer seinen tiefen, ehrlichen Blick an ihr haften.

„Schade", antwortete er traurig. Umso mehr verspürte Klara, wie ernst es ihm war, sie an die Ostsee einzuladen. Es hatte sie traurig gemacht. Sie mochte Fiedler gerne. Sie hasste den Gedanken, ihm im Augenblick nicht mehr helfen zu können. Aber mit ihm an die Ostsee fahren? Nein, das konnte sie nicht. Noch auf ihrem Nachhauseweg, dachte sie traurig über Fiedler nach. Vermutlich war er einsam. Außer seinen Freund Gregor Sander besuchte ihn niemand anderer im Krankenhaus. Sie fragte sich, ob er eine Familie hatte, oder Freunde? Oder war er alleine auf der Welt, von all seinen Lieben verlassen, genau wie sie? „Vielleicht hatte ihn ein ähnliches Schicksal wie mich ereilt", kam Klara ein flüchtiger Gedanke, welcher ein Auslöser war von ihrer eigenen Vergangenheit eingeholt zu werden. „Mein Gott, sie war erst zehn Jahre alt. Sie hatte noch nichts erlebt?" In ihren Augen bildete sich ein See, der bei der kleinsten, kaum wahrnehmbaren, Erschütterung überzulaufen drohte. Klara war tapfer und verscheuchte mit aller Kraft ihre Gedanken. Zu Hause angekommen leerte sie ihren halbvollen Briefkasten aus. Während sie die Stufen zu ihrer Wohnung hochstieg brummte ihr der Kopf vor

Erschöpfung. Endlich zu Hause, dachte sie sich als sie ihre Wohnungstür aufriss. Sie schmiss den Poststapel auf ihren Couchtisch und ließ sich gleichzeitig auf ihr bequemes Sofa fallen. Eine Zeit lang starrte sie ihre Post an, doch dann legte sie ihren Kopf an die Couchlehne und schloss ihre Augen für einen Augenblick. Sie musste für ein paar Minuten eingeschlafen sein. Die Musik ihres Handys klingelte und spielte plötzlich unermüdlich, durch den ganzen Wohnraum. Klara war viel zu müde, um ans Telefon zu gehen, blieb deshalb auf ihrem Sofa sitzen und fing an, die Post durchzusehen. Werbung, Zahlscheine und wieder Werbung. Dabei legte sie die Werbeprospekte gleich zur Seite um sie später zu entsorgen. Plötzlich hielt sie ein cremefarbenes Kuvert mit einer säuberlich schönen Handschrift in ihrer Hand. Dabei stellte sie erschrocken auf ihrer Armbanduhr fest, dass sie sich jetzt gewaltig beeilen musste, wenn sie Frau Smetana nicht warten lassen wollte. Frau Smetana war eine leidenschaftliche Operngeherin. Das Opern-Abonnement, welches sie bereits mit Ludwig hatte, übernahm nach seinem Tod ihre Freundin Luise. Es waren fünf herrliche Wochenenden im Jahr, welche die beiden Freundinnen so gemeinsam verbrachten. An den Opernwochenenden übernachtete Luise bei Anna Smetana. Am Tag der Oper gingen sie aus alter Gewohnheit gemeinsam zum „Da Firenze" in der Singerstraße Abendessen. Dann schlenderten sie meistens kichernd über die Kärntner Straße zur Staatsoper. Beide Damen waren eher kleiner zierlicher Gestalt. Beide waren Witwen und beide heiterer Natur. Beide konnten über Kleinigkeiten lachen. Diesmal lag Luise mit Fieber im Bett und war über den Verfall ihrer Opernkarte untröstlich gewesen. Als Luise ihre Freundin gestern Abend wegen einer Verkühlung absagen musste, zögerte Frau Smetana keine Sekunde und eilte die Treppe zur Klara hinauf. Ein bisschen freute es sie sogar, dass Luise krank geworden war, denn schon seit geraumer Zeit dachte sie darüber nach, wie sie Klara aus ihrem monotonen Leben, welches sie ihrer Meinung nach führte herausreißen könnte. Mit großer Sorge beobachtete Frau Smetana, wie Klara im Begriff war ihre schönsten Jahre mit der Arbeit und ihren Büchern zu vergeuden. Jetzt erschien es ihr ein guter Anlass, Klara einmal aus ihren vier Wänden in die große Welt hinauszulocken. Klara fehlte es nicht an kultureller Bildung, dessen war sich Frau Smetana sicher. Doch erkannte sie, dass die junge Frau sich entweder im Krankenhaus abrackerte oder in ihrer Wohnung verschanzte. Die alte Dame nahm sich fest vor, eine Absage nicht zu akzeptieren und vielleicht deshalb hatte ihr Herz gestern Abend laut gepocht, als sie an Klaras Tür geklopft hatte. Als Klara die Tür aufgemachte hatte, hatte sie ihr die freigewordene Opernkarte mit der Bitte sie zu begleiten direkt in die Hand gedrückt. Klara hatte tatsächlich für einen kurzen Augenblick mit dem Gedanken gespielt, Frau Smetana abzusagen. Doch sie hatte sofort gemerkt, dass diese hellen Augen ein Nein nicht dulden würden. So hatte Klara zögernd zugesagt. Sie hatte ihr versprochen, sie nach um 18 Uhr von der Wohnung abzuholen. Als Frau Smetana wieder in ihrer unteren Wohnung verschwunden war, fiel

Klara auf, dass sie nicht einmal gefragt hatte, welches Stück sie sehen würden. Es war aber ohnehin egal, denn Klara war seit Jahren nicht mehr in der Oper gewesen. Sie wollte Frau Smetana eine Freude bereiten und es war ihr wichtig, sie am nächsten Tag in die Oper zu begleiten. Tagsüber bei ihrer Arbeit hatte sie sich dabei ertappt, dass sie sich auf den bevorstehen Abend in der Oper aufrichtig freute.

Schnell legte sie den ungeöffneten Brief mit der schönen Handschrift auf den Tisch zu den anderen noch verschlossenen Kuverts, schlüpfte in ein schwarzes Kleid, sprühte eine Brise vom neuen DKNY über ihre Schulter und eilte zu Frau Smetana hinunter.

„Klärchen, Du schaust bezaubernd aus", staunte Frau Smetana über Klaras Erscheinung. Zufrieden, hackte sie sich bei ihr ein. Und sie stiegen in das bereits vorm Haus wartende Taxi. Als sie die Opernstiege hinaufschritten wurde Klara bewusst, wie lange sie nicht mehr in der wunderschönen Wiener Staatsoper gewesen war. Richard hatte sich nie für die Opernwelt interessiert. Zum ersten Mal nach langer Zeit war Klara ausgegangen und hatte sich etwas Zerstreuung erlaubt.

Am nächsten Morgen musste sie sich eingestehen, dass es ihr gut getan hatte und es war ihr nicht schwer gefallen, unter Menschen zu gehen. Obwohl sie gestern Abend mit niemand anderem als mit Frau Smetana gestern Abend ein Wort gewechselt hatte. War es alleine für ihre Augen eine Wohltat, wieder Menschen in schönen Kleidern zu sehen. Es war einfach schon viel zu lange her, dass sie ausgegangen war. In der Pause hatten sich beide Frauen ein Glas Sekt genehmigt und sich angeregt über das Stück unterhalten. Klara war nicht entgangen, dass Frau Smetana die Oper nicht nur liebte, sie fühlte die Oper. Obwohl sich Klara auch an diesem Abend einen Anflug von Heiterkeit strengstens verboten hatte, schwappte die Begeisterung der alten Dame auf sie über. Gestern Abend fühlte sich Klara zum ersten Mal nach endlos langen Monaten befreit und leicht. Obwohl es ihr nicht Recht war, musste sie sich am nächsten Morgen eingestehen, dass sie den gestrigen Abend genossen hatte.

Das Stück hatte sie einmal als junges Mädchen gesehen. Gestern hatte sie eine andere Botschaft, als damals vor über zwanzig Jahren, verstanden. „Schon seltsam wie die Zeit unsere Sinne schärft," dachte sich Klara heute Morgen, während sie sich entschied, ihr behagliches Bett zu verlassen und sich eine Tasse Tee zu machen.

Es war noch immer, wie die Tage davor sehr kalt. Und vom Himmel schwebten unermüdlich weitere große Schneeflocken. Klara schaute durch das geschlossene Küchenfenster in den Garten hinaus, alles war spurlos unter der dicken weißen Decke verschwunden. Es war ein Naturschauspiel, in dem absolute Stille herrschte. Wie ein weißes Leintuch lag der Schnee im Garten ausgebreitet. Keine Spuren der Zivilisation, nur wenige Vögel dürften hier gestrandet sein und einen kleinen Spaziergang unternommen haben. Klara stand vor dem Fenster und war überglücklich über den heutigen freien Tag, welchen sie sich vorausblickend genommen hatte. Sie beschloss, heute für den ganzen Tag im Bett zu bleiben und das Buch „Die Entdeckung der Langsamkeit" nochmals zu lesen. Im Wohnzimmer fiel ihr Blick auf den noch immer auf dem Couchtisch liegenden ungeöffnetem Poststapel, welchen sie in der Zwischenzeit vergessen hatte. Sie blieb stehen und nahm ihn langsam in ihre Hände, das Kuvert mit der schönen Schrift betrachtete sie eine Zeit lang und legte es neugierig zur Seite. Sie wollte es bis zum Schluss aufheben und sich in Ruhe überraschen lassen, wer ihr geschrieben hatte. Als erstes entsorgte sie ungeöffnet alle Werbeprospekte und dann blieb ohnehin nur dieser eine Brief mit der schönen Schrift übrig und ein Erlagschein, um ihre Stromrechnung zu bezahlen. Aufgeregt ging sie in die Küche und goss sich erneut eine Tasse von diesem herrlich duftenden Früchtetee. Zurück im Wohnzimmer nahm sie das zur Seite gelegte Kuvert wieder in die Hand und öffnete es. In dem Drang zu erfahren, wer ihr geschrieben hatte, überflog sie das geheimnisvolle Schreiben. Etliche Male musste sie die Zeilen lesen. Es dauerte eine Weile, bis sie den Inhalt des Schreibens verstanden hatte. Ein unbekannter Mann namens Viktor gestand Klara in seinem Brief, seine tiefste Bewunderung. Es war ein kurzer Brief mit einem sehr höflichen, sehr feinen Ton. Trotz ihrer Ablehnung gegen dieses Schreiben spürte sie die in ihr hochkommende Aufregung. Es war ihr gar nicht Recht, sich womöglich erregt zu fühlen. Aber sie konnte absolut nichts gegen dieses Gefühl unternehmen. Es war schon sehr lange her, dass Klara jemand als Frau wahrgenommen hatte und es ihr auf so eine bezaubernde Weise kommuniziert hatte. Klara kannte niemanden, der Viktor hieß. Sie las den Brief, in der Hoffnung, herauszufinden, wer der Verfasser war, noch etliche Male aufmerksam durch. Aber so sehr sie sich auch anstrengte, es fiel ihr niemand ein.

Die Woche war schnell vergangen und der Samstag für das geplante Abendessen bei Frau Smetana stand vor der Tür. Klara freute sich überhaupt nicht auf den Abend. Wenn Frau Smetana Besuch bei sich hatte, bevorzugte es Klara, bei ihr nicht vorbeizusehen. Sie beschloss, das Essen schnell hinter sich zu bringen und dann mit dem Vorwand sich kränklich zu fühlen, wieder nach oben zu gehen. Das war der kleine Wehrmutstropfen, dass sie es nicht weit nach Hause hatte. Dann fiel ihr aber ein, dass dieser Jan hier auch vorläufig wohnte. Wie üblich klopfte Klara zweimal kräftig an der Tür und dann öffnete sie selbst mit dem von außen im Schlüsselloch steckendem Schlüssel die Wohnungstür. Als Klara das Vorzimmer betrat roch es in der Wohnung nach einem herrlichen Lammbraten. Sie begrüßte Frau Smetana, welche ein gestreiftes Kleid, dazu eine zarte Perlenkette mit passenden Perlenohrstecken, trug. Ihr erstaunlicherweise noch immer ungefärbtes naturbraunes Haar war mit einigen Spangen zu einer Hochfrisur befestigt. „Liebes, schön, dass du da bist", begrüßte sie Klara mit einem freundlichen Lächeln.
„Würdest du uns bitte einen Aperitif einschenken?" Frau Smetana war noch in der Küche beschäftigt und freute sich, dass Klara schon da war, um ihr mit den letzten Griffen zur Seite zu stehen. Gerade wollte Klara nach den Gläsern greifen, um sie mit Martini zu füllen. Da

öffnete jemand die Eingangstür und eine tiefe männliche Stimme rief aus dem Vorraum: „Anna? Hallo, hier sind wir." Die Begrüßung stockte in Klara, „Wir?" Wen hat er mitgenommen?" fragte sie sich und goss weiter den Martini ein. Sie dachte, es handle sich um ein kleines unbefangenes Abendessen zu dritt. Jetzt hörte sie noch eine weitere Stimme, es handelte sich offensichtlich um eine junge Frau. Da stand Jan schon in der Küche. Mit einem Strahlen auf dem Gesicht verpasste er seiner Tante einen dicken Schmatz auf die Wange und seine starken Arme schlangen sich um ihren Rücken.

„Hmmm, da riecht es aber schon wieder so verboten gut in deiner Küche", lachte er, als er seine Tante wieder aus der Umarmung befreit hatte. Mit seinem athletischen Körper und seiner stattlichen Größe wirkte die Küche auf einmal voll und Jan versperrte Klara den Weg hinaus in den Wohnsalon. Über das ganze Gesicht grinsend hielt er Klara seine Hand entgegen und sagte nur ein knappes: „Hallo. Ich bin Jan." „Sie stellte sich mit Klara vor," aber es ging unter, da eine weitere Person in der Küche erschienen war. Keine zwanzig, dunkles dichtes Haar, sehr sportliche Figur. Dieses junge Ding neben Jan hatte nichts an sich zu verstecken. Fernab von diesen magersüchtigen Models, welche man in Modezeitungen abgelichtet sah, um sie der gesamten Welt als Schönheitsideal zu verkaufen. Ihre muskulös geformte Arme und Beine sowie ein herrlich straffer Bauch verbargen sich unter dem Hauch von Nichts, welches sie anhatte. Selbstbewusst und nicht minder strahlend als Jan, stellte sie sich als Jade vor. Klara fiel auf, dass Jade keine Österreicherin war. Sie tippte auf eine Italienerin oder Spanierin. Klara war wütend darüber, dass sie jetzt nicht nur diesen Neffen, sondern auch seine junge Freundin ertragen musste." Zu ihrer Verwunderung hatten sich Jade und Frau Smetana herzlichst begrüßt. Die Küche schien aus allen Nähten zu platzen. Die drei unterhielten sich angeregt und Klara schlich sich leise aus der Küche hinaus in den Salon. Sie wusste nicht, was sie machen sollte, also ging sie zum Bücherschrank und studierte die Bandtitel. Einige von den Büchern hatte sie bereits gelesen. Sie rechnete sich aus, wie lange das Abendessen heute dauern könnte. Klara interessierte sich weder für Jan noch für seine Freundin. Das Einzige, was sie interessierte, war: „Wann findet er eine neue Wohnung und wann zieht er wieder aus diesem Haus, aus ihrem Reich aus." Natürlich wusste sie, dass sie nicht zu ihm hingehen und ihn fragen konnte: „Sagen Sie, wann werden Sie wieder ausziehen? Eigentlich stören Sie mich nicht, aber seitdem ich meine Familie verloren habe, mag ich keine Menschen um mich herum und schon gar keine Männer." Nein, das konnte sie bei Gott nicht sagen. Nachdem ihr klar wurde, dass sie ihre Gedanken nicht aussprechen durfte, betete sie, dass er bald eine Wohnung finden würde und hoffte, sich an diesem Abend nur ansatzweise an einer Unterhaltung beteiligen zu müssen. Gerade kam Jan mit einer Porzellanschüssel voll mit Suppe herein und unterbrach Klaras Gedanken. Er schaute kurz zu ihr hinüber.

„Wie geht es Ihnen? Meine Tante hat mir erzählt, dass Sie jetzt hier wohnen. Herzlich Willkommen."
„Oh, mein Gott warum Herzlich Willkommen? Gehört dieses Haus ihm? Eigentlich sollte ich ihn Willkommen heißen, er schließlich ist der neue Zuwachs."
„Danke, es geht mir gut", antwortete sie knapp ohne sich einer weiteren Kommunikation mit ihm widmen zu wollen.
Jan grinste und stellte die Suppenschüssel auf den bereits gedeckten Tisch.
Klara verschwand in der Küche.
„Klärchen, entschuldige bitte. Ich wusste nicht, dass Jan Jade mitnehmen möchte. Erst gestern teilte er mir mit, dass sie auch kommt."
„Machen Sie sich keine Gedanken, Frau Smetana. Es ist alles wunderbar", log Klara und fühlte sich in ihrer Haut elend, denn sie konnte Lügen nicht ausstehen. Für einen Augenblick starrte Frau Smetana durch Klara hindurch und murmelte vor sich hin: „Na ich bin mir nicht so sicher, ob wirklich alles so wunderbar ist. Ich denke, Jan sollte sich jetzt in Wien niederlassen und aufhören, einem Phantom nachzulaufen. Er kann nicht für und gegen die ganze Welt kämpfen. Er ist ein guter Junge, doch er hat in seinem Leben viel Unglück erfahren." Klara verstand kein einziges Wort von dem, was Frau Smetana soeben gesagt hatte. Sie nickte und heuchelte somit Verständnis für Jan und seine Lage. Und wieder ärgerte sie sich über sich selbst, dass sie kein Interesse hatte, nachzufragen, was Frau Smetana damit gemeint hatte. Schließlich mochte sie ihre Vermieterin

sehr und wollte aufrichtig an ihren Sorgen und Freunde teilhaben. Jans Glück lag Frau Smetana am Herzen, dass war nicht zu übersehen. Klara dagegen war er völlig egal, und wie grausam das Leben sein kann, hatte niemand von den Anwesenden so hautnah erleben müssen, wie sie selbst. Also zum Teufel mit dem Mitleid. Vermutlich hatte Jan sein Geld beim Glückspiel verloren oder er fand keine Arbeit. Deshalb suchte er einen billigen Unterschlupf bei seiner Tante. Klara wohnte hier bereits seit einem Jahr, aber von einem Jan hatte Frau Smetana noch nie zuvor gesprochen. Klara nahm sich fest vor, in den nächsten Tagen bei ihr genauer nachzufragen und somit ihr Interesse, nicht an Jan, sondern an den Sorgen ihrer Vermieterin, zu teilen. Das Abendessen verlief zu ungezwungen. Sie sprachen viel über Jans Eltern, welche sich derzeit in Argentinien aufhielten. Frau Smetana hörte nicht auf, nach ihrem Bruder zu fragen. Und obwohl sich Frau Smetana und Jan seit seinem Einzug in die Sollingergasse bestimmt schon öfter gesprochen hatten, gab es scheinbar noch immer sehr viel, was Frau Smetana ihren Neffen nicht gefragt hatte. Auch Jade war über die familiären Verhältnisse in Argentinien bestens informiert wie Klara feststellen musste. Die Inhalte der Konversation waren Klara nur Recht, denn so musste sie an den Gesprächen nicht teilnehmen. Sie widmete ihre ganze Aufmerksamkeit dem herrlichen Lammbraten auf ihrem Teller. Sie saß neben Jade und gegenüber ihrer Vermieterin, welche es sich nicht nehmen ließ, neben ihrem Neffen Platz zu nehmen. Frau Smetana schien glücklich zu sein, ihren Neffen in ihrer Nähe zu haben. Die drei hatten viel gelacht und nahmen rege an den Gesprächen teil. Jade entpuppte sich als ein sehr junges und durchaus zielbewusstes Mädchen. „Manche Männer benötigen blutjunge Mädchen an ihrer Seite für das Ego. Manche trifft es früher und andere eben später", dachte sich Klara und schmunzelte dabei unbewusst. Und Jan fiel genau in diese Schublade von Männern. Nach dem Dessert setzte sie ihr Vorhaben in die Tat um. Klara bedankte sich für das herrliche Essen und verließ mit unter dem Vorwand, ihr wäre Unwohl die Gesellschaft. Oben in ihrer Wohnung ließ sie sich, so wie sie war auf ihr Bett fallen und versank in ihrer Trauer und Sehnsucht nach ihrer Tochter, und seltsamerweise auch nach Richard, in den Schlaf. Wie nie zuvor sehnte sie sich danach, in Richards Armen einzuschlafen.

-8-

Ein stürmisches Läuten an der Tür riss sie am nächsten Morgen aus dem noch Schlaf heraus. Schlaftrunken taumelte Klara zur Tür. Sie traute ihren Augen nicht. Es war Jan. „Guten Morgen! Ich wollte mich erkundigen, wie es Ihnen geht. Gestern haben Sie über Unwohlsein geklagt. Auch wollte ich mich entschuldigen, dass wir Gespräche gewählten haben, denen Sie nicht beiwohnen konnten. Es war unhöflich von uns vor Ihnen über Familienmitglieder zu sprechen, die sie nicht kennen." Klara stand mit offenem Mund in der Tür. Sie traute ihren Ohren und Augen nicht. Jan stand an Ihrer Türschwelle und schien sich Gedanken um Klaras Befinden zu machen? Nein, das konnte nicht wahr sein. „ „Hier bitteschön, ich habe mir erlaubt, Ihnen ihre Post mitzubringen. Ich war gerade unten, als der Briefträger kam." Jan hielt tatsächlich ein Kuvert in der Hand. Während er ihr dieses überreichte, ließ er seinen Blick über Klaras Körper hinunterwandern. Es war ihm gerade aufgefallen, dass sie sich seit gestern noch nicht umgezogen hatte, und in ihrem silbergrauen kurzen Kleid von gestern Abend verführerisch aussah. Ihre makellose Figur war ihm bereits gestern nicht entgangen. „Pflegen Sie es immer in Ihrem Gewand schlafen zu gehen?" fragte er sie mit einem Schmunzeln auf seinem Gesicht. Schon wieder dieses Grinsen. Kann diese Person nichts anderes außer Grinsen?" dachte sich Klara und nahm das Kuvert energisch entgegen. Sofort erkannte sie die schöne Schrift und das cremefarbene Kuvert wieder. Verlegen stellte sie fest, dass sie aufgeregt war, verbarg, dass aber entschieden vor Jan. „Danke, es geht mir tatsächlich schon besser", sagte sie so ruhig sie in dieser Situation nur konnte. Verlegen blieben die beiden noch eine Weile in der Tür stehen, bis Klara schließlich langsam die Tür schloss. Sie spürte, dass Jan noch einen kurzen Augenblick vor ihrer geschlossenen Tür stand, dann aber die Treppen hinauf ging. Sie ging ins Badezimmer, reinigte sich ihr Gesicht und brachte ihr Haar in Ordnung. Dann schlüpfte sie in ihr Hausgewand. Vor einem Toastbrot mit einem Spiegelei sitzend, öffnete sie neugierig das Kuvert.

4. Februar
„Meine verehrte Klara,

ich darf Sie hoffentlich so nennen? Die letzten Tage musste ich verreisen. Ich hatte beruflich in Kopenhagen zu tun. Ich war dort zu einem Vortrag eingeladen. Deshalb sah ich leider nicht viel von dieser wunderbaren, pulsierenden Stadt. Nach dem Seminar war für alle Teilnehmer ein gemeinsames Abendessen geplant. Ich sagte jedoch ab und bevorzugte es, alleine durch die Stadt zu schlendern. Nach so einem Tag brauchte ich einfach frische Luft und genoss meinen einsamen Abendspaziergang sehr. Als ich die Straße zum Hafen hinunter spazierte, dachte ich plötzlich an Sie, liebe Klara. Ich wünschte, sie wären bei mir. Plötzlich fühlte ich mich wie ein kleiner Junge. Schmetterlinge durchliefen meinen Bauch und mein Herz raste vor Freude. Mein Körper kribbelte wie verrückt. Ich fragte mich, ob es Zufall war, dass ich Ihnen eines Tages begegnete. Oder ist es einfach Schicksal, dass Dinge passieren? Wie sehen Sie das, Klara? Glauben Sie an Zufälle oder steht alles schon von Beginn an fest? Ich denke, es ist eine dieser Fragen, dessen Antwort uns das Leben schuldig bleibt. Verehrte Klara, ich weiß es auch nicht. Vermutlich denken Sie sich: „Warum schreibt er mir all dieses Zeug"? Auch das weiß ich nicht. Wie Sie sehen, weiß ich recht wenig. Ich weiß nur, dass mein Herz danach verlangt, Ihnen zu schreiben. Es war nicht schwer, ihre Mailadresse herauszufinden. Für einen kurzen Augenblick war ich in Versuchung, Ihnen eine Email zu senden. Doch dann empfand ich es als kalt und unpersönlich. Wenigstens meine Handschrift soll dieser Brief tragen. Und so entschied ich mich, Ihnen einen Brief zu schreiben. Obwohl ich es mir anmaße, Sie über meine Identität im Dunkeln tappen zu lassen, müssen Sie wissen, verehrte Klara, dass ich Sie sehr schätze. Dennoch möchte ich Ihnen derzeit nicht mehr über mich zu verraten. Daher wohl auch die Briefform. Alleine das Schreiben gibt mir das Gefühl, Ihnen näher zu sein. Sie lesen meine Gedanken, welche ich gerne mit Ihnen teilen möchte. Bitte, wenn ich Ihnen zu nahe trete, antworten Sie nicht auf mein Schreiben. Ich verspreche Ihnen, Sie nie wieder zu belästigen. Bitte schreiben Sie mir aber zurück, wenn Ihnen danach ist. Auf der Rückseite des Kuverts finden Sie mein Postfach. Vertrauen Sie mir. Ich darf Ihnen verraten, ein Schreiben von Ihnen würde mein Herz mit Freude erfüllen und mein Leben würde wieder an Bedeutung gewinnen. In großer Hoffnung und tiefem Respekt.

Ihr Viktor

Diesmal musste Klara das Schreiben kein zweites Mal mehr lesen. Sie hatte es bereits beim ersten Mal aufmerksam durchgelesen. Eine Zeitlang starrte sie den Namen Viktor an. Aber auch dieses Mal fiel ihr niemand, mit diesem Vornamen ein. Selbst in der Studienzeit hatte sie niemanden namens Viktor kennengelernt. Sie kam zu dem Entschluss, dass sie schlicht und einfach niemanden mit diesem Vornamen kannte. „Postfach", dachte sie sich während sie das Schreiben zur Seite legte und einen Bissen von ihrem Toast machte.

„Bitte nicht heute", dachte sich Klara, als sie am Nachmittag ihre erste Tasse Kaffee trank. Das Ärztezimmer war leer, was sehr selten vorkam. Die Schwestern waren mit ihren Patienten auf den Stationen beschäftigt. Und Klara machte die Tür hinter sich zu, um einige Sekunden alleine zu sein und ihre Gedanken zu ordnen. Klara spürte, dass heute einer dieser endlos dauernden Tage war, an denen sie nicht pünktlich aus dem Krankenhaus herauskam. Sie beschloss, Dr. Neumann anzurufen und ihn zu bitten, heute etwas früher ins Spital zu kommen. Sie hatte Elena versprochen, sie rechtzeitig vom Flughafen abzuholen. Sie konnte aber unmöglich direkt vom Spital hinfahren, sie musste sich vorher zu Hause etwas ausrasten. In den letzten Tagen hatte sie wenig Schlaf bekommen und das machte sich langsam bemerkbar. „Ich habe heute Abend meiner Mutter versprochen sie vom Flughafen abzuholen. Könntest du für mich heute Nachmittag einspringen? Bitteee", flehte Klara ihren Kollegen am Telefon an. Neumann machte sich schon seit längerem Gedanken über seine durchaus attraktive Kollegin. Es fiel ihm auf, dass sie in all den Monaten, die sie im Spital arbeitete, nie etwas kritisiert hatte oder gar wegen einer privaten Angelegenheit einen Dienst mit jemand tauschen wollte. Nie hatte sie etwas vor und schon gar nicht sprach sie mit Jemanden über ihr Privatleben. Neumann hatte bemerkt, dass Klara gekonnt den neugierigen Fragen ihrer Kollegen auswich. Er hatte sich schon oft gefragt, warum so eine attraktive Frau so zurückgezogen lebt. Und was diese schönen großen Augen so traurig gemacht hatte? Er mochte Klara wirklich sehr gerne. Nicht nur wegen ihres unerbittlichen liebevollen Einsatzes im Krankenhaus, sondern auch wegen ihrer Herzenswärme. Manchmal verspürte Neumann das Bedürfnis, sie beschützen zu müssen, so zerbrechlich wirkte Klara. Er war richtig froh, dass er ihr heute helfen konnte und kam gerne früher in die Arbeit. Trotzdem staunte er über die Aussage, Klara müsse ihre Mutter vom Flughafen abholen. Für Klaras Verhältnisse war dies schon ein ungewöhnlich tiefer Einblick in ihr Privatleben. Sein Respekt gegenüber Klara, als Ärztin und als Frau, erlaubte es ihm nicht, sie weiter nach Details zu fragen. Zum ersten Mal wusste Neumann, was seine Kollegin nach dem Dienstschluss vorhatte. Sie fuhr zum Flughafen, um ihre Mutter abzuholen. Kurz nach dem Telefonat betrat Dr. Klaus Neumann das Spital. Er hatte keine Familie, daher verbrachte er seine Zeit, genauso wie Klara, ohnehin am liebsten im Krankenhaus, wo er in Ruhe an seinem Baby, der Krebs-Forschung, arbeiten konnte. Vor einigen Monaten hatte er Klara ein Angebot unterbreitet, ihn dabei zu unterstützen. Die beiden bildeten ein perfektes Team. Sie begegneten sich mit dem höchsten Respekt und Vertrauen. Klara punktete durch ihr selbstständiges, fortschrittliches Denken und der Begeisterung für Medizin und Forschung. Es bedurfte nicht vieler Worte, um zu wissen, was der Andere dachte. Doktor Neumann war kein sehr gesprächiger Mann. Klara war es leicht gefallen sich an Neumann wortkarge Arbeitsweise zu gewöhnen. Es war ihr nur Recht so. Sie hatte gewusst, die Chance, an einem Forschungsprojekt mitzuarbeiten, bekam sie nicht so schnell wieder. Klara richtete ihre Energie ausschließlich auf ihre Arbeit mit Neumann. Dr. Neumann, der als der Denker unter den Kollegen galt, war Anfang fünfzig und lebte für die Medizin und Forschung. Bereits vor Jahren hatte er alles aus seinem Leben verbannt, was ihn von seiner Arbeit ablenken könnte. Hinter vorgehaltener Hand munkelte man, seine Verlobte hatte ihn am Tag vor der Hochzeit sitzen gelassen. Sie musste die Liebe seines Lebens gewesen sein. Erst Jahre später hatte sie ihn angeblich wissen lassen, dass er wenige Monate nach der geplanten Hochzeit Vater geworden war. Sein Herz hatte bei dieser Nachricht einen neuerlichen Zusammenbruch erlitten, aber sein Stolz hatte es ihm unmöglich gemacht, der Frau, die er einmal geliebt hatte, zu verzeihen. Bis heute leugnete Neumann die Existenz seines Kindes. Kollegen hatten aber beobachtet, dass er Fotos eines Jungen bei sich trug. Einmal hatte er dringend in den Operationssaal müssen und hatte seine persönlichen Sachen bei offenem Fenster auf dem Tisch liegengelassen. Als eine Krankenschwester das Zimmer betreten hatte, waren durch die Luftbrise aufgewirbelt Akten zu Boden gefallen. Darunter hatten sich auch Bilder eines Jungen, welcher eine auffällige Ähnlichkeit mit Neumann hatte, befunden. Die Bilder waren aus weiter Ferne gemacht worden. Offensichtlich hatte der Bub nichts von den Aufnahmen gewusst. Dr. Neumann mied die Gesellschaft

anderer Menschen und es widerte ihn an, Smalltalk zu führen. Passierte es ihm doch, so war es ihm äußerst unangenehm. Dann strich er sich über seine Glatze und ein häufiges Augenblinzeln machte sich in seinem Gesicht bemerkbar „Danke Klaus." Bedankte sich Klara für sein früheres Kommen zur Dienstübergabe und ging schnell zur Tagesordnung über. Außer Professor Grundl selbst war Klara die einzige Kollegin, die ihn duzten durfte. Pflichtbewusst informierte sie ihn über die Geschehnisse des heutigen Tages. „Hugo Fiedler hat nicht mehr die Kraft von früher. Ich habe ihm eine Auszeit empfohlen und ihm gesagt, er solle eine Therapie an der Ostsee in der Klinik Böhkan nehmen. Er wird in den nächsten Tagen entlassen. Er liegt in Zimmer 232. Vielleicht schaust du bei ihm vorbei."
„Hmmm" brummte er. Dann klappte Klara die Akten zusammen und verließ die Klinik.
Die Maschine aus New York war pünktlich gelandet. Klara stand am Flughafen Schwechat in der Ankunftshalle hinter dem abgrenzenden Seil in der ersten Reihe und wartete wie die anderen Menschen auch, darauf, dass die große Tür aufging und die gerade angekommenen Fluggäste durchgingen. Zu Klaras Überraschung war Elena eine der ersten Passagiere, die durch diese Tür geschritten war. Überschwänglich stürzte sie sich auf ihre Tochter.
„Darling, wie geht es dir?", fragte Elena nachdem sich die beiden wieder voneinander gelöst hatten. Sie schaute Klara tief in die Augen und entdeckte darin die noch immer anhaltende Trauer.
„Es geht mir gut, Elena", antwortete Klara kurz, wusste aber, dass sie ihrer Mutter nichts

vorzumachen brauchte. Klara kannte diesen Blick, genau so hatte Elena Klara vor zwei Jahren in der Herrengasse angesehen und damals hatte sie alle Hebel in Bewegung gesetzt, um ihrer Tochter zu helfen. Wieder umarmte Elena ihre Tochter fest. Als sich Mutter und Tochter wieder voneinander gelöst hatten, schnappte Elena stumm ihren Gepäckwagen und die beiden steuerten auf Klaras Auto zu. Fürs Erste wollte Elena mit ihrer Tochter zum Hotel Imperial fahren und anschließend ein gemütliches Abendessen mit Klara zu sich nehmen. Auf der Fahrt zum Imperial erzählte Elena, dass Simon dabei war, seine Anteile am Unternehmen zu verkaufen und sich aus dem Geschäft ganz zurückziehen wollte. Als Klara fragte, ob sich Simon zur Ruhe setzten werde, antwortete sie knapp: „Ich weiß es nicht. Es ist alles offen, es kann auch durchaus sein, dass wir nach Wien ziehen werden. Simon hat deutsche Wurzeln, es kann sein, dass er seinen Lebensabend in Europa verbringen möchte. Ich lasse die Zukunft auf mich zukommen. Ich liebe ihn und ich werde ihm folgen, egal wo er hingeht. Ich vertraue Simon. Mit ihm steht und fällt auch mein Leben."

Klara erkannte, dass Elenas Stimme ruhig und ausgeglichen war. In dieser Stimme hörte Klara eindeutig die Kraft der Liebe. „Deshalb war Simon vermutlich in New York geblieben", dachte sich Klara während sie über den Schwarzenbergplatz auf den Kärntner Ring fuhr, wo auch schon das imposante Hotel Imperial zu sehen war. Klara fragte sich, warum Elena nach Wien geflogen war, was der Grund ihres Besuches sei. Sie stellte die Frage aber nicht laut, denn sie wusste,

dass Elena es ihr sagen würde, wenn die Zeit gekommen war. Sie war sehr überrascht, als sie vor wenigen Tagen einen Anruf von Elena erhalten hatte, in dem sie ihrer Tochter mitgeteilt hatte, sie werde nach Wien kommen und müsse sie in einer dringenden Angelegenheit sprechen.
„Wie lange wirst du bleiben, Elena?"
„Vermutlich ein bis zwei Wochen. Simon hat derzeit sehr viel mit den Verhandlungen zu tun und ich wäre sowieso nur alleine zu Hause."
Seit einem Jahr hatte sie ihre Mutter nicht gesehen. Vermutlich wollte sie ihrer Tochter einen kleinen Besuch abstatten nachdem sich Klara geweigert hatte, Weihnachten mit ihr und Simon in New York zu verbringen. Im gesamten letzten Jahr hatte sich der Kontakt zwischen Elena und Klara ausschließlich auf monatliche Telefongespräche beschränkt. Klara würde ohnehin bald erfahren, warum Elena so plötzlich zu nach Wien gereist war. Es war absolut unüblich für sie, ohne Simon und um diese Jahreszeit zu reisen. Klara ließ Elena vor dem Imperial aussteigen und die beiden verabredeten sich zum Abendessen im Novelli. Nachdem Elena ausgestiegen war, schaute Klara ihrer Mutter nach, bis diese in der Hotel-Lobby verschwunden war. Elena war eine sehr grazile und elegante Frau. Die schwarzblaue, enge Jeans mit dem schwarzen Sakko betonte perfekt ihre noch immer sehr mädchenhafte, schlanke Figur. Ohne Zweifel war Elena für ihre fünfundsechzig Jahre eine elegante Erscheinung. Klara fuhr heim, um etwas auszuspannen. Die Müdigkeit hatte sie eingeholt. Das Haus in der Sollingergasse war dunkel und Frau Smetana schien nicht zu Hause

zu sein. Auch oben in der Dachwohnung brannte kein Licht. Vermutlich war Jan mit Jade unterwegs oder vielleicht hatten die beiden bereits eine Wohnung gefunden und Jan war schon ausgezogen. Eine kleine Hoffnung keimte in ihr, die wurde aber sofort wieder weggeblasen, denn gerade als sie an den Namen Jan dachte, öffnete sich die Hauseingangstür und Jan kam aus dem Haus heraus.

„Oh, Guten Abend", sagte Klara erschrocken.

„Guten Abend. Es tut mir leid, habe ich sie erschrocken? Ich habe alle Lichter ausgemacht. Anna ist im Theater und kommt später nach hause, und ich muss kurz weg", sagte Jan aufrichtig.

„Nein, ist schon gut", log Klara wieder einmal und hasste sich dafür. Sie fragte sich, warum sie, seit Jan in das Haus gezogen war, immer wieder zu kleinen Lügen griff. War es denn wirklich so schwer zu sagen „Ja ich habe mich erschrocken aber jetzt geht es mir, nachdem ich sie erkannt habe, wieder gut"? Nein, es war ihr scheinbar nicht möglich, einfach ehrlich zu sein. „Was wollte sie vor Jan verstecken?", fragte sie sich. Später in ihrer Wohnung beschloss sie, sich in Zukunft zu besinnen und einfach bei der Wahrheit zu bleiben.

„Der Abend bei Anna letztens ist wie im Fluge vergangen. Ich genoss es sehr. Ich liebe Familientreffen. Es tat mir nur sehr leid, so wenig mit Ihnen gesprochen zu haben. Sehr gerne hätte ich mich mehr mit Ihnen unterhalten und Sie näher kennengelernt."

Verwundert über Jans offene Worte erwiderte Klara „Ja natürlich, können wir sprechen". Im

selben Augenblick fiel ihr Jade ein und sie fragte sich, wie ein Gespräch zu dritt verlaufen würde.
„Wir können sprechen?", Jan lachte.
„Meine Tante mag Sie aufrichtig gerne. Und ich liebe Anna. Klara, ich würde Sie gerne kennenlernen. Darf ich Sie zum Abendessen einladen?"
„Ich sagte schon Ja. Ich frage mich nur, was Ihre Freundin dazu sagen wird."
„Meine Freundin?", wiederholte Jan verdutzt.
„Jade," half Klara Jan auf die Sprünge.
Jan fing an zu lachen.
„Machen Sie sich keine Sorgen um Jade. Sie ist ein großes Mädchen. Ich möchte gerne Sie kennenlernen. Werden Sie mit mir Essen gehen?".
„Ich werde zu Hause in meinem Terminkalender nachsehen und Ihnen dann Bescheid geben" antwortete Klara knapp.
„Bitte reservieren Sie für uns den ersten möglichen Abend", lächelte Jan und verabschiedete sich.
Klara hatte nicht die Absicht, einen Abend für Jan zu reservieren. Sie war ohnehin davon überzeugt, dass Jan diese Begegnung bald wieder vergessen würde. Es gefiel ihr nicht, wie er sich über Jade geäußert hatte. Vielleicht führten die beiden eine Art offene Beziehung. Sie hatte schon davon gehört. Man ist zwar zusammen, hat aber auch die Erlaubnis, sich auch mit anderen Menschen zu verabreden. Klara fand diese Vorstellung ekelhaft. Jan und Jade taten ihr für einen kurzen Augenblick leid.
Elena saß bereits im Novelli, als Klara das Restaurant betrat.

„Darling, wie geht es dir? Ich mache mir Sorgen um dich. Du musst endlich die Vergangenheit hinter dir lassen. Es ist jetzt bald zwei Jahre her", sagte Elena eindringlich zu Klara, nachdem beide bestellt hatten. Mit großem Appetit bestellte Elena einen Seeteufel auf gebratenem Gemüse für sich und Klara nahm, ohne in die Speisekarte zu sehen, das Gleiche. Im Novelli war sie seit der Scheidung von Richard nicht mehr gewesen. Wieder kämpfte sie mit den Tränen, und wieder vermisste sie ihr altes Leben. Ihre Tochter. Die Sehnsucht nach ihrem kindlichen Duft, nach ihrem Lachen und nach ihren unendlich vielen Fragen zerriss Klara das Herz. Allmählich fragte sie sich, was sie hier machte. Sie hatte weder Hunger, noch wollte sie mit Elena im Novelli sitzen und sich anhören müssen, wie sie ihr Leben ändern solle. Wieder fiel ihr ein, dass sie Richard anrufen wollte. Klara war fest entschlossen, ihn morgen Früh im Büro anzurufen und sich nach seinem Befinden zu erkundigen. „Darling, letzten Monat bekam ich einen Anruf von deinem Vater", sagte Elena geradeaus ohne jegliche Umschweife ihrer Tochter. Klara blieb das Essen im Hals stecken.
„Von meinen Vater? Von David Lettner?"
„Ja, mein Liebes. Ich war selbst sehr überrascht, als ich seine Stimme am Telefon hörte. Ich erkannte sie sofort wieder, auch wenn ich sie seit sechsunddreißig Jahren nicht gehört hatte. Er hatte Nachforschungen angestellt und mich ausfindig gemacht. Klara, David möchte dich gerne kennenlernen. Er hat nach mir gesucht. Er fragte mich um die Erlaubnis, dich treffen zu dürfen", fuhr Elena fort.

Klara starrte ihre Mutter an und konnte kaum fassen, was sie soeben gehört hatte. David Lettner, ihr Vater, der vor sechsunddreißig Jahren von heute auf morgen plötzlich verschwunden war? Klara wusste von ihrer Mutter, wie es damals verlaufen war.
„Darling, David lebt in Kanada."
„Kanada?" wiederholte Klara monoton.
„Ja, ich habe lange darüber nachgedacht, ob ich ihm diesen Gefallen tun sollte. Und ich bin zu dem Schluss gekommen, du bist eine erwachsene Frau und du sollst selbst entscheiden, ob du ihn kennenlernen möchtest. Simon hat mich in diesem Entschluss bestärkt. Zuerst habe ich, nachdem er sich mit seinem Namen bei mir gemeldet hatte, sofort wieder aufgelegt. Und erzählte Simon, wer soeben am Telefon war. Wir wussten, dass David wieder versuchen würde mit mir Kontakt aufzunehmen, so war es auch. Wenige Minuten später läutete wieder das Telefon und Simon hob ab. Er hörte sich Davids Wunsch an und notierte seine Telefonnummer. Er versprach ihm, dass ich mich in den nächsten Tagen bei ihm melden würde. Schließlich habe ich mich dazu durchdrungen, ihn zurückzurufen. Ich hatte ihm gesagt, ich würde dir seinen Wunsch übermitteln, aber dich keinesfalls in deiner Entscheidung beeinflussen. Er wollte wissen, was du machst und wo du lebst. Ich erzählte ihm nichts von dir. Ich denke nicht, dass er etwas über dich weiß. Es ist also deine freie Entscheidung, ob du ihn treffen möchtest."
Klara starrte Elena noch immer mit offenem Mund an.

„Das war es also. Elena war nach Wien gekommen, um ihre Tochter mit ihrem Vater, der sie noch vor ihrer eigenen Geburt verlassen hatte, zu konfrontieren." Langsam sammelte Klara wieder ihre Gedanken.
„Ich werde es mir überlegen", lautete ihre knappe Antwort. Zu mehr war sie im Augenblick ohnehin nicht im Stande.
„Seine Telefonnummer findest du im Falle des Falles bei mir, mein Schatz", teilte Elena zaghaft mit.
„Das klingt ganz so, als ob du es für richtig erachten würdest, ihn zu treffen?", fragte Klara ungläubig.
„Ich möchte dich nicht manipulieren. Bitte entscheide frei. Wir alle werden deine Entscheidung respektieren. Auch David hat mir versprochen, es zu tun."
„Hat er erzählt, warum er dich verlassen hat?"
Elena zögerte mit ihrer Antwort ein wenig und nahm ein Schluck von ihrem Wein.
„Ja, ich habe ihn getroffen."
„Du hast dich mit meinem Vater getroffen? Was sagt Simon dazu?"
„Er war auch dabei. Wir haben uns in einem Hotel in New York getroffen. Ich wollte David nicht alleine treffen. Also bat ich Simon, mich zu begleiten".
Klara rang nach Worten.
„Warum ging er weg?"
„Er hatte Geschäfte mit Männern aus dem Rotlicht-Milieu gemacht. Und er wurde betrogen und bedroht. Mit seiner Flucht nach Kanada hatte er uns lediglich geschützt."

Klara musste lachen. Sie fühlte sich wie eine Protagonistin bei der „Versteckten Kamera".

„Ein seltsamer Gedanke. Ich hatte sechsunddreißig Jahre keinen Vater. Ich dachte, er hat uns, dich und mich, verlassen, weil er Angst bekommen hat, weil er andere Pläne in seinem Leben verwirklichen wollte, als sich um eine Frau und ein Kind zu kümmern. Und jetzt plötzlich soll ich einen Vater haben, der sich mit mir treffen möchte und der mich, als er mich verlassen hat damit sogar beschützen wollte? Einen Vater, der sich sogar Gedanken oder gar Sorgen wegen uns gemacht haben soll?", wiederholte Klara verwirrt.

„Elena, nicht böse sein, aber das klingt doch ein wenig albern. Findest du nicht auch?" Klara schaute Elena entsetzt an. Sie konnte noch immer nicht glauben, was sie soeben über ihren Vater gesagt hatte.

„Klara, ich habe ein sehr langes Gespräch mit David geführt. Bestimmt hat er viele falsche Entscheidungen in seinem Leben getroffen. Wenn er mich damals in seine Überlegungen mit einbezogen hätte, hätten wir vielleicht damals gemeinsam eine andere Lösung für sein Problem gefunden. Flucht ist zwar ein Weg, aber nicht die Lösung für Probleme. Ich vermute, dass er damals einfach unreif war." Elena nippte an ihrem Glas Chardonney und erkannte Entsetzen in Klaras Augen. „Klara, du bist eine wunderschöne Frau im besten Alter. Ich finde du solltest nicht wegen Richard und Nina in der Vergangenheit leben. Scheidungen gibt es wie Sand am Meer. Ein Kind zu verlieren, das ist bestimmt etwas, das nie hätte passieren dürfen. Auch ich habe meine

Enkelin verloren. Vielleicht war ich nicht die Mutter, welche ich hätte sein sollen. Vielleicht war ich nicht die Großmutter, die du dir erhofft hast. Aber bestimmt vermisse auch ich Nina, auch wenn es vielleicht nicht den Anschein erweckt. Nina fehlt mir und es ist nicht richtig, dass sie von uns gehen musste. Es ist nie richtig, wenn Kinder vor ihren Eltern gehen müssen. Gerne würde ich dir den Schmerz abnehmen, aber das geht nicht und ich kann es leider nicht. Das Leben besteht nun einmal nicht nur aus der Sonnenseite."
„Lass meine Tochter aus dem Spiel. Wir reden nicht über Nina oder Richard, sondern über David Lettner.", unterbrach Klara ihre Mutter energisch.
„Lass mich bitte ausreden. David hat mich gebeten, zwischen dir und ihn zu vermitteln. Er weiß, dass er einen unverzeihlichen Fehler gemacht hat. Fehler kann man nicht mehr rückgängig machen, aber man kann neu beginnen. Jedenfalls wird sich in deinem Leben ab jetzt einiges ändern, alleine weil du weißt, dass David Lettner existiert."
„Ich weiß." Klara schluchzte leise.
„Aber ich will ihn nicht sehen. Mama, ich will Nina zurück." Klara nannte Elena zum ersten Mal Mama. Jetzt schluchzte sie hemmungslos wie ein kleines Kind. Elena hasste David dafür, dass er in all den Jahren kein Zeichen über seine Existenz gegeben hat. Und sie hasste ihn noch viel mehr dafür dass, sie Klara nun vor diese Entscheidung stellen musste. Sie wusste, dass ihre Tochter eine sehr empfindsame Frau war. Und sie David entgegenzutreten, würde sie die Entscheidung nicht einfach aus dem Bauch heraus treffen können. Elena wusste, dass ihre Tochter die

Sache rational durchdenken würde. Und erst wenn sie sich ganz sicher sein wäre, würde sie Kontakt zu David Lettner aufnehmen. Elena konnte allerdings überhaupt nicht abschätzen, wie sich Klara entscheiden wird. Das restliche Abendessen verlief eher stillschweigend. Elena machte sich große Sorgen um Klara. Sie merkte, wie es ihrer Tochter zugesetzt hatte, als sie erfahren hatte, dass sie einen Vater hat, der sie kennenlernen möchte.
„Klara, möchtest du, dass ich heute Nacht bei dir in der Wohnung übernachten?", fragte Elena. Klara wunderte sich über die Fürsorglichkeit ihrer Mutter, das passte ganz und gar nicht zur Elena.
„Nein, ich möchte jetzt bitte gehen und etwas alleine sein. Wir sehen uns morgen." Klara fühlte sich ausgebrannt und leer. Am liebsten hätte sie sich zu ihrer Tochter ins Grab gelegt. Klara wollte nicht David, nicht Elena, sie wollte niemanden sehen. Sie wollte nur ihren Frieden haben. Sie wollte für den Rest ihres Lebens zur Arbeit gehen und mit Frau Smetana gemeinsam Tee trinken. Mehr erwartete sie nicht vom Leben und mehr wollte sie auch nicht. Zu Hause stolperte Klara nochmals über Viktors Brief, nochmals las sie ihn durch. Sie ging zu ihrem großen Tisch und fing wie von alleine an zu schreiben.

9. Februar
„Unbekannter Viktor,

es liegt mir fremd, an einen Unbekannten zu schreiben und dennoch tue ich es. Ich habe darüber nicht viel nachgedacht, ob ich Ihnen antworten möchte oder Ihren Brief einfach zum Altpapier legen soll. Es war meine Intuition, dies zu tun. Es kann sein, dass dies mein einziger Brief an Sie sein wird. Ehrlich gesagt weiß ich nicht einmal, ob ich wirklich die Kraft aufbringen werde, ihn überhaupt abzuschicken. Es ist ihre Art zu schreiben, welche mich ermutigt hat ihnen zu antworten. Ihr Stil gefällt mir. Briefe zu schreiben scheint mir in der heutigen Zeit altmodisch zu sein. Ich vermute, Sie sind ein höflicher Mensch, der auf Wertschätzung Achtung legt. Warum schreiben Sie mir? Sind Sie ein einsamer Mensch? Ich erlaube mir, mir eine Meinung über Sie zu bilden. Ich schätze, Sie lieben keine Überraschungen und kommen selten von Ihrem Weg ab. Und warum ausgerechnet ich? Warum schreiben Sie mir....? Heute war ein verrückter Tag. Heute habe ich erfahren, dass es jemanden gibt, den ich eine sehr lange Zeit vermisst habe, jetzt aber ganz gut ohne diesen Menschen leben kann. Stellen Sie sich vor, diese Person ließ nach mir suchen und bittet mich um ein Treffen. Als ich diesen Menschen wirklich gebraucht habe, war er nicht da, jetzt wo ich ihn nicht mehr brauche, taucht er plötzlich aus dem Nichts auf. Sie fragen mich, wie ich über Schicksal, Bestimmung und Zufälle denke? Hmmm...Ich bin mir nicht sicher, ob Dinge im Leben zufällig passieren oder ob sowieso schon *bei unserer Geburt irgendwo in einem Kosmos-Buch unser Leben niedergeschrieben steht. Aber ich behaupte, dass es mein freier Wille war Ihnen auf Ihren Brief zu antworten.*

Klara
 P.S. Seltsam, es ist mir sehr leicht gefallen, Ihnen zu schreiben!

-10-

Elena war nach einer Woche in Wien wieder nach New York zurückgeflogen. Einen Tag vor ihrem Abflug besuchte sie noch Frau Smetana. Elenas Mutter war die Tochter von Ludwigs Zieheltern, bei denen er nach dem Tod seiner Mutter noch eine Zeitlang leben durfte, bis er endgültig auf eigenen Beinen stehen konnte. Als Ludwig und Anna geheiratet hatten, war Elenas Mutter seine Trauzeugin gewesen. Trotz des hohen Altersunterschiedes wurden Anna Smetana und Klaras Großmutter Freundinnen fürs Leben. Die Lebensumstände nach dem Zweiten Weltkrieg hatten nicht nur zahlreiche Familien, sondern auch zahlreiche Freundschaften auseinander gerissen. Anna und Ludwig flüchteten in den Westen. Klaras Großeltern waren in der Tschechoslowakei geblieben. Verschlüsselter Briefwechsel zwischen den beiden Familien hatte über all die Jahre stattgefunden. Auch Annas Eltern waren damals in der CSSR geblieben. Ihre Schwestern waren nach Amerika geflüchtet.
Heute regnete es schon den ganzen Tag. Obwohl sie bereits gestern in den Nachrichten Schlechtwetter vorausgesagt hatten, hatte Klara wieder einmal ihren Regenschirm zu Hause vergessen. Seit Elenas letztem Treffen in Wien ging David Lettner Klara nicht aus dem Kopf. Es stimmte wohl, was Elena gesagt hatte ihr Leben hatte sich seit dem Abendessen im Novelli ein wenig geändert. Trotz Regen nahm sie heute

nicht die U-Bahn, sondern ging bis zur Busstation Heiligenstadt zu Fuß. Nach wenigen Schritten war sie bereits durchnässt, aber das störte sie nicht. Die Regentropfen rannten von den wasserdurchtränkten Haaren auf ihr makellos schönes Gesicht hinunter. Auf Nasespitze und Kinn bildeten sie große Tropfen, die dann endgültig zu Boden fielen. Bei der Bushaltestelle entschied sich Klara, noch eine Busstation zu Fuß zu gehen. Und es war genau dieser Weg, an dem sie beschloss, David Lettner anzurufen, um zu erfahren, warum er sie jetzt nach so vielen Jahren sehen möchte. Zu Hause trocknete sie ihr nasses Haar mit einem Handtuch ab und zog die durchnässten Sachen aus. Sie schlüpfte in ihr bequemes Hausgewand, machte sich einen Ingwertee und schnappte nach dem weißen Stück Papier, auf dem Lettners Telefonnummer stand. Wie sehr hatte sie sich als Kind gewünscht, ihr Vater würde kommen und mit ihr in den Wiener Prater gehen. Alle ihre Freundinnen wurden am Zeugnistag vor dem Beginn der großen Sommerferien mit ihren Eltern in den Wiener Prater ausgeführt. Elena hatte für solche Freizeitaktivitäten kein Verständnis und kein Interesse, also kam Klara nie dazu, mit der Hochschaubahn zu fahren oder die Toboggan hinunter zu rutschen. Als Kind vermisste Klara ihren Vater sehr. Sie hatte eine genaue Vorstellung von ihm. Groß, stark, lustig, und wenn jemand etwas seiner Tochter anhaben wollen würde, käme er dazwischen und würde sie von allen Bösewichten beschützen. Er fuhr mit ihr zum Fischen, Zelten und abends spielte er ihr ein Theater Stück mit ihrem Lieblingskuscheltier vor.

Sie war die Ärztin und er war ihr immer schrecklich kranker Patient.

Noch immer steht sie mit der Telefonnummer in der Hand bei einer unberührten Tasse Ingwertee, doch schlussendlich besinnte sie sich und begann langsam die Nummer zu wählen. Es läutete kaum dreimal, schon antwortete eine dunkle, männliche Stimme. „Lettner". Klara lauschte und brachte keinen Ton heraus.

„Hello?", hörte sie nach einer Weile wieder.

Sie dachte gerade darüber nach, wie alt er jetzt war und wie er aussah. Nun holte sie tief Luft und fragte: „Sind Sie David Lettner?"

Der Mann am anderen Ende der Leitung begann zu schnaufen. Nein, es war kein Schnaufen. Es war sein Herzschlag. Auch nicht, es war ihr eigener Herzschlag. Nein, auch nicht. Es war sein Schnaufen und ihr Herzschlag. „Ach, sei nicht albern, Klara", befahl sie sich. „Er ist ein Fremder für dich und du brauchst ihn nicht zu treffen," dachte sie sich. „Nutze diese Gelegenheit, um herauszufinden was er nach so vielen Jahren plötzlich von dir möchte"," befahl sie sich weiter um Mut zu fassen.

„Klara, bist du es?" hörte sie plötzlich die Stimme am anderen Ende der Leitung sagen. Er hatte bereits einen leichten amerikanischen Akzent. Auch wenn er der Meinung war, Klara aus irgendeinem Grund Duzen zu dürfen, brachte es Klara nicht über die Lippen und siezte ihn.

„Ja, Elena gab mir Ihre Telefonnummer. Sie wollten mich sprechen?", erwiderte sie zu ihrer Überraschung völlig trocken und ohne weitere innere Aufwühlung. Sie hatte sich wieder gefasst.

„Darf ich dich sehen? Ich bin nächsten Monat in Europa und wenn Du es wünscht, komme ich sehr gerne nach Wien, um Dich zu besuchen."
Seine Stimme klang warm und ehrlich.
„Rufen Sie mich an wenn Sie in Wien sind. Ich werde schauen, ob es sich einrichten lässt", antwortete Klara und zwang sich, so beiläufig wie nur möglich zu klingen.
„Bestimmt erscheint meine Telefonnummer jetzt auf Ihrem Display.", fügte sie schnell zu.
„Ja, das werde ich machen. Danke Klara"
„Auf Wiedersehen, Herr Lettner" verabschiedete sie sich schnell und legte auf. Ihr Herz pochte im rasenden Tempo. Ihre Hände waren schweißgebadet und sie ärgerte über sich selbst. Sofort zerstückelte sie den weißen Zettel mit seiner Telefonnummer. Nie wieder wollte sie in Versuchung kommen, ihn nochmals anzurufen. Sollte er nächsten Monat, tatsächlich nach Wien kommen, würde sie kurzfristig entscheiden, ob sie ihn treffen wolle oder nicht, entschied Klara und war erleichtert, das Telefonat hinter sich gebracht zu haben. Jetzt fühlte sie sich befreit, nicht mehr darüber nachdenken zu müssen, ob sie ihn kontaktieren sollte oder nicht.
„Frau Dr. Lang, schauen Sie! Herr Fiedler schreibt uns. Er befindet sich an der Ostsee und es scheint ihm gut zu gehen", trällerte eine Krankenschwester, als sie Klara auf die Station kommen sah.
„Tatsächlich? Wie wunderbar", sagte Klara leise und warf nur einen kurzen Blick auf das Hafenbild, welches auf der Ansichtskarte zu sehen war.
„Wollen Sie es nicht lesen?"

„Nein, ich muss in die Ambulanz. Was schreibt er denn?", fragte Klara, ging aber im schnellem Tempo an der Krankenschwester vorbei.
„Dass es ihm gut geht und er uns nicht mehr sehen will."
„Na dann ist ja alles gut", lachte Klara und wünschte ihm in Gedanken alles Gute.
Fiedler fühlte sich tatsächlich wie in einem Paradies. Er war weit von zu Hause, weit von seiner Arbeit und es bestand keine Gefahr, dass ihn hier jemand besuchen kommen würde. Zum ersten Mal in seinem Leben hatte er im Büro alles geregelt. Auf seine Sekretärin konnte er sich blind verlassen. Täglich um dreizehn Uhr schaltete Fiedler sein Handy ein, um für äußerte Notfälle erreichbar zu sein. Obwohl ein eiskalter Wind an der Ostsee wehte, machte er dann anschließend seinen täglichen Nachmittagsspaziergang am Strand entlang. Er liebte die weite Sicht und das ruhige Meer. Da konnte er wunderbar seine Gedanken und sein Leben ordnen. Heute war es besonders klar und kalt. Fiedler war in seinem dicken Mantel eingewickelt. Eine gefütterte Wollmütze, Schal und Handschuhe wärmten ihn angenehm. Tief in seinen Gedanken versunken war er heute weiter gegangen, als an den letzten Tagen. Die Meeresluft tat ihm tatsächlich gut. Endlich erspähte er einen einsamen Strandkorb und steuerte auf ihn zu. Er ließ sich niederfallen, dann zog er seine Beine zum Körper hinauf, nun saß er windgeschützt in seinem Korb und starrte auf das ruhige Meer hinaus. Es fiel ihm ein, dass er im Gymnasium unsterblich in ein zartes, blondes Mädchen mit zwei Zöpfen und großen blauen Augen verliebt gewesen war. Im Schulhof

hatte sie mit ihrem Lachen sein schüchternes Herz erobert. Immer wieder sah er sie mit einem Jungen zusammen. Fiedler hatte nicht den Mut gehabt, sie anzusprechen. Später hatte sich herausgestellt, dass der Junge ihr Bruder war. Nur seinem Freund Georg Sandler hatte sich der damals dreizehnjährige Fiedler anvertraut. Fiedler war ein großer, schlaksiger Bub mit etwas längerem, ständig fettig wirkendem Haar gewesen. Sie war damals in seinen Augen das hübscheste Mädchen der ganzen Schule. Fiedler starrte auf das Meer hinaus. Wie hieß sie noch einmal? Rita Holler. Er fand ihren Namen außergewöhnlich. „Rita Holler", murmelte er leise vor sich hin. In den letzten Monaten erinnerte sich Fiedler immer öfter an seine Zeit als kleiner Junge. Heute erschien ihm diese Zeit als die beste seines Lebens. Es stimmte wohl, dass das Leben die schlimmen Erlebnisse vergessen lässt und die schönen für die Ewigkeit ins Gedächtnis eingraviert. Zurück im Hotel legte sich Fiedler völlig erschöpft von der frischen Meeresluft ins Bett und beobachtete durch das geschlossene Fenster, wie zwei Möwen über dem Meer kreisten. Die Operation war gut verlaufen und die Kur tat ihm sehr gut, aber Fiedler konnte nicht loslassen. Immer wieder machte er sich Gedanken über seine Zukunft und den Tod. Ohne Zweifel hatte Fiedler Angst. An seine Stimmungsschwankungen in den letzten Jahren hatte er sich schon gewöhnt. Auf einmal fühlte er sich voller Optimismus und wollte noch einmal die Welt bereisen. Er wollte nach St. Petersburg und Johannesburg und dann fiel ihm ein, noch nie in Südamerika gewesen zu sein. Da war noch so

vieles, was er erleben wollte. Nein, er war noch nicht bereit zu gehen. Seine alte Kampflust war wieder da. Sein Herz raste von Aufregung. „Gönnen Sie sich eine Auszeit. Kommen Sie zur Ruhe. Das Sanatorium an der Ostsee wird Sie nicht vollständig heilen können, aber es kann kleine Wunder bewirken." hatte ihm Dr. Lang gesagt. Und wie sie Recht hatte, dachte sich Fiedler. Er fühlte sich leichter und wieder voller Hoffnung. „Zurück zu Hause in Wien wird er einiges ändern. Das Tagesgeschäft würde er seinem Juniorpartner übergeben. Er selbst möchte nur noch als Berater zur Seite stehen. Sobald er wieder zu Hause ist, würde er sich sofort eine Frau suchen. Eine Frau, mit der er Kinder haben wollte. Kinder, aus denen er mit seiner Frau gute Menschen machen wollte, und durch ihr das ein einen kleinen Beitrag leisten, damit diese Erde weiterbesteht. „Herr Fiedler, worüber grübeln Sie so intensiv?" begrüßte ihn seine Therapeutin, die gerade sein Zimmer betrat. Oder vielleicht war sie eine Ärztin? In diesem Sanatorium trugen alle Patienten, Ärzte und Therapeuten ihre private Kleidung. Fiedler hatte manchmal Schwierigkeiten das Personal, von den Patienten zu unterscheiden. Meistens wartete er die Reaktionen ab und dann wusste er, mit wem er es zu tun hatte.
„Über das Leben", antwortete er knapp und schenkte ihr sein nach dem Leben hungriges Lachen.
„Über das Leben zu grübeln ist reine Zeitverschwendung. Es ist unberechenbar. Es ist voll von Überraschungen. Aber jetzt habe ich eine Überraschung für Sie."

Sie trat zur Seite und Georg Sandler betrat sein Zimmer.

„Ich denke diesen Herrn haben Sie gesucht?", sagte sie zu Sandler und nachdem er ihr zugenickt hatte verließ sie das einfach aber geschmackvoll eingerichtete Zimmer.

„Du alter Knabe, welcher Teufel hat dich hierher geritten?", fragte Fiedler überrascht seinen Freund. Mühsam stand er von seinem Bett wieder auf und die beiden Freunde umarmten sich stürmisch und freudig.

„Deine Sekretärin gab mir die Adresse, ich hatte hier in der Nähe zu tun und dachte mir ich mache einen kleinen Abstecher zu dir und hänge ein paar Tage an. Ziemlich gemütlich dein Zimmer."

„Ja, das stimmt", Fiedler schaute sich um und es fiel ihm auf, dass hier überhaupt keine Krankenhausatmosphäre herrschte, sondern ein behagliches Wohnzimmergefühl dominierte. Sandler setzte sich auf einen Sessel neben dem Tisch und schaute Fiedler an.

„Also, ich denke es hat mir gut getan hier ein paar Wochen zu verbringen. Ich konnte meine Gedanken wieder neu ordnen und habe Pläne für meine Zukunft geschmiedet." „Und die wären?"

„Ich werde mich aus dem Tagesgeschäft zurückziehen und werde mich nur den wirklich großen Aufträgen widmen."

„Na da wirst du aber bei uns in Österreich mächtig viel zu tun haben. Außer du zählst Banküberfälle und Steuersünder zu den wirklich großen Aufträgen?", lachte Sandler und klatschte sich auf die Beine. Sandler hatte genau das ausgesprochen was Fiedler ohnehin selbst wusste. Aber dass er auch vorhatte eine Frau zu

finden und mit ihr eine Familie zu gründen, das behielt er vorläufig lieber für sich. Zuerst wollte er Wissen, wie es tatsächlich es um seine Krankheit steht.
„Wollen wir nicht eine Runde gehen?"
„Ich war den ganzen Nachmittag am Strand. Gehen kann ich heute nicht mehr. Aber lass uns in die Cafeteria gegenüber gehen. Schön, dass du gekommen bist. Du hast keine Ahnung, wie nervig es sein kann, wenn einem so viel Aufmerksamkeit entgegen gebracht wird. Sie lesen einem hier die Wünsche von den Augen ab. Hier musst du nicht sprechen. Sie erfüllen dir deine Wünsche noch bevor du selbst weißt welche zu haben", grinste Fiedler und stand aus seinem Bett auf.
„Ich kann es kaum abwarten wieder zu Hause zu sein. Ich werde Roth zu meinem Partner machen. Ich werde sein Gehalt erhöhen und ihn mit Arbeit zudecken. Der Kerl ist sowieso karrieregeil. Er ist jung und gut. Er braucht nur jemanden der ihn kontrolliert und führt, er hat einen Hang zum Wahnsinn. Er tut der Kanzlei gut, auch die Kollegen fühlen sich durch seinen Ehrgeiz angetrieben. Manchmal erinnert er mich an mich, als ich damals die Kanzlei von meinem Vater übernommen habe."
„Was du aus der Anwaltskanzlei deines Vater gemacht hast, kann dir niemand so schnell nachmachen.", unterbrach ihn Sandler.
„Aber ich bin deiner Meinung Roth hat Hunger nach Macht und Erfolg. Wenn Du ihn an der Hand nimmst und ihn führst, baust Du einen verdammt guten Anwalt auf", befürwortete Sandler Fiedlers Plan.

„Ich hoffe, dass du wieder der Alte bist, wenn dieser Abschnitt in deinem Leben erledigt ist, und damit meine ich die Therapie. Auf der anderen Seite, warum solltest du dich abrackern? Du hast sowieso schon viel mehr erreicht, als sich so manche Anwälte nur in ihren kühnsten Träumen lassen. Du hast eine Kanzlei mit den sieben vermutlich besten Anwälten der Stadt aufgebaut. Sie lieben dich und sie würden sich für dich den Arsch aufreißen. Und jetzt hast du noch das unsagbare Glück, Roth ans Land gezogen haben. Den Jungen hat dir der liebe Gott geschickt. Wenn du ihn aufbaust, kannst du dich zur Ruhe setzten, kassierst deine monatlichen Einnahmen und rührst dabei selbst keinen Finger mehr."
„Ja, vermutlich ist der Junge goldwert und ja, ich habe enorm viel in meinem Leben erreicht. Aber viel lieber würde ich mit einem gesunden, weniger erfolgreichen Menschen tauschen. Was nützt dir der Erfolg und das ganze Geld, wenn du womöglich deinen nächsten Geburtstag nicht erlebst?"
„So darfst du nicht denken. Jetzt kämpfst du schon seit einigen Jahren damit herum und du bist immer noch hier. Und noch immer ganz schön laut", grinste ihn Sandler an und merkte gleichzeitig, dass sich diesmal in Fiedlers Gesicht etwas Wesentliches verändert hatte.
Sandler war noch zwei Tage bei Fiedler an der Ostsee geblieben und besuchte seinen Freund in den Therapiepausen.

-11-

Wien war leicht angezuckert und die Sonne versteckte sich hinter der dicken Wolkenwand. Die Schneemasse der letzten Tage war zerschmolzen. Eigentlich hatte es in Klaras Leben nur einen Mann gegeben, Richard. Nach der Scheidung hatte sie sich in ihre eigene kleine Welt geflüchtet. Nicht einmal ein Hämmern an ihrer Tür hätte sie gehört. Erst seit wenigen Monaten bemerkte Klara ab und zu ein Lächeln in ihrem Gesicht, oder sogar ein Gefühl der Zufriedenheit. Jedoch achtete sie, mit großer Sorgfalt darauf, nicht wieder ins Leben zurückzufinden. Kaum hatte sie nur einen winzigen Hauch von Freude an sich wahrgenommen, stupste sie sich regelrecht in ihr mittlerweile gewohntes Schneckenhaus zurück. Der Schmerz über den Verlust ihrer Tochter hing wie eine schwarze Wolke, wie ein Fluch über ihr. Nur bei Frau Smetana fühlte sich Klara sicher und wohl. Nur bei ihr gelang es ihr, für die Dauer ihrer gemeinsamen Gespräche in ihrem behaglichen Wohnzimmer bei Tee und Kuchen ihre Tochter und Richard, welchen sie in ihren Gedanken noch immer zärtlich ihren Mann nannte, sanft zur Seite zu schieben und zu entspannen. Im Spital waren ihre Gedanken sowieso nur bei ihrer Arbeit und den Patienten, dafür war Klara aufrichtig dankbar. Klara fiel wieder ein, Richard anrufen zu wollen. Zaghaft griff sie heute zum Hörer und wählte die ihr noch immer vertraute Telefonnummer von Richards Büro. Es läutete gerade einmal, da wollte Klara wieder auflegen. Doch dann hörte sie die Stimme von Frau Niederlich. Es war schon lange her, dass sie diese Stimme gehört hatte.

„Guten Tag, hier spricht Klara Lang. Ist Richard Lang zu sprechen?", fragte Klara leise.

„Oh, Guten Tag. Na das ist eine Überraschung. Wie geht es Ihnen? Es tut mir sehr leid, Herr Lang ist gerade außer Haus. Darf ich ihm etwas ausrichten?", schnatterte Frau Niederlich.

„Nein, danke."

„Darf ich ihm ausrichten, dass Sie angerufen haben?"

„Ja, natürlich. Vielleicht kann er mich bitte zurückrufen, wenn er Zeit hat", fügte Klara hinzu.

„Das werde ich ihm jedenfalls ans Herz legen, Frau Lang. Wie geht es Ihnen?", wiederholte sie ihre bereits gestellte Frage.

„Danke, es geht mir einigermaßen gut."

„Auf Wiedersehen, Frau Lang."

„Auf Wiedersehen", sagte Klara nachdenklich.

Wenige Minuten später läutete ihr Handy. Am Display erkannte sie die Nummer von Richards Firma.

„Lang".

„Hallo Klara."

Die tiefe Stimme wirkte auf Klara immer noch erotisch und ließ ihr Herz pochen. „Hallo Richard", fasste sich Klara schnell zusammen.

„Meine Sekretärin sagte mir Du hättest angerufen. Ist alles in Ordnung?" fragte er leicht besorgt.

„Ja, es ist alles wunderbar.", antwortete Klara hastig, um ihn zu beruhigen und um dem Gespräch etwas Druck zu nehmen.

„Ich habe nur in den letzten Tagen oder mittlerweile Wochen ein paar Mal an Dich gedacht. Immer wollte ich Dich anrufen. Aber Du weißt wie es ist. Die Zeit rast dahin. Tage verwandeln sich in Wochen und kaum hat man einen Gedanken zu Ende gedacht, ist schon ein Monat vergangen. Ich will einfach nur wissen, ob es Dir gut geht. Geht es Dir gut, Richard?", fragte Klara sanft.
Es entstand eine kurze Pause am Telefon, bis Richards Stimme sich wieder meldete. „Ja, danke. Es geht mir gut. Ich habe sehr viel zu tun. Bin jetzt im Vorstand."
Wieder entstand eine Pause, welche diesmal von Klara unterbrochen wurde.
„Dein Ziel ist erreicht. Du bist ganz oben angelangt. Dafür hast Du doch die ganze Zeit hart gearbeitet. Ich gratuliere Dir, Richard"
„Was kann ich für dich tun, Klara?" Gekonnt wechselte Richard das Thema. Er wollte nicht von Klara gelobt werden. Sein unterkühlter Ton entging ihr nicht.
„Nichts, danke. Ich denke es geht mir ganz gut. Aber so genau weiß ich es eigentlich nicht. Ich wollte einfach nur Deine Stimme hören", antwortete sie ehrlich.
Richard fühlte sich unbehaglich und wollte so schnell wie möglich das Telefongespräch beenden. Eine lange Pause entstand am Telefon.
„Also wenn ich nichts für Dich tun kann? Klara, ich muss jetzt wieder hier weitermachen", sagte er dann schließlich ungeduldig.
„Oh, ja natürlich. Ich wollte Dich nicht aufhalten. Ich dachte vielleicht könnten wir uns einmal treffen?". Klara konnte kaum glauben, was sie

gerade gesagt hatte. Ihr Atem stockte. Plötzlich hörte sie von der anderen Seite der Leitung sagen:
„Ja das lässt sich sicherlich einrichten." Richard dachte eine Weile nach.
„Hast du nächste Woche für ein gemeinsames Mittagessen Zeit?", fragte Richard unverhofft.
„Nächste Woche Mittwoch wäre sehr gut"
„Fein, treffen wir uns im Novelli?"
Klara musste schmunzeln, es schien noch immer Richards Lieblingsrestaurant zu sein. „Gut, dann bis nächste Woche", antwortete Richard, als ob er sich gerade mit einem seiner Geschäftspartner zu einem Meeting verabredet hätte. Die Tage vergingen im rasend schnell und der Mittwoch war gekommen. Aufgeregt und äußerst pünktlich saß Klara im Restaurant. Richard verspätete sich etwas. Er begrüßte Klara mit einem knappen Händedruck und bestellte, ohne in die Karte zu sehen, einen Antipasti-Mix. Klara nahm eine Minestrone.
„Nicht einmal einen Kuss auf die Wange?", fragte Klara. Sie wunderte sich über sich selbst. Die Frage kostete sie nicht einmal Überwindung. Bereits bei seinem Eintreffen spürte sie seine Distanz ihr gegenüber. Klara war sehr überrascht über sich selbst, nicht in Tränen ausgebrochen zu sein. Es ging ihr gut. Das letzte Mal hatte sie Richard beim Gerichtstermin in der Riemergasse gesehen. Beide schienen damals unendlich traurig zu sein. Aber zu viel war damals passiert, zu viele klagende Blicke waren gefallen. Die Scheidung war der einzige Ausweg für Richard und Klara, nicht um den Tod ihrer geliebten Tochter zu vergessen, sondern um Abstand zu

bekommen. Abstand zu dem fürchterlichen Schicksal, welches sie beide eingeholt hatte. Nach Klaras Bemerkung zuckte Richard wie üblich, wenn er verlegen war, mit seinen Augenbrauen. Das Gespräch zwischen den beiden war distanziert, aber für Klara fühlte es sich nicht fremd an. Es fühlte sich wie in ihrer Ehe an. Nur dass Richard jetzt ihr geschiedener Mann war. Sie fühlte sich in seiner Gegenwart Nina nicht näher.

„Klara, was kann ich für Dich tun? Ist alles ok mit Dir?" Zum ersten Mal an diesem Abend nahm Richard mit Klaras Augenkontakt auf.

„Vor einiger Zeit habe ich auf einmal an Dich denken müssen. Ich fragte mich, wie es Dir geht und dachte, dass es schön wäre, Dich wieder zu sehen." Obwohl Klara Richards distanzierte Haltung spürte, entschloss sie sich, bei der Wahrheit über den Grund ihres Anrufes zu bleiben. „Ich dachte vielleicht wollen wir einmal gemeinsam das Grab unserer Tochter besuchen. Sie würde sich bestimmt sehr darüber freuen." Bei dem Wort Grab drehte sich alles in Klaras Magen um, aber sie hatte es herausgebracht. Plötzlich entdeckte sie an Richards Finger einen Ehering.

„Du hast wieder geheiratet?", fragte Klara fassungslos.

Eine weitere Heirat hatte sie für sich selbst und auch für Richard völlig ausgeschlossen. Richard konnte das Entsetzen in ihren Augen sofort erkennen.

„Ja. Ich habe wieder geheiratet", antwortete er völlig emotionslos.

„Oh, ich wollte Dich nicht belästigen, Richard. Es tut mir sehr leid. Ich wollte wirklich nur wissen, ob Du manchmal Nina besuchst. Ich habe dich dort in all den Monaten nie getroffen", sagte Klara gereizt und rang nach Fassung. Unter keinen Umständen wollte sie vor Richard in Tränen ausbrechen. Die Neuigkeit war für sie nicht so schnell zu verdauen. Sie wusste nicht was genau sie sich von einem Treffen mit ihrem Exmann erwartet hatte. Aber vermutlich hatte sie einen gebrochenen Richard erwartet, der um seine verstorbene Tochter trauerte sie in seine starken Arme nehmen und sie trösten würde. Stattdessen fand sie einen verheirateten Mann vor, der nicht gerade abgemagert und mit rot unterlaufenen Augen vor ihr saß. „Anfangs hatte ich mich dazu gezwungen, auf den Friedhof zu gehen. Ich war schon seit Monaten nicht mehr dort. Nina ist ein Teil von mir, aber es ist nicht meine Art, auf Friedhöfe zu gehen. Du weißt, dass ich mit kranken und toten Menschen schwer umgehen kann. Und seitdem die Zwillinge auf der Welt sind...", sofort biss er sich auf die Unterlippe und versteckte sich hinter seinem Antipasti-Teller, in der Hoffnung Klara wäre der letzte Satz im Lärm des Restaurants entgangen begann er wild in seinem Teller herumzustochern.

„Zwillinge?" Sie saß kreidebleich vor ihm, und stellte ihren Teller zur Seite. Der Appetit war ihr endgültig vergangen. Es begann sie zu frösteln. Es wurde still. Dann nahm Richard seine ganze Kraft zusammen und sagte trocken und so beiläufig er nur konnte „Ich habe zwei Töchter. Sie sind zauberhaft."

„Wie alt sind sie?" Richard antwortete nicht.

„Richard, ich habe Dich gefragt, wie alt sie sind." Nicht, dass es etwas an der Tatsache geändert hätte, dass sie Klara auch als geschiedene Frau von ihm verraten fühlte. Aber sie wollte unbedingt das Alter seiner Töchter wissen.
„Dreizehn Monate", flüsterte Richard.
„Dreizehn Monate? Vor zweiundzwanzig Monaten bist Du mit Nina zum Campen gefahren Richard. Wenn man bedenkt, dass eine Schwangerschaft neun Monate dauert. Wann um Gottes Willen hast Du deine Frau kennengelernt?"
Klara saß Richard fassungslos gegenüber.
„Dagmar kenne ich schon seit drei Jahren. Sie arbeitete für mich." Nun legte auch Richard seine Serviette zur Seite und beendete sein Essen trotz noch immer halbvollen Tellers. Die Situation war ihm sichtlich unangenehm. Er fragte sich, warum er sich eigentlich mit Klara getroffen hatte. Zweifelsohne war sie eine wunderschöne Frau, aber schließlich hatten sie sich vor zwei Jahren scheiden lassen, weil Richard Dagmar heiraten wollte. An diesem schrecklichen Wochenende mit Nina wollte er seine Tochter in die geplante Scheidung einweihen. Richard war feige, er wollte zuerst seine Tochter informieren. Dann wollte er ausziehen und Klara die Scheidungspapiere zusenden. Leider war es ganz anders gekommen. Das einzige Gute an diesem Wochenende war, dass ihm keine Zeit geblieben war, mit Nina über die Trennung zu sprechen.
„Richard fühlte sich in die Enge getrieben. Das mochte er ganz und gar nicht.
„Klara, schau mich nicht so entsetzt an. Wir waren doch nur noch auf dem Papier verheiratet. Dein ganzes Leben drehte sich nur um Nina. Seit

der Geburt hattest du mich als Mann nicht mehr wahrgenommen." Viele Gedanken spuckten Klara im Kopf herum aber sie konnte sich nicht konzentrieren, um sie zu behalten oder sie gar zu ordnen. Sie hätte jetzt argumentieren können. Sie könnte ihm jetzt erklären, dass er mit seiner Bank verheiratet gewesen war und sie und Nina völlig vernachlässigt hatte. Aber sie brachte die Energie nicht auf. Es war jetzt auch egal, wie es einmal gewesen war. Richard führte jetzt ein Leben, aus dem Klara für immer ausgeschlossen war. Klara war lediglich die Mutter seiner toten Tochter. Dieser Gedanke brach ihr erneut das Herz. Jetzt konnte sie nicht mehr gegen ihre Tränen ankämpfen. Sie flossen wie damals vor fast zwei Jahren leise und in rauen Mengen über ihre Wangen.

„Entschuldige bitte, dass ich so naiv war", sagte sie leise und verließ ohne sich von Richard zu verabschieden das Restaurant.

In dieser Nacht stürmte es. Der Regen prasselte gegen die Fenster. Klaras Stimmung war am Boden. Sie zog sich splitternackt aus und öffnete ihr Fenster sperrangelweit, in der Hoffnung der Wind werde sie hinaus wehen und für immer wegbringen. Sie wollte zu ihrer Tochter. Sie wollte keinen Tag mehr leben. Richards erneute Heirat und Vaterschaft erschütterte ihr Herz aufs Neue. Sie erkannte, dass es für Richard nur ein Vorwand war, sie damals unmittelbar nach der Tragödie zu verlassen. Zum ersten Mal sah sie die Situation völlig klar vor sich. Schluchzend schloss sie das Fenster wieder, es fröstelte sie. Am nächsten Morgen ging es ihr bereits wieder etwas besser. Krampfhaft versuchte sie, die Geschehnisse und das Treffen mit Richard zu vergessen. Sie beobachtete wie der Briefträger sich bemühte, den leeren Postkasten mit Kuverts und Werbeprospekten zu füllen. Als er seine Arbeit erledigt hatte, fuhr er mit seinem Moped zum nächsten Haus. Ihr Blick verharrte auf seinem Rücken, bis er dann schließlich endgültig aus ihrer Sicht verschwunden war. Erst dann verließ Klara ihre Wohnung und öffnete das Postfach. Sie selbst erhielt nur ein cremefarbenes Kuvert, dessen Absender sie bereits kannte. In Frau Smetanas Fach lagen etliche Reisekataloge. Vermutlich wollte ihre Vermieterin verreisen. Im obersten Fach, welches bis jetzt immer leer gewesen war, entdeckte Klara eine Ansichtskarte aus Argentinien. Obwohl ihre Neugier sehr stark war und sie den Drang verspürte, auch diese herauszunehmen und zu lesen, besann sie sich und schloss die Tür der drei Postfächer wieder. Die Ansichtskarte aus Argentinien ließ sie unberührt. Bis jetzt hatte sie kein Problem mit dem gemeinsamen Postkasten gehabt, den alle Parteien benutzten. Jetzt, wo auch Jan in dieses Haus eingezogen war, empfand Klara aber ein leichtes Unbehagen. Die Tatsache, dass Jan vermutlich bald wieder ausziehen würde und sie ihn ohnehin nie sah, beruhigte sie allerdings sofort wieder. Frau Smetana war nicht zu Hause. Klara legte ihre Post auf den Esstisch im Wohnsalon, bevor sie in ihrer Wohnung mit dem noch verschlossenen Kuvert in ihrer eigenen Wohnung verschwand. Ohne den Brief noch geöffnet zu haben dachte sie nach, ob sie vielleicht doch keinen Viktor kannte. Wie sie bereits dem Inhalt seines Briefes entnehmen konnte, war der Unbekannte, ihr aber bereits etwas vertraute Viktor, über ihr Schreiben entzückt und bedankte sich bei Klara für ihre Zeilen. Sein Schreiben berührte ihr Herz. Noch nie hatte sie jemanden getroffen, der so viel Anteilnahme und Mitgefühl in Worte fassen konnte, wie er. Nachdenklich legte sie das Schreiben zur Seite und schaute zum Fenster hinaus. Unwillkürlich und mit rasenden Schritten holte sie das gestrige Mittagessen mit Richard wieder ein. Während sie ihren Gedanken und Erinnerungen nachhing, merkte sie gar nicht, wie schnell die Zeit vergangen war. Sie fing an, ihre Wohnung aufzuräumen und beschloss, sich von einigen ihrer alten Kleider zu trennen. Sie stopfte sie in einen großen Müllsack, um diesen später bei einem Kleidercontainer zu entsorgen. Am Nachmittag schlenderte sie in die Innenstadt. Sie stieg bei der Votivkirche aus und spazierte in die Stadt hinein. Es war bitterkalt und sie genoss den kalten Wind der ihr um die Ohren wehte. Es fing an zu schneien. Klara kuschelte sich noch mehr in ihre warme Daunenjacke und war froh darüber, ihre Haube und die Handschuhe eingesteckt zu haben. Auf einmal blieb sie stehen und blickte zum grauen Himmel hinauf. „Nina, mein Mädchen. Wo bist du jetzt bloß?" Dabei musste sie mit den Augen blinzeln. Die weißen Flocken schwebten ungeachtet neben Klara zu Boden. Langsam wurde die Straße schneeweiß und sie genoss es, die Erste zu sein, die ihre sichtbaren Fußspuren zu hinterließ. Beim Demel angekommen schob sie ihre Gedanken an gestern, an Richard, Dagmar, die Babies und Nina zur Seite. Sie kaufte zwei Stück der ihr so geliebten Annatorte und fuhr dann doch durchgefroren wieder nach Hause. Obwohl der Schlüssel von ihrer Vermieterin immer von außen in der Tür steckte, erlaubte sich Klara nie, die Tür zu öffnen ohne vorher laut zu klopfen zu öffnen. Sie pochte an die Tür, und erst dann öffnete sie einen Spalt und rief etwas lauter „Guten Tag, Frau Smetana?", während sie die Wohnung betrat.

„Komm nur rein", erwiderte die alte Dame freundlich.

„Danke für die Post. Ich hatte kleinere Besorgungen zu machen. Klara betrat die Wohnung im unteren Stockwerk der wunderschönen alten Villa und setzte sich wie üblich an den alten Esstisch, der schon alleine wegen seines dunklen Akazienholzes schwer wirkte. Unter dem Tisch lag ein mindestens genauso schwerer alter Perserteppich. Klara liebte es in der Wohnung zu sein. Die alten Möbel, die vielen Bilder, eingerahmt in massiven Bilderrahmen. Manchmal fragte sich Klara, wie viel Freude und welches Leid diese Möbelstücke schon erlebt haben müssen. Frau Smetana erwartete Klara bereits. Das Teewasser brühte am Herd. Das war genau das Richtige, das Klara jetzt brauchte. Denn jetzt spürte sie wie ihr die Kälte draußen zugesetzt hatte. Eine heiße Tasse Tee wünschte sie sich mehr denn je. Der Tisch war mit elfenbeinfarbenen Porzellanschalen mit goldener Verzierung und dazu passenden Desserttellern gedeckt.

„Klara, mein Mäderl, schon wieder vergeudest du einen Nachmittag mit so einem alten Weib wie mir", sagte Frau Smetana, als sich die Wohnzimmertür öffnete.

„So ein hübsches Ding wie Du, gehört unter die Menschen", sagte Frau Smetana während sie mit dem heißen Teewasser aus der Küche kam.

„Aber Frau Smetana, erzählen sie mir bitte von ihrer Zeit als junges Mädchen". Sie wollte nicht über sich selbst und ihre gut verschlossene Welt sprechen. Frau Smetana wälzte sich allzu gerne in der Vergangenheit.

„Als ich siebzehn Jahre alt war, wurde ich von vielen jungen Männern umworben." Frau Smetana ließ sich nie lange bitten, wenn es ums Erzählen ging. Sie erzählte gerne und sie wusste, dass Klara ein ehrliches Interesse daran hatte, ihren Erinnerungen zu lauschen.

„Mit meinen Schwestern wurden wir nach Karlsbad zum Ball gefahren und wir tanzten die ganze Nacht durch", begann Frau Smetana aus ihrem Leben zu erzählen. In der Zwischenzeit teilte Klara die mitgebrachte Mehlspeise auf die beiden Teller aus. Sie wusste auch , Frau Smetana genoss ihre gemeinsamen Nachmittage. Allzu gerne ignorierte sie die Tatsache, dass Klara keine zwanzig mehr war, sondern eine Frau, die auf die vierzig zusteuerte. Unbestritten sah Klara für ihr Alter sehr jung aus. Ihre unendliche Attraktivität unterstrich ihre grazile Eleganz. Niemand, der Klara kannte, würde vermuten, dass sie vor fast zwei Jahren ihre zehnjährige Tochter begrub und eine zehnjährige Ehe hinter sich hatte. Anna Smetana sprach niemals über den Tod ihres Mannes, doch heute blickte sie zu Klara, nachdem sie mit der Teekanne in der Hand Platz auf einem der sechs Stühle genommen hatte, und fing an zu erzählen. „Mein liebes Mäderle. Vor fünfzehn Jahren bekam ich einen Anruf von der Polizei." Sie blickte auf ihre goldene Uhr an ihrem Handgelenk und strich mit einem Daumen über das weiße Zifferblatt und während sie wieder mit dem Blick zum Fenster schweifte fuhr sie fort. „Wie heute erinnere ich mich an den sonnigen frischen Morgen, als wir frühstückten. Ludwig tauchte wie üblich die Mürbteigkipferl in seinem Milchkaffee ein. Danach telefonierte er mit seinem Jagdfreund Herrn Sykora und verließ in bester Laune in seinem Jagdgewand und mit seinem Gewehr das Haus. Der Herr Hofrat war auch dabei. Die drei hatten immer alles was mit der Jagd zutun hatte gemeinsam gemacht. Ludwig war ein leidenschaftlicher Jäger und in seinem Jagdrevier tauchten immer wieder Füchse auf. Es bestand die Gefahr, dass die Wildtiere die Hasen und Fasane auffraßen. Also gingen die drei wie bereits die Jahre schon zuvor auf die Fuchsjagd. An diesem Morgen war es aber leider die letzte Jagd in seinem Leben. Es passierte ein schrecklicher Unfall. Beim Aufladen des Gewehrs löste sich ein Schuss und Ludwig erschoss sich, er war auf der Stelle tot. Als mich damals die Polizei von dem Unglück verständigt hatte, wollte ich auch auf der Stelle sterben. Ich habe mein Bewusstsein verloren und war am nächsten Morgen in einem Spital aufgewacht. Es war schwer für mich, von einem Tag auf den anderen alleine zu leben. Du musst wissen, mein Mäderle, ich war vom Leben sehr verwöhnt gewesen. Zum ersten Mal in meinem Leben erfuhr ich was Schmerz, Unglück und Trauer bedeutete. Zum ersten Mal in meinem Leben erfuhr ich mit siebzig Jahren, wie grausam das Leben sei kann. Es dauerte viele Monate, bis ich mich von dem Schock erholte. Die Erinnerung kam dann gemeinsam mit der Sprache wieder, welche ich verloren hatte. Der Lebenswille blieb aus", erzählte die alte Dame mit zittriger, leiser ja fast vorsichtiger, Stimme. Klara blickte zur Seite auf ihre Vermieterin und glaubte nach all den Jahren noch immer Schmerz in den alten blassen, ja beinahe schon farblosen Augen erkannt zu haben. Die Vermieterin lächelte sie an und sprach weiter. „Ja so kam es, dass ich den Sinn meines Lebens mit siebzig Jahren neu suchen musste. Mein Leben änderte sich von einer Sekunde auf die Andere grundlegend. Es kam wie es kommen musste. Um die Weihnachtszeit, wenn viele Menschen auf dieser Welt das Bedürfnis der Nächstenliebe verspüren, verspürte auch ich das Bedürfnis, gehalten und geliebt zu werden. Klärchen, glaube nicht, dass dieses Grundbedürfnis der Menschheit im Alter vergeht. An einem Tag hatte ich plötzlich im Park einen kleinen Jungen gesehen. Vermutlich stammte er aus dem südlichen Teil Europas. Er war mit einer dünnen Jacke und zerschlissenen Schuhen bekleidet. Vermutlich hatten diese Sachen bereits drei seiner Brüder vor ihm getragen. Ich denke, es war reiner Egoismus, als ich ihm damals die zweihundert Schilling in die Hand gedrückt habe. „Geh zu deiner Mama und kaufe dir Schuhe um das Geld mein Junge", habe ich ihm gesagt. Seine Augen funkelten, als er das Geld in seiner Hand gesehen hatte. Ich habe noch nie zuvor jemanden so oft Danke sagen gehört, wie damals diesen Jungen. Als er sich dann endlich von mir losgelöst hatte, lief er nach Hause. Ich habe ihm nachgeschaut. Als ich ihn mitten im Laufen einen Purzelbaum schlagen gesehen habe, überkam mich ein Gefühl der Glückseligkeit. Ich habe mich so wohl in meiner Haut gefühlt, wie schon lange nicht. Von nun an habe ich die Welt retten wollen. Zum Leidwesen meiner Tochter wollte ich allen Menschen helfen. Immer wieder habe ich mir von Cecilia anhören müssen, wie ich Ludwigs Geld zum Fenster hinauswerfe. Damals habe ich zu ihr gesagt: „Hab keine Angst, für dich bleibt noch immer sehr viel übrig. Ich habe gewusst, Cecilia hat kein Verständnis für meine Spenden. Ich wollte nicht mit ihr wegen Geld streiten, also habe ich ihr Erbe ausbezahlt. Ich habe begonnen mit karikativen Einrichtungen zusammen zu arbeiten und gleichzeitig aufgehört, es Cecilia zu erzählen. Sie hatte dafür nie Verständnis. Mit der Zeit beruhigte sie sich, aber seither steht dieses Thema zwischen uns. Wie auch immer", seufzte Frau Smetana und fuhr nach einer kleinen Pause mit ihrer Erinnerung fort. „Nach diesem Zwischenfall habe ich mit Hilfe verschiedener Organisationen nach bedürftigen Familien gesucht sie in ihren Baracken besucht und ihnen die notwendigsten Sachen wie Nahrung gebracht. Ich habe das Gefühl gehabt, etwas Sinnvolles zu tun. Zum ersten Mal nach dem Tod meines Mannes habe ich die Leere, welche er hinterlassen hatte vergessen. Die Vergangenheit der letzten Jahre, so traurig und so tragisch sie auch gewesen war, so reich an Erfahrung und meine persönlichen Entwicklung war sie. So seltsam es für Dich, mein Mäderle, klingen mag. Ludwig musste sterben, damit ich durch mein eigenes Leid auf den Weg der Nächstenliebe gelange. Ist es nicht traurig? Klärchen, du bist müde. Bestimmt langweile ich Dich", stellte Frau Smetana fest, als sie die geschlossen Augen der jungen Frau sah.

„Nein, bestimmt nicht. Ich habe mir gerade vorgestellt, wie schlimm es gewesen sein muss, als Sie von Ludwigs Tod erfahren haben. Bitte erzählen Sie weiter. Mein Großvater war auch ein Jäger." „Ich weiß. Ein bemerkenswerter Mensch. Wenn er einen Raum betreten hat, füllte er ihn nicht nur mit seiner korpulenten Körpermasse, sondern auch mit seiner einzigartigen Persönlichkeit." Dabei war ihr Blick weit in die

Ferne gerichtet, so als ob sie den alten Erinnerungen nachhinge. „Erzählen Sie mir etwas von meinen Großvater?", flehte Klara ihre Vermieterin an. Aus einem unbestimmten Grund fühlte sich Klara ihrem Großvater sehr nahe. Sie wollte um jeden Preis mehr über ihn erfahren.
„Ein anderes Mal. Jetzt aber werde ich mich etwas hinlegen."
Leicht verstört über den plötzlichen Abbruch des gemeinsamen Nachmittages nahm Klara die alte runzlige Hand ihrer Vermieterin und flüsterte leise: „Übrigens, Ludwig wäre sehr stolz auf Sie gewesen. Schauen Sie hinaus, wie sich die Wolken über uns zusammenziehen," sagte sie und stürmte zu der großen Terrassentür, als sich am eben ohnehin grauen Himmel eine schwarze Wolkenwand ausbreitete. Der Schnee von heute Mittag war bereits wieder vollkommen verschwunden.
„Man könnte denken wir haben April. Nach dem Schneefall heute Mittag kommt jetzt bestimmt noch ein Gewitter." Kaum sprach Klara diese Worte aus, begannen große volle Wassertropfen aus der bedrohlich schwarzen Himmelswand zu prasseln. Es dauerte nicht lange bis sich die einzelnen laut auf den Boden prasselnden Tropfen in eine undurchdringliche Wasserwand verwandelten. Bevor sie in ihre Wohnung hinauf ging, half sie Frau Smetana die Dessertteller und Schalen in der Küche zu waschen und in der Glasvitrine im Speisezimmer zu verstauen.

-13-

„Guten Morgen mein Sonnenschein", begrüßte Hugo Fiedler seine Ärztin. „Gleich fühle ich mich besser, wenn ich Sie sehe. Ich überlege mir, in dieses herrliche Haus einzuziehen.", scherzte als er zur Nachkontrolle einen Termin in der Ambulanz bei Klara hatte. Klara musste sich eingestehen, dass sie ihn sehr mochte.
„Herr Fiedler, guten Morgen. Das wird nicht möglich sein. Das Haus ist komplett vermietet. Aber ich könnte mit unserem Oberarzt reden und Ihnen einen Job bei uns vermitteln", scherzte Klara und reichte ihm ihre Hand zur Begrüßung. Dann wandte sie sich ihrer Arbeit zu und fragte mit ernster Stimme, „Wie geht es Ihnen? Vertragen sie Ihre Medikamente?"
„Frau Doktor, glauben Sie die Medikamente verursachen Alpträume?"
„Sie können verschiedene Nebenwirkungen haben. Schlafen sie schlecht?", fragte Klara aufmerksam.
„Nein, ich schlafe herrlich. Jede Nacht träume ich von Ihnen" fuhr Fiedler fort und zwinkerte ihr dabei zu. Er schien mit seinem Flirt nicht so bald aufhören zu wollen. Klara verzog die Mundwinkel und hob gekünstelt ihre Augenbrauen, um einen leichten Hauch von ärztlicher Strenge auf ihr Gesicht zu zaubern. Sie nahm ihm Blut ab und sie unterhielten sich noch kurz über seinen Aufenthalt an der Ostsee. Die nächste Kontrolle würde in einem Monat stattfinden.

Der Frühling draußen war im Erwachen. Auf den Ästen der Bäume bildeten sich kleine Knospen. Auf dem trüben Boden erfreuten sich die ersten Frühlingsboten. Veilchen und Primeln erstreckten sich über den noch teilweise vermoosten Boden. Die warmen Sonnenstrahlen ließen den diesjährigen kalten Winter vergessen. Hugo Fiedler ging es tatsächlich wieder etwas besser. Die Strapazen der letzten Monate machten ihn immer wieder müde. Nach seiner Kontrolle entschied er, nicht sofort wieder nach Hause zu fahren, sondern für einen kleinen Spaziergang im Spitalspark zu machen. Danach erst wollte er heimfahren und sich etwas niederlegen. Es machte ihm nichts aus, den Großteil des Tages zu schlafen. Er wusste, es gab keine Eile mehr in seinem Leben. Im Gegenteil, Hugo Fiedler genoss die selten gewordene kleinen Spaziergänge, bei denen er nochmals sein bisheriges Leben wie im Film zurückspulen konnte. Er wurde auf Dinge aufmerksam, welche er in den letzten vierzig Jahren nicht gesehen hatte. Fiedler schien sein Schicksal mit Würde zu tragen, eine innere Ruhe umgab ihn. An manchen Tagen fühlte er sich hoffnungsvoll, an anderen wieder hoffnungslos. Heute war ein guter Tag. Er durchquerte die kleine Empfangshalle, in der sich wenige Patienten mit ihren Besuchern in einem Kaffeehaus aufhielten. Und schon atmete er tief die frische Luft ein. Ein Glücksgefühl überkam ihn. Er empfand ein leichtes Kitzeln in der Bauchgegend. Fiedler war zufrieden. Für einen Augenblick vergaß er seine Krankheit, seine Sorgen. Es tat ihm gut, ja, heute war ein guter Tag. „Herr Fiedler…", hinter ihm stand Klara.

„Frau Doktor, was führt Sie hier her?", fragte Fiedler verwundert und zugleich hocherfreut.
„Ich habe Sie vom Fenster da oben aus gesehen und dachte mir, ich leiste Ihnen ein bisschen Gesellschaft. Vorausgesetzt Sie sind einverstanden", fügte sie hastig hinzu. „Es wäre mir eine Ehre", erwiderte Fiedler ohne kleinste Spur von Ironie in seiner Stimme. Der Flirtversuch vom Vormittag schien schon wieder vergessen. Klara kam auf ihn zu und bot ihm ihren Arm als Stütze an, er nahm dankend an. Dann spazierten die beiden anfangs schweigend nebeneinander im Park umher. Nach einiger Zeit unterbrach Klara die Stille und fragte: „Herr Fiedler, gehen Sie die Dinge in ihrem Leben nun ruhiger an?", fragte Klara.
„Ich bin gerade dabei, mein Leben ein wenig umzukrempeln. Aber es fehlt mir schwerer als ich dachte. An der Ostsee habe ich große Pläne geschmiedet. Aber bist jetzt nur wenige umgesetzt. Leise treten, das konnte schon mein Vater nicht. Er kam jeden Tag spät abends heim und oft arbeitete er auch am Wochenende. Meine Eltern kauften sich ein sehr altes Haus. Sie hatten damals kein Geld. Sie haben sehr jung geheiratet. Meine Mutter war unschuldige achtzehn Jahre jung und mein Vater zählte gerade zwanzig. Beide gerade aus dem Nest geschlüpft. Sie waren sehr verliebt und ihre Liebe hielt bis an ihr Lebensende. Meine Mutter arbeitete im Haushalt und half meinem Vater die Anwaltskanzlei aufzubauen. Später hatten sie Glück, mein Vater wurde mit einem Fall beauftragt, der in allen Zeitungen stand. Es handelte sich um einen einfachen

Bankangestellten, der sich von etlichen Kundenkonten der Filiale einen Groschen pro Tag auf ein anonymes Konto in der Schweiz abzwicken ließ. Niemand kam ihm auf die Schliche, bis eines Tages eine Pensionistin sich beschwerte, dass ihr die Bank außer ihren üblichen Bankspesen auch noch diesen Groschen abziehe. Der Filialleiter konnte keine plausible Erklärung dafür finden. Die Pensionistin ließ es sich nicht gefallen und ging damit an die Öffentlichkeit. Auf einmal meldeten sich weitere Kunden dieser Filiale, denen monatlich Groschen abgezogen wurden. Die Filiale wurde auf Herz und Nieren überprüft, bis sie dem Täter auf die Spur kamen. Das ganze Banksystem wurde damals neu überdacht. Mein Vater wurde mit diesem Fall beauftragt und durch das hohe Medieninteresse wurde sein Name bekannt. Seitdem war es für ihn einfacher, Aufträge zu bekommen." Klara meinte sich dunkel an diese Geschichte zu erinnern. „Meine Eltern konnten die Raten für ihr Haus bald abbezahlen und mit dem Umbau nach ihren eigenen Vorstellungen anfangen." Er blickte mit seinem verschmitzten Lächeln zu Klara hinüber.

„An der Ostsee habe ich beschlossen, beruflich etwas kürzer zu treten. Und das werde ich auch umsetzen. Und ich werde mich mehr um Sie kümmern, liebe Frau Doktor", flirtete Fiedler unverschämt. Es war seine unbekümmerte Art, die Welt positiv zu sehen. Es waren seine strahlende Augen, die Fiedler charmant machten. Das Verhältnis zwischen Klara und Fiedler wuchs über Ärztin und Patient hinaus. Fiedler machte keinen Hehl daraus, dass ihm seine Ärztin ausgesprochen gut gefiel. Ein Jammer, dass er ihr Patient war. Es ist schade um ihn, so ein netter Mann, dachte sich Klara. Wie wäre er wohl als Ehemann gewesen? War er eigentlich jemals verheiratet gewesen? Klara gefiel die Vorstellung vom Fiedler als liebenden, zarten und einfühlsamen Mann. Beide schlenderten stumm nebeneinander durch den Spitalsgarten. Die Bäume waren mit prallen Knospen übersät, welche auf ihren Ästen auf das Aufplatzen warteten. Einige Amseln begrüßten den Frühling. Alles schien friedlich und Klara verspürte eine gewisse Ruhe in ihrem Herzen.

„Und welches Geheimnis tragen Sie mit sich herum?", unterbrach Fiedler Klaras Gedanken. Er blieb stehen und schaute Klara prüfend an.

„Warum sind Ihre wunderschönen Augen so unendlich traurig? Was haben Sie so schreckliches erlebt, dass Sie nie lachen?"

Irritiert blickte Klara ihren Patienten an und erstarrte. Schon lange wurde sie nicht mehr nach ihrem Befinden gefragt. Fast hätte sie vergessen, dass sie noch im Dienst war. Ihr Piepser unterbrach die Stille, welche entstanden war und holte Klara mit seinem grellen Ton in die Realität zurück.

„Also so klingt es, wenn Sie auf der Station vermisst werden?"

„Ja, die Arbeit ruft. Ich muss jetzt gehen. Sie bleiben noch?", fragte Sie erleichtert, nicht auf seine Frage antworten zu müssen.

„Ja, ich werde die Sonnenstrahlen noch eine Weile genießen", erwiderte Fiedler und drehte sein Gesicht zur Sonne, welche mit den fortschreitenden Mittagsstunden immer mehr und mehr an Stärke gewann.

-14-

Seit dem besagten Morgen nach dem Abendessen bei ihrer Vermieterin hatte Klara Jan Norman nicht mehr gesehen. Frau Smetana erzählte nichts über ihren Neffen und Klara hielt es nicht für notwendig, nach ihm zu fragen. Sie war froh über sein unauffälliges Verhalten im Haus. So war ihr jegliche zufällige Begegnung mit ihm erspart geblieben. Der Frühling näherte sich in rasenden Schritten und an Richard verschwendete Klara keine Gedanken mehr. Sie fühlte sich von ihm verraten. Obwohl heute ein herrlicher milder Tag war und zu ausgedehnten sportlichen Aktivitäten einlud, nahm Klara den direkten Weg nach Hause. Sie war erschöpft und müde. Der Nachtdienst hatte unweigerlich seine Spuren hinterlassen. Im Stiegenhaus traf sie auf Frau Smetana die ihre leere Flaschen ordnete, welche sie bei der nächsten Gelegenheit im Glascontainer entsorgen wollte.
„Der Briefträger gab mir heute für dich diesen Brief", sagte sie zu Klara und überreichte ihr ein cremefarbenes Kuvert. Sofort erkannte sie den Absender.
„Danke", murmelte sie und schleppte sich nach oben in ihre Wohnung.
Ihre Neugier über den Inhalt des Schreibens war unermesslich groß. Sie wollte die Spannung nicht in die Länge ziehen. Sie ging in die Küche und goss heißes Wasser über den frisch geschälten Ingwer. Dazu presste sie eine kleine Zitrone aus und rührte eine ordentliche Portion Honig hinein.

Klara liebte dieses heiße Getränk und trank es durchaus auch wenn sie sich fit und gesund fühlte. Und es gab kaum eine Jahreszeit, in der sie ohne diesen Tee auskam. Erst als sie die Tasse in der Hand hielt, holte sie das Kuvert aus dem Vorraum und öffnete es in höchster Anspannung.

März
Verehrte Klara,

es gibt keine Worte mit denen ich Ihnen meine Freude beschreiben kann, die ich empfand, als ich Ihren ersehnten Brief in meinen Händen hielt. Ich hatte Angst Sie würden mir nicht schreiben. Ihre Handschrift ist wunderschön, genauso wie Sie. Sie haben mich durchschaut. Ich liebe Ordnung, dazu wurde ich seit meiner Kindheit angehalten und Sie haben wieder Recht, ich bin ein traditioneller, konservativer Mensch. Dennoch ist es auch für mich eine völlig neue Erfahrung, eine Frau auf diese in heutiger Zeit höchst veraltete Weise kennenzulernen. Ich werde das Schreiben jetzt ein wenig unterbrechen, denn es zieht... Ich muss das Fenster zumachen... Hier bin ich wieder, meine verehrte Klara. Ich stand auf meiner Terrasse, blickte hinauf zum Himmel und sah in ein Sternenmeer. Es tat gut, ein wenig von der frischen Brise einzuatmen. Ich stellte mir vor Sie stünden neben mir. Nur wir beide, alleine. Wir tranken Champagner und lauschten La vie en Rose. Kennen Sie das Lied? Jetzt verhärtet sich der Verdacht meiner Verstaubtheit vermutlich. Habe ich recht? Ach, das Leben ist viel zu kurz um sich mit solchen Nebensächlichkeiten zu befassen. Was für ein langweiliger Satz das ist. Ich werde versuchen, ihn neu zu formulieren. Wie klingt dieser zum Beispiel? Freude und Trauer, Glück und Pech sowie Liebe und Hass stehen dicht beieinander, oft übersieht man das eine, weil man gerade mit dem anderem beschäftigt ist. Kaum erkennt man die Farbenpracht im Leben, ist es schon zu spät. Kann man jemals die ganze Vielfalt sehen? Sollte man nicht alle Sinne für das Leben öffnen und es annehmen. So wie es ist? Für mich stellt sich die Frage, geht sich das alles in einem Menschenleben überhaupt aus? Ich weiß es nicht. Schon wieder etwas, was ich nicht weiß. Fällt Ihnen auf, wie wenig ich weiß? Und so standen wir da und schauten in den Sternenhimmel. Bis Sie wieder verschwunden sind. Es war schön, mit Ihnen auf der Terrasse Zeit zu verbringen. Ich werde mich jetzt schlafen legen. Darf ich von Ihnen träumen, liebste Klara?

Ihr Viktor
P.S. Ich denke für einen Neuanfang ist es nie zu spät…

Noch nie hatte Klara einen ähnlichen Brief erhalten. Richard hatte seine romantische Ader am Beginn ihrer Beziehung offensichtlich nur vorgetäuscht, denn Klara glaubte sich fest daran zu erinnern, dass es nach der Hochzeit mit jeglicher Romantik vorbei war. Sie betrachtete das Schreiben und es fiel ihr auf, dass der Brief mit einer Füllfeder geschrieben war. Die Handschrift war leserlich und gleichmäßig

geschwungen. Klara kannte sich in der Schriftkunde nicht aus, aber das was sie wusste war, dass man über Menschen mit dieser Schrift, sagte, dass sie selbstbewusst und erfolgreich seien. Als sie ihre Gedanken wieder gesammelt hatte, drehte sie, um die Stille um sie herum zu durchbrechen ihr Radio auf. Dann öffnete sie das Fenster und ließ die herrlich frische Luft hinein. Unten im Garten sah sie Frau Smetana Unkraut jäten.
„Guten Morgen, Frau Smetana", schrie Klara hinunter. Sie hatte ein schlechtes Gewissen, Frau Smetana vorhin ein wenig unfreundlich begrüßt zu haben.
„Klärchen", winkte die Dame hinauf, ohne sich dabei umzudrehen. Für diese Jahreszeit war es ungewöhnlich warm. Es tat gut, die ersten Vögeln in den Bäumen zwitschern zu hören. Während sie nicht etwas am Fenster verweilte beschloss Klara diesem Viktor zu schreiben. Fest entschlossen den Mann hinter den Briefen zu entlarven, setzte sich Klara zum Tisch und nahm einen weißen Papierbogen zur Hand, welchen sie allerdings erst aus ihrem Drucker herausnehmen musste, denn ein richtiges Briefpapier besaß sie nicht. Eigentlich fand sie es erfrischend, einen Brief an einen Unbekannten zu verfassen. Bald merkte sie, wie sie mit den Jahren aus der Übung kam, einen längeren Text handschriftlich zu verfassen. Heutzutage schreibt kein Mensch mehr Briefe. Alles erledigt man per Sms, email oder man ruft sich an, egal wo man sich auf dieser Erde gerade befindet. Wie lange war es eigentlich schon her, dass sie einen Brief geschrieben hatte?, fragte sie sich und konnte sich höchstens an eine

Urlaubskarte erinnern, die sie als Kind geschrieben hatte, als sie noch mit Elena verreiste. Briefe fielen ihr keine ein. Klara musste etliche Anläufe machen. Der Papierkorb füllte sich zunehmend mit zerknüllten Papierbögen. Sie begann zu schreiben, doch mitten im Satz zerknüllte sie das Stück Papier und fing von vorne an. Letztendlich fand sie doch eine Version, die ihr gefiel und die sie abschicken wollte. Bevor sie den Brief in ein Kuvert steckte, las sie ihn noch einmal sorgfältig durch:

März
Viktor,

sind Sie ein Poet? Nein, Sie sind Komponist. Bestimmt sind Sie ein Künstler. Nur ein Mensch von höchster Sensibilität und Erfahrung kann mit wenigen Worten so eine Fülle an Beobachtungen und Gefühlen ausdrücken. Erlauben Sie mir, Sie aufzufordern, mich zu beschreiben. Ich gehe davon aus, dass Sie mich kennen. Nur um sicher zu gehen. Beschreiben Sie mich bitte.

Klara
P.S.
Was ist, wenn ein Mensch zwar lebt, aber trotzdem bereits gestorben ist?

Kritisch betrachtete sie ihre Schrift und den Inhalt nochmals, denn sie wollte diesem Viktor in nichts nachstehen. Sie wollte ihm ebenbürtig sein. Sie wollte ihn nicht durch ihr Äußeres beeindrucken.

Unbedingt wollte Klara wieder einen Brief von Viktor erhalten. Sie wurde neugierig, wie weit er in seinen Briefen gehen würde. Zum ersten Mal seit Monaten empfand Klara neben ihrer Trauer noch ein anderes Gefühl. Das war ihr aber zu diesem Zeitpunkt noch nicht bewusst. Es war auch völlig egal. Klara ahnte, dass sie vielleicht mit dieser für sie völlig neuen Form sich auszutauschen einen neuen Weg in ihrem Leben einschlagen könnte. Sie konnte über ihre Gefühle schreiben, ohne dabei ihre Stimme zu hören, ohne jemandem in die Augen sehen zu müssen. Sie konnte weinen und trotzdem ihr Empfinden zum Ausdruck bringen. Es war ihr egal, ob er sie kannte, ob sie ihm täglich irgendwo begegnete. Sie dachte nicht über mögliche spätere Konsequenzen nach. Sie war gierig darauf, den nächsten Brief von diesem ominösen Viktor zu erhalten. Ihre Müdigkeit war verflogen, unbedingt wollte sie den Brief heute noch zur Post bringen. Aus irgendeinem Grund fühlte sie sich diesem Viktor nahe. Sie konnte schreiben, ohne ihre Gedanken zu benennen. Sie fühlte, dass Viktor sie nicht nach Details fragen würde und wenn doch, es ihr freistehen würde, zu antworten. Zum ersten Mal nach sehr langer Zeit fühlte sie befreit. Beim Hinuntergehen schaute sie bei Frau Smetana im Garten vorbei, welche noch immer auf einem Kissen kniete und in der Erde wühlte.

„Wie geht es Ihnen, brauchen Sie etwas? Ich gehe auf die Post!", fragte sie freundlich ihre Vermieterin.

„Nein, danke. Ich bin soeben mit meiner Arbeit fertig geworden. Es ist ein Jammer. Die Arbeit scheint jedes Jahr mehr und mehr zu werden. Ich

werde immer langsamer und langsamer. Ich werde mich jetzt ein bisschen hinlegen, die Gartenarbeit ermüdet mich schon ein wenig."
„Wann kommt der Gärtner?"
„Morgen. Er wird nach dem harten Winter jede Menge zu tun haben und deshalb habe ich mir gedacht, ich könnte ihn vielleicht etwas entlasten indem ich schon heute beginne, den Kräutergarten herzurichten."
„Ja, eine gute Idee." Klara wusste Frau Smetana liebte die Gartenarbeit und ließe es sich ohnehin nicht nehmen, kleinere Tätigkeiten selbst zu verrichten. Mit ihren dreiundachtzig Jahren war sie erstaunlich gut beisammen. Man sah ihr Alter nicht an.
„Der Gärtner wird den ganzen Vormittag den Rasen vertikutieren und bei den Rosensträuchern für Ordnung sorgen. Das schafft mein alter Rücken nicht mehr. Vermutlich wird er sowieso bis zum späteren Nachmittag beschäftigt sein. Ich werde ihm dann etwas kochen müssen, den mit einem leeren Magen arbeitet es sich schlecht."
„Was werden Sie Gutes kochen?"
„Kümmelbraten mit Knödel. Du weißt doch, Männer brauchen Fleisch." Frau Smetana war bereits zu Lebzeiten ihres Mannes eine begnadete Köchin gewesen und Ludwig hatte die Küche seiner Frau sehr geschätzt. Am liebsten hatte er das selbst geschossene Wild in allen Variationen gemocht. Während der Jagdsaison war die Tiefkühltruhe immer voll. Bei Frau Smetana arbeiten zu dürfen bedeutete neben einer fairen Entlohnung, stets auch ein gutes Mahl zu bekommen. Egal, ob der Gärtner oder Frau Rosa. Die beiden arbeiteten für sie schon

seit Jahren. Der Gärtner arbeitete bereits zu Lebzeiten ihres Mannes im Haus. Frau Rosa war um ungefähr zwölf Jahre jünger als Frau Smetana. Vor knapp zwei Jahren wurde Frau Rosa von der Versicherungsanstalt, wo sie zwanzig Jahrelang im Sekretariat tätig gewesen war, in den Ruhestand verabschiedet. Die ersten Wochen waren eine große Umstellung für sie. Und bald merkte Rosa, dass sie neue Aufgaben benötigte. Bereits Rosas Eltern arbeiteten für im Haus in der Sollingergasse. Damals hatten die Smetanas aber noch Ländereien besessen. Zu dieser Zeit hatten aber noch entfernte Verwandte von Herrn Smetana hier gewohnt. Damals war dieses Haus noch in einem Wiener Vorort gestanden. Man hätte denken können, die Villen wären gleichzeitig gebaut worden. Zum Anwesen hatten Felder und Wälder gehört. Nur wenige Häuser bildeten hier eine Gemeinschaft. Eine selten befahrene Straße lag einige Meter entfernt. Die Häuser ähnelten einander sehr. Sogar die Vorgärten waren ähnlich angelegt. Mit der Zeit wurde das benachbarte Land in Baugrundstücke umgewidmet. Und so auch die Felder, welche sich mittlerweile in Herrn Smetanas Besitz befanden. Ludwig Smetana hatte stets einen guten Riecher für Geschäfte gehabt. Er schaute zu, wie seine Nachbarn ihre Grundstücke zum damaligen Preis zum Verkauf angeboten hatten. Es dauerte nicht lange und sie waren alle ihre Grundstücke los. Nur er verkaufte nichts. Und das obwohl er und seine Frau Hunger leiden mussten. Von ihren Nachbarn wurden sie belächelt, wozu sie denn die Felder, welche sowieso nur in Baugrundstücke geteilt wurden, noch horteten?

Herr Smetana hatte auf Fragen dieser Art geantwortet: „Es geht uns noch nicht so schlecht, dass wir verkaufen müssen." Nach nur wenigen Jahren waren die Grundstückpreise in die Höhe geschossen. Zu dem verkaufte auch Herr Smetana einige der Grundstücke. Bis zu seinem Tod hatte seine Frau über die Verkaufssumme nicht Bescheid gewusst. Es hatte sie auch nicht gekümmert. Die Finanzen hatte sie völlig ihrem Mann überlassen. Das Leben der Familie hatte sich seit damals schlagartig geändert. Herr und Frau Smetana hatten wieder ein Leben auf jenem Standard führen können, welches sie aus ihrer Kindheit gewohnt waren. Seit diesen Tagen hatte der Gärtner, für die Familie gearbeitet. Frau Rosa war ein junges Mädchen, als ihre Mutter als Dienstmädchen in dem Haus gearbeitet hatte. Die Mutter war vor ein paar Jahren gestorben und seitdem hatte Frau Smetana den Haushalt alleine geführt. Nach der Frühpensionierung packte Rosa ihren ganzen Mut zusammen und fragte Frau Smetana, ob sie nicht eine Haushaltshilfe benötigte. Das Geld war knapp und sie vermisste eine regelmäßige Aufgabe. Frau Smetana hatte sie sofort eingestellt. Seitdem kam Rosa jeden Donnerstag und erledigte verschiedene Arbeiten im Haus. Sie half ihr, den Haushalt sauber zu halten und packte dort an, wo Frau Smetana ihre Hilfe benötigte. Nach getaner Arbeit aßen sie gemeinsam. Es war meistens eine Mischung aus einer Nachmittagsjause und einem Abendessen. Klara verweilte noch etwas im Garten und sah ihrer Vermieterin über die Schulter. Sie bewunderte mit welchem Selbstverständnis und welcher Leichtigkeit sie ihren Garten pflegte.

Obwohl er auf den ersten Blick unordentlich und sich selbst überlassen wirkte, blühte egal wo man hinsah fast das ganze Jahr über eine Blume. Alles zusammen bildete eine Einheit und bildete ein vollkommenes Naturparadieses. Der Garten wirkte natürlich in sich verwachsen. Nur eine liebevolle Hand eines Menschen konnte so etwas Schönes erschaffen. Mit diesen Gedanken verabschiedete sich Klara von ihrer Vermieterin, und eilte auf die Post.
„Vielleicht komme ich am Abend noch bei Ihnen vorbei?", sagte Klara.
„Komm wann immer du Zeit und Lust hast, Klärchen". Es war schon irgendwie belustigend, dass Frau Smetana Klara stets Klärchen oder mein Mäderle nannte. Wenn man es nicht besser wüsste, könnte man denken, die Oma spräche mit ihrem kleinen Enkel, nicht mit einer Frau Ende dreißig. Doch das machte Klara nichts aus. Sie mochte Frau Smetana sehr und sah in ihr ihre neue Familie. Schon in ihrer Ehe sehnte sich Klara nach einer Großfamilie. Aber mit Richard war es unmöglich nach Nina noch weitere Kinder zu bekommen.
Am Postamt war nur wenig los. Mit gemischten Gefühlen reichte sie das Kuvert der dicken Dame mit den abgebissenen Fingernägeln. Klara zweifelte plötzlich daran. Sollte sie den Brief überhaupt aufgeben? Die Neugier bezwang ihre Zweifel. Bevor sie den Brief noch zurückziehen konnte, klebte bereits ein großer Stempel auf dem Kuvert. Obwohl ihr bewusst war, dass Viktor nicht nur ihre Anschrift, sondern offensichtlich auch ihr Äußeres kannte, kam ihr nicht in den Sinn, dass er ihr vielleicht etwas Böses wollen

würde. Als Klara anschließend in ihrer Wohnung war, fiel ihr auf, dass sie seit ungefähr zwanzig Stunden nicht geschlafen hatte. Sie beschloss Frau Smetana erst morgen, wenn sie ausgeschlafen war, zu besuchen. Sie wusch ihr Gesicht im Badezimmer und fiel ins Bett, wo sie sofort tief einschlief.

Am nächsten Morgen gegen sechzehn Uhr klopfte sie an die Tür ihrer Vermieterin. Sie wusste, dass dies eine gute Zeit war. Frau Smetana hatte ihr Nachmittagsschläfchen bereits hinter sich. Und bestimmte kochte sie bereits Wasser für eine Tasse Tee. Als Klara gerade an der Tür ihrer Vermieterin klopfte, saß die Dame im Wohnzimmer und löste Sudoku. Sie sah aus, als ob sie gerade eine Verabredung mit dem Herrn Hofrat gehabt hätte. Sie trug leichtes, fast unscheinbares Make-Up. Ihr noch immer naturbraunes Haar war mit wenigen Spangen zu einer Hochsteckfrisur befestigt und eine einfache Perlenkette zierte ihr, für ihr Alter, sehr schönes Dekolleté. Klara bewunderte wie sie, in dem Alter noch immer mit so großer Sorgfalt auf ihr Äußeres achtete. Wenn sie ihr diesbezüglich Komplimente machte, lachte Frau Smetana meistens darüber und antwortete, „Klärchen, das ist neben meinem Garten doch noch die einzige Freude, welche ich habe. Wenn ich auch noch mein Äußeres vernachlässigen würde, stünde es bereits sehr schlecht um mich."

„Komm rein, meine Liebe", forderte Frau Smetana die junge Frau auf.

„Ich muss dir etwas verraten."

Sie schien innerlich sehr aufgewühlt zu sein. Die Aufregung sah man ihr meilenweit an und ihre

Stimme überschlug sich fast. Kaum stand Klara im Wohnzimmer platzte es aus Frau Smetana regelrecht heraus:
„Ich habe heute Früh beschlossen, ein Fest zu meinem vierundachtzigsten Geburtstag zu geben. Ich weiß nicht so recht wie viele Geburtstage ich noch bei Verstand erleben werde. Und mir ist danach, noch einmal die ganze Familie und alle meine noch hier auf der Erde verbliebenen Freunde zu sehen. In meinem Alter hat man keine Zeit mehr, auf den richtigen Moment zu warten. Wenn du in der Früh aufwachst und dich spürst, dann weißt du es ist der richtige Augenblick, vom Tag alles abzuverlangen. Denn du weißt nicht, ob du morgen dein eigenes Gesicht im Spiegel wiedererkennst. Also beschloss ich, ein großes Fest zu geben. Ich habe zwar erst im November Geburtstag aber der liebe Gott wird mir wohl verzeihen, wenn ich ihn auf August vorverlege."
„Frau Smetana, das ist großartig", rief Klara heraus und umarmte die zierliche Frau. „Mein Mäderle, glaubst du, du könntest mir bei den Vorbereitungen helfen?", fragte sie besorgt.
„Natürlich helfe ich Ihnen gerne. Wie viele Leute denken Sie werden Sie einladen?" „Alle, die mich kennen und vor allem alle, die noch leben", lachte Frau Smetana und seufzte sichtlich erleichtert.
„Wo wollen Sie das Fest ausrichten?"
„Hier bei mir. Der Garten ist groß genug. Im August werden wir bestimmt noch eine schöne lauwarme Nacht erleben."
Für kurze Zeit verstummten die Lippen von Frau Smetana und ihre Augen blieben auf ihrem

Sudoku haften. Doch die Begeisterung packte sie gleich wieder und sie fügte hinzu. „Und wenn uns das Wetter einen Strich durch die Rechnung machen sollte, dann verlegen wir das Fest ins Haus hinein".

„Eine gute Idee. Als Erstes sollten Sie Einladungen verschicken, damit es Ihre Gäste rechtzeitig einplanen können."

„Klärchen, in meinem Alter haben die Menschen keine großen Pläne mehr. Aber du hast recht, ich werde mich heute Nachmittag hinsetzen und die Namen und Adressen aufschreiben, denn dann haben wir einen Überblick, von welcher Größe wir eigentlich sprechen", lachte Frau Smetana. Sie war sichtlich glücklich über ihre Idee mit dem Geburtstagsfest und sehr erleichtert, dass ihr Klara dabei helfen würde. Alleine hätte sie es vermutlich nicht geschafft. Aber natürlich geschah es nicht so ganz ohne einen Hintergedanken, so konnte sie ihre Tochter wieder nach Wien locken. Es war schon über ein Jahr her, dass sich Maria bei ihrer alten Mutter blicken hat lassen. Frau Smetana litt sehr darunter, ihre Tochter so wenig zu sehen. Klara freute sich über die Idee und noch mehr freute sie sich, dass sie Frau Smetana bei den Vorbereitungen behilflich sein konnte. Aber ohne Marias Unterstützung würde es nicht gehen. Noch am selben Abend rief Frau Smetana ihre Tochter in Paris an. Sie erzählte ihr von dem Fest und bat sie, an Klaras Mailadresse eine Liste mit allen Familienmitgliedern zu senden. Sie wollte unter keinen Umständen jemanden vergessen. Zwei Tage später erhielt Klara ein ausführliches Mail mit allen Kontaktdaten der Verwandten und langjährigen Freunden der

Familie Smetana. Maria hatte ihre Datenbank offensichtlich immer sehr gut gepflegt. Klara druckte die sehnsüchtig erwartete Liste aus, und blickte auf die endlos lange Namensliste. Beim Durchsehen fiel ihr auf, dass Verwandte und Freunde tatsächlich in aller Welt verstreut waren. Genau, wie es ihr ihre Vermieterin immer gesagt hatte. Für Klara war es unvorstellbar gewesen, Österreich oder Wien jemals verlassen zu müssen. Sie liebte die Berge, welche Jahr für Jahr mit Schnee bedeckt wurden. Egal, ob sie an ihre Schiurlaube im Salzburgerland dachte. Oder an die Sommerurlaube an den zahlreichen Badeseen in Österreich. Sie mochte alle vier Jahreszeiten. Sie liebte das unglaublich vielseitige Kulturangebot in Wien. Sie konnte sich nicht vorstellen, in einem anderen Land zu leben. Wieder konzentrierte sie sich auf die Namensliste. Viele der Namen kannte sie bereits aus zahlreichen Erzählungen von ihrer Vermieterin und Klara freute sich, endlich zu den Namen auch die Gesichter kennenzulernen.

-15-

Am nächsten Tag rief Neumann sein ganzes Team zusammen. Die IARC hatte zum internationalen Treffen eingeladen, und dieses stand in wenigen Wochen vor der Tür. Ein Abgleichen aller Informationen war unerlässlich. Neumann war sehr effizient und strukturiert in seiner Arbeitsweise, das gesamte Team wurde ausführlich informiert und alle wussten, was in den nächsten Wochen zu tun war. Zum Schluss wurden noch Abgabetermine abgestimmt und offene Aufgaben verteilt. Obwohl sich Klara ausgebrannt fühlte, meldete sie sich freiwillig für zusätzliche Agenden. Die Forschung erforderte ihre ganze Aufmerksamkeit und die Liebe zu ihrer Arbeit war nach wie vor die beste Ablenkung für sie. Voll eingedeckt mit Arbeit kam sie am Abend nach Hause. Kurz schaute sie noch bei Frau Smetana vorbei, um ihr die Einladungsliste von Maria zu geben. Sie war erleichtert, ihre Vermieterin nicht zu Hause anzutreffen. Also legte sie die Namensliste auf den Tisch und verließ die Wohnung wieder. Heute wollte sie nichts anderes als heimkommen und sich eine Badewanne mit richtig heißem Wasser einlassen. Doch bevor sie diesen Plan in die Tat umsetzen konnte, leerte sie noch ihr Postfach und fand darin ein cremefarbenes Kuvert. Als sie vor ihrer Tür stand, sah sie ein Bündel mit roten Tulpen am Boden liegen. Neugierig hob sie den Strauß auf und öffnete die beigelegte Karte. Sie waren von

Viktor. Überwältigt schnappte Klara nach Luft und roch an den zärtlichen Blüten. Sie konnte sich nicht erinnern, wann sie das letzte Mal Blumen von jemanden bekommen hatte. Zu Hause steckte sie sie in eine Kristallvase und stellte diese im Wohnzimmer auf den Couchtisch. Gleich wirkte das Zimmer freundlicher und der Frühling hielt Einzug. Was so ein kleiner unscheinbarer Blumenstrauß für Wunder bewirken kann, dachte sich Klara. Und es war nicht nur ihr Zimmer, welches sich verändert hatte. Sie verbrachte eine gute halbe Stunde im Bad. Dann im Bademantel und mit einer heißen Tasse Tee in der Hand ging sie sofort ins Bett. Auf das Nachtmahl verzichtete sie. Heute hatte sie keine Kraft mehr aufbringen können, sich auch nur ein Butterbrot zu machen. Das große Ehebett war wie gewohnt nur mit einem Polster und einer Decke gerade frisch überzogen. Mit der Zeit gewöhnte sie sich daran, ihre Bettwäsche nur für eine Person zu kaufen. Es kam ihr nicht der Gedanke, dass sie ihr Bett eventuell für zwei Personen vorbereiten könnte, dass eines Tages vielleicht wieder ein Mann das Bett mit ihr teilen könnte. Nein, solche Gedanken schloss sie völlig aus. Klara wollte für den Rest ihres Lebens alleine bleiben. Der einzige Mensch auf dieser Welt, Anna Smetana. Im Bett sitzend öffnete sie das ihr bereits vertraute Kuvert. Ein unauffälliges Lächeln zauberte sich auf ihr ständig trauriges Gesicht.

März
Liebe Klara,

die meisten Fragen in den zwischenmenschlichen Beziehungen bleiben unbeantwortet. Menschen hören sich nicht zu und achten nicht auf die gestellte Fragen. Deshalb möchte ich versuchen Ihnen, als erstes zu Antworten. Ich bin kein Künstler. Seit meinem sechsten Lebensjahr nahm ich Gitarrenunterricht. Das war der große Wunsch meiner lieben Oma. Sie begleitete mich als kleiner Junge, Woche für Woche zum Gitarrenunterricht. Da ich ein fauler Schüler war, bat sie mich, ihr etwas vorzuspielen. Unter diesem Vorwand übte ich, ohne es zu wissen, wöchentlich meinen Stoff. Und vermutlich nur deswegen beherrsche ich das Gitarre spielen heute einigermaßen, und damit ist, so ziemlich das Einzige, was ansatzweise künstlerisch an mir ist. Ich bin ihr sehr dankbar dafür, denn es trat das ein, was mir meine Oma immer vorhersagte. „Viktor," sagte sie mir immer, „wenn du einmal groß bist, wirst du es lieben zu spielen. Musik verbindet Menschen und öffnet ihre Herzen. Du wirst sie vereinen, man wird dir zuhören." Manchmal vertreibe ich mir die Zeit in einem kleinen Nachtklub und spiele dort Gitarre. Der Klub gehört einem guten alten Freund. Dort blende ich alles aus meinem Leben und rund um mich aus und tauche in eine Welt ein, in der ich alleine bin. Wenn ich dann wieder meine Augen öffne, stelle ich jedes Mal aufs Neue fest – sie hatte Recht. Die anwesenden Gäste blickten zu mir auf den kleinen Podest, der als eine kleine Amateurbühne dienen sollte. Die Leute lauschten

meiner Musik. Ich spürte, wie sich ihre Herzen vereinten. Genau das ist der Augenblick, in dem meiner Oma unendlich dankbar bin, dass ich mich jeden Dienstag zu diesem grauenhaften Gitarre Unterricht gebracht hat.
Alles andere um mich herum erscheint auf einmal so klein und unwichtig - so nebensächlich. Es fühlt sich ähnlich an, wie wenn ich Ihnen einen Brief schreiben darf. Es fällt mir leicht Ihnen zu schreiben. Ihr blondes Haar tragen Sie gerne locker hinten zusammen gebunden, sodass Ihnen einzelne Strähnen in Ihr wunderschönes blasses Gesicht fallen. Ihre großen Augen sind traurig, warm und stellen viele Fragen - ich frage mich, ob Sie jemals auch Antworten bekommen. Wenn aber ein Lachen Ihr Gesicht erhellt, überstrahlen Sie jeden Sonnenschein. Sie haben die Größe eines Models und Ihr Herz ist viel zu groß für diese Welt. Ihre zarten Hände haben tausenden Menschen bereits geholfen und wenn Sie in Sorge sind, haben Sie diese kleine Falte auf Ihrer Stirn. Erfreuen Sie sich an den Blumen, welche ich mir erlaubt habe, Ihnen zu schicken? Sie sind sanft wie der Frühling, ich dachte mir es sind die richtigen Blumen für Sie. Der Frühling kommt nur einmal im Jahr und kaum werden die Knospen zum Blühen erweckt, schon erntet man die reifen Früchte. Liegen die Früchte im Korb, schon fiel das letzte Blatt zu Boden. Gerade am Boden angekommen, bedeckt es der Schnee. Merken auch Sie, liebste Klara, wie schnell das Leben voranschreitet? Manchmal denke ich, es war gerade gestern, als mich meine Oma zum Gitarrenunterricht brachte.

Viktor
P.S. Kein Mensch auf dieser Welt darf für immer sterben, solange es Nachfahren gibt, welche seine Geschichte an andere weitererzählen. Kein Mensch darf jemals sein eigenes Leben früher aufgeben, bevor der Tod seine Gebeine holen kommt. Das Leben ist lebenswert, auch wenn man denkt es geht nicht weiter. Auch wenn wir glauben, dass die Kraft uns verlässt. Das Leben wird uns alle überleben. Eines Tages werden wir alle geholt, aber jeder einzelner Tag ist lebenswert und wert, für ihn zu kämpfen.

Nachdem sie den Brief gelesen hatte, legte Klara ihn auf die leere Seite ihres Bettes und drehte das Licht ab. Ihre Gedanken kreisten um Viktor, er schien ihr so nah so vertraut. Sie grübelte nicht nach, wer er sein könnte. Sie war einfach froh, einen Freund gefunden zu haben. Es dauerte nur noch einen kleinen Seufzer und sie war tief und fest eingeschlafen. Am nächsten Morgen, bevor sie sich den von Neumann erhaltenen Aufgaben widmen wollte, begann sie einen Brief an Viktor zu verfassen. Anders als beim ersten Mal, ging ihr dieser Brief leicht von der Hand.

März
Viktor,
 Gut, Sie haben mich irgendwo gesehen und denken mich zu kennen. Nachdem Sie offensichtlich wissen wie ich aussehe, habe ich eindeutig einen Nachteil, da ich keine Ahnung

über Ihr Äußeres habe. Also erlaube ich mir, Sie mir vorzustellen. Sie sind ein Mann um die fünfzig, Ihre Ehefrau langweilt Sie und mit Ihren Briefen möchten Sie gerne etwas Erfrischung in Ihr Leben bringen, trauen sich dann aber doch nicht, mit einer fremden Frau auszugehen, denn daraus würden sich nur Komplikationen ergeben. Ihre Kinder, vermutlich haben sie zwei, sind gerade in der Pubertät und Sie als Vater haben nach und nach die Vorbildrolle bei ihnen verloren. Sie sind unten durch bei Ihren Kindern und bei Ihrer Frau. Hat sie einen Lover? Was denken Sie? Sie wissen es nicht, aber Sie vermuten es? Es schmerzt Sie nicht dass sie fremdgeht, sondern dass Sie da alleine sitzen Abend für Abend, während sich Ihre Familie draußen in der großen Welt mit anderen Menschen amüsiert. Deshalb wählen Sie diesen anonymen, sicherlich durchaus interessanten Weg, als Flucht vor Ihrem traurigen Dasein.

Obwohl ich all das vor mir sehe, gibt es noch viele andere Viktors, die Sie sein könnten.

Vielleicht sind Sie jung, frech, kommen aus gutem Hause und sind wiederum so gelangweilt, dass Sie sich an Frauen heranmachen. Gemeinsam mit Ihren Freunden verfassen Sie dann Briefe, in der Hoffnung Antworten erhalten. Erhalten Sie tatsächlich eine Antwort, zelebrieren Sie dies mit Ihren Freunden und geben eine Party, welche Sie wiederum von Ihrem eigenen traurigen Dasein ablenkt.

Wie bitte? Auch hier habe ich gefehlt?

Dann stelle ich mir einfach einen Mann namens Viktor vor. Er sieht gut aus, weiß sich in Gesellschaft zu benehmen. Doch sein Herz hat

im Laufe seines Lebens tiefe Wunden abbekommen. Seine Seele ist verletzt. Er ist einsam und traut sich nicht hinaus, vielleicht denkt er ich könnte ein wenig Licht in diese Dunkelheit bringen? Vielleicht denkt er, müsse sich an diesem Lichtstrahl festhalten. Denn es ist seine einzige Rettung. Doch er schafft es nicht, dem Licht zu folgen. Er versteckt sich in seinem dunklen Zimmer, um nicht gesehen zu werden, um nicht wieder verletzt zu werden. Die alten Wunden sind vielleicht schon verheilt aber die Narben sind unübersehbar da, für den Rest seines Lebens werden sie ihn begleiten. Er versucht das Licht mit seinen Briefen festzuhalten. Er hat Angst, es könnte ihm entgleiten, doch ihm fehlt der Mut, sich dem Licht zu stellen.
Viktor, habe ich Sie jetzt erfasst? Schreiben Sie mir welcher, der drei Männer sind Sie? Auf welchen fällt die Wahl?
Klara
P.S. Danke für die Blumen, sie sind wunderschön. Wussten Sie, dass Tulpen meine Lieblingsblumen sind?

Ungewohnt fröhlich klebte sie das Kuvert zu und mit großer Freude gab sie den Brief am Postamt auf. Auf dem Heimweg fühlte sich Klara gut. Die Sonne wärmte sie allmählich ein wenig. Ausgeschlafen freute sich Klara darauf, sich zu Hause in Ruhe die Unterlagen für den IARC Kongress durchzulesen und ihre eigenen Mitschriften und Erkenntnisse zusammenzuführen. Sie sperrte sich für den restlichen Tag in ihrer Wohnung ein und schrieb akribisch an ihrem Bericht für Neumann. Als sie damit fertig wurde, merkte sie, dass es bereits dunkel geworden war. Plötzlich fiel ihr ein, dass sie mit Frau Smetana die Einladungsliste durchgehen wollte. Wenn sie wirklich vorhatte, alle die Personen in sechs Monaten zu ihrem Geburtstagsfest einzuladen, dann sollten sie sich baldigst um die Planung und Organisation kümmern.

„Klärchen, bist du es? Ich habe gesehen, Maria hat dir eine Namensliste zusammengestellt", sagte sie, als sie Klara hereinkommen hörte. In der ganzen Wohnung roch es herrlich einem Rinderbraten, den Frau Smetana gerade aus dem Rohr nahm.
„Ja, Maria war wirklich erstaunlich schnell", rief die junge Frau aus dem Wohnraum in die Küche. Auf einmal sah Klara Jan aus der Küche kommen. In seinen Händen hielt er ein Tablett mit drei Hauptspeisentellern, Besteck und drei Weingläsern.
„Guten Abend, Klara", sagte er schmunzelnd und starrte sie für eine sehr lange Zeit an.
„Oh, Guten Abend. Ich wusste nicht, dass Sie hier sind. Ich werde Sie nicht weiter stören, ich wollte nur mit Ihrer Tante etwas besprechen", antwortete sie zögerlich und starrte auf den Tisch, den Jan für drei Personen deckte. Jeden Augenblick rechnete sie damit, dass Jade im Wohnzimmer erschien. Klara wollte gerade wieder zur Tür hinaus, doch statt Jade erschien Frau Smetana.

„Schön, dass du da bist. Gerade habe ich Jan von meinem bevorstehenden Fest erzählt und ihm gesagt, wie sehr ich mich freue, dass du dich bereiterklärt hast, mich dabei zu unterstützen. Auch ihn habe ich mit einer wichtigen Aufgabe betraut." Klara sah sich schon in der Ferne schwinden. Sie wollte nicht den Abend mit Jan verbringen.
"Ich wollte nicht stören. Ich werde jetzt gehen. Und wenn Sie etwas brauchen, rufen Sie mich", sagte Klara knapp.
„Ich habe gehofft, du könntest zum Abendessen bleiben. Und dabei könnten wir besprechen wie wir vorgehen wollen. Weißt du, ich habe noch nie alleine ein Fest in dieser Größe ausgerichtet. Schau, Jan hat schon für dich gedeckt", sagte Frau Smetana zu Klara.
Also das dritte Gedeck ist für mich bestimmt, dachte sich Klara und merkte gerade, dass sie den ganzen Tag noch nichts gegessen hatte. Obwohl ihr die Anwesenheit von Jan unerträglich war, wollte sie unbedingt die Einladungen mit Frau Smetana durchgehen. Es war wichtig, dass sie endlich über die Anzahl der Gäste Bescheid wusste, sodass die Einladungen so schnell wie möglich gedruckt und verschickt werden konnten.
„Gut, vielen Dank. Ich habe heute tatsächlich noch nichts zu mir genommen und es riecht einfach köstlich", willigte Klara ein und setzte sich neben Jan. „Ich hoffe, Sie praktizieren es nicht täglich, tagsüber nichts zu essen. Die Mahlzeiten sollte man über den Tag verteilt ausgewogen zu sich nehmen. Auf Dauer ausgehungert abends den Kühlschrank zu leeren wäre jedenfalls die garantierte Eintrittskarte, irgendwann mal bei

einer Mastkur zu landen. Aber es scheint bei Ihnen noch nicht der Fall zu sei", sagte Jan und schaute Klara sanft an.

„Machen Sie sich über mich keine Gedanken. Ich kann gut auf mich selbst aufpassen. Frau Smetana, es schmeckt wie immer herrlich bei Ihnen", antwortete Klara scharf und wandte sich ihrer Vermieterin zu, welche mit Genuss ihren Rinderbraten anschnitt und es schien, als ob ihr die spitze Bemerkung von Klara gar nicht aufgefallen wäre.

Nach dem Essen ergänzten sie Marias Liste mit Wiener Freunden und Wegbegleitern von Frau Smetana und stellten fest, dass es im Huas sehr eng werden würde, sollten alle Leute von der Liste kommen. Jan hatte an die sechzig Personen gezählt. Er versprach, sich um die Unterkunftsmöglichkeit der ausländischen Gäste zu kümmern. Jan schien bemüht, seine Tante und Klara bei ihrem Vorhaben zu unterstützen. Für den Rest des Abends war er konzentriert bei der Planung und hatte sich mit guten Ideen eingebracht.

„Eine musikalische Untermalung ist unerlässlich, Tante. Ein alter Freund von mir spielt bravourös Saxophon. Immer wieder wird er zu Gastauftritten eingeladen. Bestimmt kommt er gerne. Wenn ich ihm sage, dass es sich um die Geburtstagsparty meiner Tante handelt, macht er es sicherlich auch umsonst. Somit sparen wir Geld und haben eine schöne abendliche Unterhaltung."

„Das klingt fantastisch. Kannst du bitte gleich deinen Freund fragen, ob er es machen würde? Es wäre wundervoll", freute sich das Geburtstagskind.

Auch Klara fand die Idee großartig. Sie selbst versuchte sich auch in jungen Jahren am Saxophon, ließ es dann aber bleiben. Das Studium und Richard beanspruchten all ihre Zeit.
„Was denkst du Klärchen, ein Saxophonist auf meinem Fest? Da könnten wir vielleicht noch etwas tanzen. Zumindest diejenigen, die sich noch bewegen können. Und wenn nicht wir Alten das Bein schwingen können, dann aber auf jeden Fall auch ihr Jungen." Klara war die ganze Zeit über mit Jan auf Distanz geblieben und so wollte sie auch diesmal nicht ihre wahre Freude über den wundervollen Vorschlag äußern und meinte nur: „Gute Idee".
Als alles fürs Erste Besprochen war, verabschiedete sich Klara und als sie schon die Stufen hinaufgehen wollte, spürte sie, wie ihr jemand von hinten an die Schulter fasste. Es war Jan, der ihr ins Stiegenhaus nachgegangen war.
„Ich wollte mich noch bei ihnen bedanken."
Obwohl er sie ernst angesehen hatte, funkelten seine Augen fröhlich.
„Wofür bitteschön?" fragte Klara verblüfft.
„Dass Sie meiner Tante helfen." Für einen Augenblick verstummte er.
„Oder vielleicht einfach nur dafür, dass Sie da sind," flüsterte er leise dazu.
Klara stand dicht vor ihm, sodass sie seinen Atem spüren konnte. Sie stand ihm so nah, dass sie die Schattierungen in seinen himmelblauen Augen sehen konnte. Es war ihr unangenehm. Sie riss sich von ihm los.
„Keine Ursache. Sie sind mir keine Dankbarkeit schuldig."

Zu Hause war ihr aufgefallen, dass sie vergessen hatte, sich nach Jade zu erkundigen. Es war ihr ohnehin egal, in welcher Beziehung sich Jan zu dieser Jade befand.

März
Liebste Klara,

vorerst ist es mein großer Wunsch, mich bei Ihnen zu entschuldigen. Ich wollte Sie weder kränken noch in irgendeiner Weise verletzen. Wenn ich Ihnen zu nahe getreten bin, bitte ich Sie um Verzeihung. Gerne möchte ich Ihnen auf ihre ganz entzückende Vorstellung von meiner Person antworten. Ich darf mit gutem Gewissen behaupten, dass kein einziger der drei Männer meiner Person entspricht. Es fällt mir schwer, mich selbst zu beschreiben. Möchten Sie wissen wie ich aussehe oder interessieren Sie sich für mich, als Mensch? Ich schätze, Sie möchten gerne beides wissen. Habe ich Recht? Natürlich kann ich Ihnen nur die guten Seiten meines Daseins verraten. Die dunkle Seite lasse ich lieber im Verborgenem. Soll ich mich mit Dingen höhnen, die mir früher wichtig waren, mir aber heute völlig gleichgültig sind? Ab welchen Zeitpunkt soll ich mich beschreiben? Möchten Sie wissen, wie ich in der Schule war? Ich war ein Minimalist. Nie machte ich einen Strich mehr, als es von den Professoren verlangt wurde. Viel lieber verbrachte ich meine Zeit draußen in der Natur. Hinter unserem Haus lag eine wunderbare Spielwiese, als kleiner Junge kannte ich jeden Stein und jeden Baum in unserer Umgebung.

Heute ist es alles mit Häusern zugebaut. Kaum war der Fischteich zugefroren, war ich der Erste, der mit seinen Schlittschuhen darauf lief. Mit Stock und Stein spielte ich Eishockey darauf. Eines Tages brach das dünne Eis unter mir durch. Unglaublich, in welcher Geschwindigkeit das Eis in Stücke zerfiel. Es ging alles so schnell, ich schrie bis mir der Hals weh tat. Ich spürte wie plötzlich das eiskalte Wasser durch mein warmes Gewand durchsickerte. Gott sei Dank hörte mich jemand. Einige Männer warfen mir ein Seil zu. Ich schnappte danach und sie zogen mich heraus. Ich kannte meine Retter nicht und ich sah sie auch später nie wieder. Meine Eltern waren an diesem Tag verreist und ich wohnte bei meiner Oma. Sie schimpfte nicht wenig mit mir, als sie mich nass und zitternd vor der Tür stehen sah. Damals machte sie mir zum Abendessen Grießkoch. Es war mein Lieblingsessen und an diesem Abend roch die gebrutzelte Butter noch lange in der Küche. Ich verbrachte alle Ferien bei meiner Oma. Sommer und Winter. Sie wissen doch, die gute Seele, die mich zur Gitarrenstunde begleitete. Sie starb, als ich vierzehn Jahre alt war. Ihr Tod traf mich mitten ins Herz, von da her könnten sie recht haben mit der tiefen Narbe, welche mich bis an mein Lebensende begleiten wird.
Liebe Klara, ich amüsierte mich köstlich über die Vorstellrunde der drei Viktor-Typen. Seien sie beruhigt, ich war niemals verheiratet und es gibt keine Kinder, für die ich ein Vorbild sein muss. Meine verehrte Klara, genauso wenig bin ich zwanzig und feiere mit Ihren Briefen Partys. Ich bin ein Mann, der alleine lebt und seinen

Lebensinhalt in seiner Arbeit gesehen hat. Mein Vater starb, als ich noch ein sehr junger Mann war. Ich wollte in seine Fußstapfen treten und sein Werk, welches er angefangen hatte, beenden. Auf diese Weise konnte ich sein Leben für mich verlängern und so kam es, dass ich Recht studierte. Reicht Ihnen diese Beschreibung? Nein? Es gibt nicht viel über mich zu sagen. Ich bin einer von vielen. Ich habe weder Nobelpreise gewonnen, noch interessiert man sich am anderen Ende der Welt für mich. Vermutlich kennen nicht einmal meine Nachbarn meinen richtigen Namen.

Ihr Viktor

Kaum hatte Klara die Zeilen fertig gelesen, läutete das Telefon. Klara schnappte nach ihrem Handy und am Display erschien eine unterdrückte Nummer.
„Lang"
„Hallo Klara. Hier ist David Lettner."
Eine Pause entstand.
„Hallo", sagte sie schließlich.
„Ich habe versprochen mich zu melden, wenn ich in Wien bin. Klara, ich bin in Wien und ich werde noch zwei Tage hier sein. Denkst du, ist es möglich dich zu treffen?"
Er duzte sie, obwohl sie eine erwachsene und ihm fremde Frau war.
„Wann können Sie?" Klara dagegen blieb dabei, ihn zu siezen.
„Sag du mir wann und wo, ich werde da sein."
Klara ging in ihren Gedanken ihren Dienstplan durch. Ab morgen war sie für die nächsten vierundzwanzig Stunden im Spital eingeteilt.
„Heute Nachmittag", schlug sie dann vor. David Lettner sagte überglücklich zu. Er hatte große Sorge gehabt, Klara würde einem Treffen mit ihm abgeneigt sein. So war es auch tatsächlich, aber die Neugier gewann die Oberhand.
„Gut, dann sehen wir uns um sechzehn Uhr bei der Pestsäule am Graben", antwortete sie kurz angebunden.

„Einverstanden. Ich werde da sein. Ich werde ein rotes Hemd tragen. Und einen Strohhut tragen", fügte er schnell hinzu.
„Gut, ich werde Sie erkennen."
Ohne sich selbst zu beschreiben legte sie sofort wieder auf. Zur ihrer Überraschung blieb sie ganz ruhig. Sie schaute auf die Uhr und stellte fest, noch ganze zwei Stunden Zeit zu haben. Wie lange hatte sie sich nach diesem Augenblick gesehnt. In ihrer Fantasie hatte sie sich abends als kleines Mädchen einen Vater ausgemalt, mit dem sie vor dem Einschlafen gesprochen hatte. Sie konnte es kaum glauben, ihm in zwei Stunden nun tatsächlich gegenüber zu stehen. Sie legte Viktors Schreiben, welches sie immer noch in der Hand hielt zur Seite und beschloss ihm zu antworten, wenn sie wieder zurück war. Im Augenblick war sie viel zu neugierig, auf David Lettner. Sie schlüpfte in ihr grünes Kleid und warf eine Stola über ihre Schulter.
In einem roten Hemd und einem Strohhut stand er direkt neben der Pestsäule. Er war überpünktlich und sichtlich nervös. Auch Klara war einige Minuten früher dran. Für einen Augenblick blieb sie stehen und beobachtete ihn heimlich aus sicherer Entfernung. Bis sich ihre Beine selbstständig auf dem Weg zu ihm machten. Sie stand dicht hinter ihm. „Guten Tag" sagte sie schließlich.
David Lettner drehte sich bei diesen Worten langsam um. Fast hatte es den Anschein, als würde er zögern sich umzudrehen und seine Tochter anzusehen. Und dann trafen sich ihre Blicke. Ihre bernsteinfarbenen Augen hatte sie von ihm, das war ihr sofort aufgefallen.

„Guten Tag, Klara". Er reichte ihr die Hand.
Sein Händedruck war fest. Ohne sie zu fragen küsste er Klara auf die Wange. Sie rührte sich nicht von der Stelle und blieb kerzengerade stehen. Nachdem er ihre Steifheit bemerkt hatte, löste er sich von ihr.
„Verzeihung, vermutlich war das zu viel." Er räusperte sich.
„Guten Tag" wiederholte sie.
„Wo wollen wir hingehen? Danke, dass du gekommen bist. Ich hatte..." seine Stimme erstickte.
Klara wirkte gefasst.
„Wollen wir einen Kaffee im Cafe del'Europe trinken?" fragte sie nüchtern.
Dankbar nickte er.
„Es tut mir leid", begann er wieder zu sprechen, nachdem er sich wieder gefasst hatte. „Es ist schlimmer, als ich es mir vorgestellt habe."
In der Zwischenzeit waren sie im Kaffeehaus angekommen und fanden einen ruhigen Platz im hinteren Teil. Es dauerte eine Weile bis eine Kellnerin ihre Bestellung aufgenommen hatte. Klara bestellte ein Glas Mineralwasser, David einen Espresso.
„Du bist eine wunderschöne junge Frau. Wir haben dieselbe Augenfarbe", versuchte David das Gespräch zu eröffnen. Das war Klara auch schon aufgefallen. In Elenas Familie dominierte die Augenfarbe blau. Alle weiblichen Vorfahren hatten hellblaue Augen, nur Klara schien hier mit ihren bernsteinbraunen Augen aus der Reihe zu tanzen.
„Danke, dass Du gekommen bist", fing er an.

„Ehrlich gesagt weiß ich gar nicht, wo ich anfangen soll. Es ist schwerer ...", wieder stockte er.
Klara nahm einen Schluck von ihrem Mineralwasser.
„Als Kind habe ich meinen Vater stark vermisst. Ich beneidete all meine Schulkameraden, die in intakten Familien aufwachsen durften. Ich bin hier, weil ich morgen keine Zeit habe mich mit Ihnen zu treffen und vielleicht können Sie mir endlich jene Frage beantworten, welche mich seit meiner Kindheit beschäftigt beantworten. Warum haben Sie meine Mutter und mich verlassen? Wissen Sie, wenn ich heute nicht gekommen wäre, würde mich eine zweite Frage in meinem Leben plagen. Warum wollten sie mich jetzt nach fast vierzig Jahren auf einmal treffen?", legte Klara los um der ganzen Situation die Spannung zu nehmen.
„Klara, ich habe in meinem Leben eine ganze Reihe Fehler gemacht. Vermutlich der größte war es, Elena und dich zu verlassen. Ich weiß das ist keine Entschuldigung, aber ich war jung und dumm. Wenn ich heute die Zeit zurückdrehen könnte, würde ich nicht fliehen. Ich vermute Elena hat dir erzählt warum ich euch verlassen habe?"
„Nein, eigentlich nicht"
„Ich habe mit den falschen Menschen Geschäfte gemacht. Als ich aussteigen wollte ist einer ums Leben gekommen. Ich bin unschuldig. Aber die Polizei hätte auch mich verhört und ich wollte Elena so eine Schande ersparen. Die hatten Macht und Geld. Ich hatte außer einer schwangeren Freundin nichts. Es ist die älteste aller Geschichten. Ein junger Mann verirrt sich in

die Unterwelt und findet den Weg nicht von alleine hinaus. Findet aber nicht den Mut sich jemanden anzuvertrauen. Alpträume plagen ihn Tag und Nacht. Es ist vermutlich die längste Nacht seines Lebens, als er beschließt zu fliehen und alles was ihm teuer und lieb ist, zu verlassen und sein ganzes bisheriges Leben hinter sich zu lassen. Und das alles nur in der Hoffnung, seine kleine Familie zu schützen. Ich hatte so eine schreckliche Angst um euch, dass ich mich nicht getraut habe Elena zu schreiben. Ich wusste, sie wurde über Monate beobachtet. Nur ihre zahlreichen Besuche bei der Polizei konnten meine ehemaligen Geschäftspartner überzeugen, dass Elena keine Ahnung hatte, wo ich mich befinde. Die erste Zeit bin ich ganz in eure Nähe untergetaucht. Klara, ich habe deine Geburt abgewartet. Ich war im Krankenhaus, als du auf die Welt gekommen bist. Ich schlich mich getarnt als Arzt ins Spital. Als ich an Elenas Zimmer vorbei ging, schlief sie gerade friedlich. Ich hatte schreckliche Angst sie würde aufwachen. Ich beobachtete sie einen Augenblick in der Tür stehend. Sie war so wunderschön, wie du heute. Du siehst deiner Mutter sehr ähnlich, weißt du dass? Dann ging ich in Säuglingsraum und besuchte dich. Eine der Schwestern schöpfte keinen Verdacht, als ich sie nach dem Baby Klara Konrad fragte. Ich sagte ihr ich bin neu hier und das Baby sei meine Nichte. Ich wollte nicht die Mutter wecken, wäre aber so schrecklich neugierig. Sie führte mich ohne weitere Fragen zu stellen, zu dem kleinen Gitterbett, in dem du gelegen bist. Deine Augen waren geschlossen. Ich nahm dich heraus und wiegte dich für eine

sehr, sehr lange Zeit in meinen Armen. Als es an der Zeit war von dir Abschied zunehmen, flüsterte ich dir ins Ohr: Dein Papa hat einen sehr großen Fehler gemacht und muss dich jetzt verlassen. Aber eines Tages werde ich dich suchen, meine kleine Prinzessin. Ich liebe dich. Dann küsste ich dich auf die Stirn und legte dich wieder in dein Bettchen. In dieser Nacht habe ich Österreich verlassen. Ich floh über Südamerika nach Kanada, wo ich mich niedergelassen habe. Das wäre eine sehr abgespeckte Version meines Verbleibens, als Vater in deinem Leben. In all den Jahren habe ich immer wieder an dich und Elena gedacht. Wie es euch ergangen ist und wie groß du schon bist." David unterbrach seine Schilderung und trank seinen mittlerweile kalten Espresso aus. Fassungslos hörte Klara zu.
„Warum mussten so viele Jahre vergehen? Warum haben Sie sich nicht früher gemeldet?", Klara blieb standhaft David Lettner zu siezen.
„Tja, das ist dann wohl der zweite große Fehler, den ich in Bezug auf dich und Elena gemacht habe. In Kanada fand ich einen ehrlichen Job und war besessen davon zu arbeiten und Geld zu verdienen. Aus Wochen wurden Monate und dann schließlich Jahre. Ich weiß nicht so genau, wo die letzten achtunddreißig Jahre geblieben sind. Jedenfalls ist es für mich wie gestern, als ich in der besagten Nacht per Autostopp nach Spanien gefahren bin. Klara erinnerte sich an Ninas Unfall und es schien ihr wie gestern gewesen zu sein. Es stimmte wohl, dass die Zeit ihren Zeiger unbeirrt im gleichen Rhythmus vor sich weiter schiebt. Und doch scheint sie unterschiedlich schnell zu vergehen. David

erzählte Klara von seiner Arbeit als Holzfäller in British Columbia.

„Eigentlich wollte ich es nur vorübergehend machen. Und dann wurde daraus Sucht. Ich verdiente gutes Geld. Natürlich war es eine sehr gefährliche Tätigkeit aber wenn du in sechzig Meter Höhe wie kleiner gelber Käfer in Jahrhunderte alten Tannen, Zedern oder Fichten hängst, und oberhalb von dir ein Heli kreist, der den von dir angesägten Baumstamm wegtragen soll, denkst nicht nach, ob das Sinn macht, was du da gerade tust. Ob es für dich gefährlich ist, dass du da in der Höhe hängst. Du handelst einfach. Deine Gedanken sind klar strukturiert. Die Arbeit erfordert höchste Konzentration, du hast jeden einzelnen Schritt vorher bis ins kleinste Detail durchdacht und geplant. Du überlässt nichts dem Zufall. Es geht nicht nur um dein eigenes Leben. Ein etwas zu tiefer Schnitt in den Stamm und der Baum fällt so, dass er innerlich zersplittert und das dreihundert alte Holz unbrauchbar wird. Ich fühlte mich mit der Natur verbunden, obwohl ich sie zerstörte. Wenn du da oben bist fühlst du die Ewigkeit. Ich war dankbar für diese Chance und arbeitete ohne mir nur einen freien Tag herauszunehmen."

Klara hörte fasziniert zu. David erzählte ihr, auf welchen Umwegen er nach Kanada gekommen war. Plötzlich verspürte sie einen leichten Hunger. Sie schaute auf die Uhr und stellte erschrocken fest, dass es bereits neunzehn Uhr war.

„Haben Sie keinen Hunger?"

„Klara, darf ich dich bitten mich zu duzen? Ich weiß, dass ich die verlorene Zeit nicht nachholen

kann. Ich weiß auch, dass ich ein fremder Mann für dich bin und vermutlich nie ein Vater für dich sein werde. Aber ich bitte dich gib mir eine Chance. Lass mich dich kennenlernen. Vielleicht möchtest auch du mich eines Tages kennenlernen. Und jetzt wo du es sagst, merke ich was für einen Hunger ich habe. Wollen wir gemeinsam essen gehen? Und denkst du, dass du es könntest mir etwas über dich zu verraten?"
Aus irgendeinem ihr noch unerklärlichen Grund mochte sie David Lettner. Sie mochte seine Art zu erzählen. David schien ein bodenständiger Mensch zu sein. Auch wenn er sich in der Vergangenheit offensichtlich mit den falschen Leuten eingelassen hatte, wirkte er heute ein wie ausgeglichener Mensch. Weiterhin tief ins Gespräch verwickelt schlenderten sie über den Trattnerhof zum erstbesten Restaurant. Beide bestellten ohne nur einen Blick auf die Speisekarte zu werfen ein Essen. Klara beschränkte ihre Schilderungen ausschließlich auf ihre Kindheit. Sie hatte keine Lust mit David über ihre Ehe und schon gar nicht über Nina zu sprechen. Viel mehr nahm sie sich das Recht heraus, mehr über den Menschen David Lettner zu erfahren. Während er aus seinem Leben erzählte, hörte Klara fasziniert zu. Sie hatte das Gefühl, keine Fragen stellen zu müssen. David berichtete nahezu chronologisch über sein Leben. Es war schon fast dreiundzwanzig Uhr. Klara und David waren die Einzigen im Lokal und die Kellnerin schaute schon ungeduldig zu ihren letzten Gästen
„Klara, man jung ist trifft man oft Entscheidungen, die sich später als falsch

herausstellen. Erst später lehrt dir das Leben, dass jede einzelne Rechnung, die du nicht bezahlt hast, beglichen werden muss. Es ist nie zu spät und ich würde mich freuen, wenn ich dich wieder sehen darf. Oder vielleicht magst du mich sogar einmal in Kanada besuchen?"
David reichte Klara seine Visitenkarte mit seiner Adresse.
„Melde dich, wann immer du das Bedürfnis hast, mit mir zu reden."
Klara betrachtete die Karte. David wohnte in Vancouver. Wie mag er wohl wohnen?", fragte sie sich. Wieder bei der Pestsäule am Graben angekommen reichte sie ihm zum Abschied die Hand. Über den ganzen Abend verzichtete sie darauf David Lettner zu duzen, es störte sie aber nicht, dass er sie mit seinem kanadischen Akzent selbst duzte. Danach steuerten beide in entgegengesetzte Richtungen ihren Heimweg an. Klara beschloss einen kleinen Umweg über den Michaelerplatz zu gehen. Es nieselte leicht. Aber das war Klara egal, sie über David nach. Noch bevor sie zu Hause angekommen war, beschloss sie, ihn bald wieder anzurufen. Auf einmal musste sie schmunzeln. Unglaublich wie klein die Welt ist. Elena und David lebten auf dem selben Kontinent Amerika. – Noch in der selben Nacht schrieb sie an Viktor.

März
 Lieber Viktor,

bitte verzeihen Sie mir meinen Angriff auf Sie. Ich habe mich getäuscht. Ich habe nicht viel Erfahrung mit Männern. Ich frage mich warum Menschen, wenn sie jemanden lieben, so derart brutal zueinander werden. Warum leben sie denn eigentlich noch zusammen? Wenn sie sich sowieso gegenseitig doch nur durch ein Mikroskop betrachten, welches kleinste Schwächen und Fehler aufzeigt. Ich wohne bei einer alten, sehr liebenswerten Dame. Ich habe eine kleine Wohnung in ihrem Haus gemietet und arbeite als Turnusärztin in einem Spital. Überrascht Sie das oder haben Sie all das gewusst? Es macht mir Angst so wenig über Sie zu wissen und im Glauben zu sein, dass Sie alles über mich wissen. Sie hatten großes Glück in Ihrem Leben mit Ihrer Oma. Sie haben eine wunderbare Sprache und eine ebenso schöne Handschrift.

Klara

P.S. Ich habe auf Sie gehört und mich mit jemanden, den ich für tot gehalten habe, getroffen. Ich hatte große Angst davor, diese Person zu treffen, aber als ich ihr gegenüber stand, wurde mir klar, wie sehr ich sie in all den

Jahren vermisst habe. Die verlorene Zeit werden wir nie nachholen können, aber solange wir leben, können wir einfach nur neu anfangen. Wir hatten nie die Möglichkeit, einen gemeinsamen Anfang zu haben. Und wenn ich darüber nachdenke hat es erst heute Nachmittag angefangen. Sie hatten Recht. Solange man leb, ist es nie zu spät, Dinge zu verändern. Es war ohnehin schon viel Zeit vergangen. Ich danke Ihnen....für das Zuhören.

Kritisch betrachtete Klara den Brief und es wurde ihr klar, dass sie durch Viktor Worte für ihre Gefühle finden konnte. Sie steckte das verschlossene Kuvert in ihre Handtasche.

Frau Smetana war gerade für drei Tage zu ihrer Freundin am Semmering gefahren. Kurz bevor sie weggefahren war, bat sie Klara, ihre Blumen im Garten zu gießen. Der Garten war ein großes Hobby von Frau Smetana. Ungern belastete sie andere Menschen damit. Sie wusste, Klara hatte genug Arbeit im Spital und mit dem bevorstehen Fest. Doch sie war neben Herrn Gruber die Einzige, der sie blind vertraute. Herr Gruber war für das Grobe im Garten verantwortlich. Rasenmähen, Bäume schneiden und den Rasen düngen und vertikutieren. Die zahlreichen Rosensträucher, welche verspielt und verstreut den Garten, betreute Frau Smetana selbst. Sie pflegte zu sagen: „Solange ich diese Arbeit verrichten kann, werde ich auch tun. Der Garten ist mein Jungbrunnen. Einen Liebhaber werde ich

mir nicht anschaffen. Der Garten ist mir treu, den habe ich vor der Tür und er erfreut mich mit seiner Blütenpracht." Wie gewöhnlich strahlten dabei ihre Augen. Klara mochte die jung gebliebene Art Frau Smetanas. Sie war für Klara, eine belesene und viel gereiste Dame, welche in Würde gealtert ist. Sie hatte den Humor eines jungen lebensfrohen Menschen, das Äußere einer Fürstin und die Warmherzigkeit einer Oma. Klara saß gerade auf der weißen Holzbank unter der Birkenhecke im Garten, als es draußen läutete. Sie legte ihr Buch zur Seite und ging um das Haus herum, um nachzusehen, wer draußen war. Zu ihrer Überraschung sah sie niemanden.
„Hallo?", rief sie hinaus, ohne das Tor zu öffnen.
„Machen Sie mir bitte die Tür auf. Ich habe beide Hände voll und der Schlüssel steckt in meiner Hosentasche", hörte sie Jans Stimme sagen.
Sie öffnete ihm das Tor und er trat mit einer größeren Tasche, einem Paket und jede Menge Post in der Hand herein.
„Danke. Als ich vorher nach Hause gekommen bin, hat der Postler das Päckchen hier ist für sie. Ich habe mir erlaubt, auch Ihre Post entgegen zu nehmen."
Jan reichte Klara jede Menge verschiedene Kuverts. Dann folgte er ihr in den Garten und schloss die Gartentür hinter sich.
„Verzeihung, aber es war einfacher für mich zu läuten um zu schauen, ob jemand da war der mir aufmachen könnte", entschuldigte sich Jan nochmals. Er hatte das Gefühl, Klara bei etwas Wichtigem gestört zu haben. Klaras Blick fiel auf die Post und sie stellte fest, dass sie viele Antworten zum bevorstehenden Fest in ihren

Händen hielt. Sie waren alle an Frau Smetana adressiert.

„Kein Problem", murmelte sie und verabschiedete sich.

Schon wollte Klara wieder hinten im Garten verschwinden, da hörte sie Jan rufen:

„Wollen Sie heute mit mir Mittagessen gehen?" Er stand noch immer da, wo sie sich von ihm verabschiedet hatte.

In der einen Hand hielt er noch immer seine Tasche. Klara drehte sich um und es fiel ihr auf, dass die Tasche einem Ärztekoffer ähnelte.

„Schon wollte sie dankend ablehnen, da fiel ihr ein, dass Frau Smetana nicht da war und sie mit Jan einige Sachen wegen ihres Geburtstags besprechen könnte. Gerne würde sie ihre Vermieterin mit einer Kleinigkeit überraschen. Aber es fehlte ihr die Idee dazu. Vielleicht konnte ihr Jan mit einem Tipp zur Seite stehen.

„Ja, gerne. Sie schaute auf die Uhr. Gegen 12:30 Uhr könnte ich fertig sein." Offensichtlich erleichtert stieß Jan einen leisen Freudeschrei aus.

„Fein dann sehen wir uns um 12:30 hier unten".

Das hörte Klara aber nicht mehr. Denn Sie war viel zu sehr damit beschäftigt, was sich in dem Päckchen befinden könnte. Auch auf das Lesen des Briefes, freute sie sich sehr. Es war ihr gerade aufgefallen, dass sie seit einigen Tagen nicht mehr geweint hatte. Sie vermisste ihre Tochter mit jedem Atemzug, aber sie hatte nicht geweint. Im Garten schnappte Klara nach ihrem Buch und verschwand unmittelbar danach in ihrer Wohnung. „Seltsam", dachte sie. „Jetzt wohnen wir alle in diesem wunderbaren Haus seit über vier Monaten und ich begegne Jan so gut wie nie. Was arbeitet er eigentlich? Auch Jade habe ich hier seit dem damaligen Abendessen nicht mehr gesehen." Es war eine wunderschöne Perlenkette, welche Klara aus dem Päckchen herausnahm. Nur eine kleine handgeschriebene Karte mit „Danke" war beigelegt. Überrascht starrte Klara die Kette an. Dann ging sie ins Badezimmer und legte sie gleich an. Sie schmeichelte ihr. Klara wusste sie war von Viktor. Dieser Mann hatte Stil. Die Kette war schlicht und ihre einzelnen Perlen glänzten in ihrer vollen Pracht.

April
Liebste Klara,
hier bin ich wieder. Diese Verhandlungen sind sehr anstrengend. Ich stelle mir gerade vor, wie wir eines Tages irgendwo am Land die Wiese hinunter zum See laufen bis wir stolpern und uns zu Boden fallen und den restlichen Weg hinunterrollen. Mit unserem schallenden Lachen bringen wir die Wiesenblumen zum Blühen und dann werden meine Lippen mit deinen… Verzeihung, darf ich Sie duzen? ...mit deinen Lippen verschmelzen. Deine Augen werden mich fragen: Und was jetzt? Ich werde Dich küssen und Dir sagen: „Ich liebe Dich.
Klara unterbrach das Lesen und drückte das Schreiben an ihre Brust. Sie schaute aus dem Fenster hinaus und sah Jan auf der Bank sitzen, auf der sie vorhin noch friedlich „Winter der Welt" gelesen hatte. Ihr Herz raste Sie griff nach einem Glas Wasser, um sich zu beruhigen. Mein Gott, wie lange hatte sie diese Worte nicht mehr

gehört. „Ich liebe dich", flüsterte sie vor sich hin und merkte gar nicht, dass sie dabei Jan anstarrte. Als ihr bewusst wurde, dass er ihr fröhlich winkte, verschwand sie blitzschnell vom Fenster.
Es ist unser Augenblick. Ich weiß, es ist ein Pech. Aber wir sind nur noch wenige Wochen hier".
Oder liebst du, mehr das Meer mit den Wellen, welche sich an einer rauen Felsenküste irgendwo in Schottland überschlagen? Überall möchte ich mit Dir hinfahren und die Vielfalt und die Reize der Welt, der wunderbar unerschrockenen Natur, mit dir gemeinsam erkunden. Gerade musste ich schmunzeln. Ich stellte mir vor, wie wir in die Tiefe des Ozeans tauchen. Es ist still um uns, die Schönheit der Wasserwelt berührt unsere Herzen. Wir verbringen einen winzigen Teil unseres Lebens in einem großartigen Paradies. Dann verabschieden wir uns von den leisen Tieren und traumhaften Pflanzen und tauchen gemeinsam wieder auf. Wie gefällt dir diese Vorstellung, Klara?
Ich denke, ich habe genau deinen Stil erraten. Bestimmt hast du die Perlenkette bereits angelegt, bitte trage sie. Du siehst sicherlich wundervoll damit aus. Du schreibst, eine unerwartete Freundschaft zu einer alten Dame gefunden zu haben. Eine unerwartete Freundschaf ist wie ein unerwartetes Geschenk zu bekommen. Wie fühlt es sich an Schön, oder? Mit dieser Kette wollte ich mich einfach bei dir bedanken.
Dein Viktor"
So sehr ihr die Kette gefiel, so sehr begann Klara, sich über sich selbst zu ärgern, dass sie sich mit

einem Fremden auf einen solchen Briefverkehr eingelassen hatte. Sie ärgerte sich über ihn, aber noch viel mehr über sich selbst. Sie wunderte sich, wie leicht es ihm scheinbar fiel war, ihr so derartig Vertrautes zu schreiben. In all den Wochen hätte sie nie gedacht, dass ihr Viktor jemals so leidenschaftliche Briefe schreiben werde. Sie las diesen Brief noch etliche Male an diesem herrlichen sonnigen Vormittag. Schnell wandelte sich ihr Ärger in eine Schwärmerei um. Zum ersten Mal war ihr bewusst geworden, wie gefährlich es war, sich auf den ihr völlig fremden Mann einzulassen. Mit hochrotem Kopf schaute sie zum Fenster hinaus und fand eine leere Bank vor. Plötzlich fiel ihr ein, um 12:30 Uhr mit Jan zum Mittagessen verabredet zu sein. Hastig schaute sie auf ihre Uhr. Sie hatte noch wenige Minuten und zum ersten Mal seitdem sie Jan kennengelernt hatte, war sie froh darüber, mit ihm im selben Haus zu wohnen. Sie konnte sich noch zurecht machen. Die Perlenkette behielt sie an und schlüpfte in ein altrosa farbenes Kleid hinein, welches perfekt ihre Taille betonte. Das goldblonde Haar steckte sie mit einer Spange hoch. Und hier war wieder diese Locke, von der Viktor in einem seiner Briefe gesprochen hatte. Es fiel ihr auf, wie goldrichtig Viktor mit der Kette ihren Geschmack getroffen hatte. Die Kette gefiel ihr ausgesprochen gut. Sie blieb vor dem Spiegel stehen und betrachtete sich darin. Wo bist du, Viktor? Wo treffen wir aufeinander, dass du offensichtlich so gut über mich Bescheid weißt? Dann schnappte sie nach ihrem Schlüssel und lief die Treppe hinunter, wo Jan bereits auf sie wartete. Er trug eine legere helle Baumwollhose und dazu ein einfaches weißes Hemd mit einem karierten Sakko. Klara fiel auf, wie gut er aussah. Seine weißen Zähne strahlten aus seinem Mund, als ob er gerade für eine Zahnpasta werben würde.

„Schön, Sie sind da. Schlage vor, wir gehen ins Martinelli."
Ohne etwas zu erwidern stieg sie in seinen Volvo ein. Klara genoss die Sonnenstrahlen, die sie durch die Glasscheibe wärmten. Ohne ein Wort miteinander zu wechseln waren sie im ersten Bezirk angekommen. Es war ein gelungener Lunch. Jan konnte seinen Zynismus im Zaun halten und zog Klara kein einziges Mal auf. Im Gegenteil, er erwies sich als wahrer Gentleman und obendrein konnte er Klara tatsächlich bei der Planung einer Überraschung für seine Tante behilflich sein. Klara hatte erfahren, dass Frau Smetana, wenn nicht dieser schreckliche Krieg dazwischengekommen wäre, eine erfolgreiche Sängerin hätte werden können. Vor dem Krieg hatte sie im Showbusiness als junge Hoffnung gegolten. Als junges Mädchen hatte sie zahlreiche Gesangwettbewerbe gewonnen. Sie hatte bereits Angebote gehabt an der Prager Lucerna aufzutreten. Bereits mit siebzehn Jahren hatte sie Texte zu veröffentlichen Liedern geschrieben. Singen war immer ihre Leidenschaft gewesen. Nach dem Krieg war alles anders gekommen und von nun an hatte sie nur noch für Ludwig gesungen. Im Laufe der Jahre, kannte Ludwig bald alle ihre Texte auswendig und es waren nicht wenige. Ab und zu gesellte er sich zu ihr. Wenn die junge Frau Smetana am Klavier

gesessen war, hatte Ludwig sie mit seiner zweiten Stimme zu begleiten versucht.

Noch am Abend nahm sich Klara vor, Maria in Paris anzurufen, um sie zu fragen, ob sie ihr dabei behilflich sein könnte, an die Texte zu gelangen. Sie machte sich aber keine allzu großen Hoffnungen. Maria interessierte sich nur für ihre eigene Kunst. Klara hoffte nur, dass ihr nicht irgendeine Ausstellung im August dazwischen kommen und sie ihrer alten Mutter absagen würde. Klara vermutete, dass Frau Smetana dieses Fest auch ins Leben gerufen hatte, auch um ihre Tochter wieder einmal zu sehen. Seit ungefähr einem Jahr hatte Maria den Weg nach Wien nicht gefunden. Frau Smetana ließ sich nichts anmerken und fand immer Verständnis für ihre Tochter, aber Klara spürte, wie sehr ihre Vermieterin darunter litt.

Jan empfahl Klara einen Pianisten der als Mitternachtseinlage die Hits von damals spielen könnte. Wenn seine Tante mochte, könnte sie dazu ihre eigenen Texte singen. Das war der Plan. Klara fiel auf, dass Jan offensichtlich viele Musiker kannte. Vermutlich war er selbst auch ein Musiker, der darauf wartete entdeckt zu werden. Deshalb wohnte er bei seiner alten Tante, weil er für die hohen Mietkosten sonst nicht aufkommen könnte. Diesen Gedanken verwarf sie aber gleich wieder. Jan sah nicht aus wie ein Musiker. Seine Kleidung war leger und bürgerlich. Nein, Klara hatte Jan bis jetzt nicht gefragt, womit er seinen Unterhalt verdiente. Und sie fand, es stand ihr auch nicht zu. Unter keinen Umständen wollte sie mit ihm vertraulich werden. Sie war sich nicht einmal sicher, ob er sie je nach ihrem Beruf gefragt hatte. „Vermutlich nicht", dachte sich Klara. Und es war auch gut so. Klara war nicht entgangen, dass Jan beim Mittagessen ungeniert mit ihr geflirtet hatte. Auf der einen Seite schmeichelte es ihr. Sie genoss seine Gegenwart, dennoch blieb sie distanziert und kühl ihm gegenüber. Sie bezog die Gespräche ausschließlich auf das Sammeln von Informationen über ihre liebe Vermieterin. Sie mochte Jan nicht, obwohl sie heute auch eine andere Seite an ihm entdeckt hatte. „Ich bin richtig froh darüber, dass er mir so gut helfen konnte", dachte sich Klara und schaute ihn dabei von der Seite an. Jans enorme Attraktivität war ihr schon bei der ersten Begegnung nicht entgangen. „Und dieses Mädchen Jade schien nur eine Eintagsfliege gewesen zu sein". Denn seit dem Abendessen bei Frau Smetana hatte Klara Jade nie wieder gesehen. Als die beiden das Martinelli verließen, schlug Jan vor, noch einen gemeinsamen Kaffee zu trinken. „Es ist so ein herrlicher Tag". Klara wollte Jan jetzt nicht abweisen und obwohl sie am liebsten sofort wieder nach Hause gegangen wäre, u Viktor einen Brief zu schreiben, willigte sie ein. Jan ließ das Auto stehen und sie schlenderten die Kärntner Straße zur Oper hinauf. Am Stephansplatz tummelten sich Reisegruppen verschiedener Nationalitäten. Die Italiener traute sich Klara zu, alleine anhand ihrer sportlich eleganten Kleidung zu erkennen. Wie gewöhnlich wenn sie bei einer Kirche vorbei ging, bat sie auch diesmal Jan ein wenig auf sie zu warten. Sie verschwand in der Menge zündete im Stephansdom eine Kerze für Nina an. Auch im

Inneren der Kirche standen überall Menschen herum, begutachteten und fotografierten die Statuen und die Gemäuer von damals. Beim Hinausgehen sah sie Jan beim Ausgang stehen. Als sie in seiner Nähe war, zog er sie sanft an seine Schulter, drückte sie sanft an seine Brust und begleitete sie im Gänsemarsch, gemeinsam mit der Menschmasse aus dem Dom hinaus. Verlegen über so viel körperliche Nähe musste sich Klara eingestehen, dass sie sich scheinbar in Jan getäuscht hatte. Plötzlich schien er ihr gar nicht mehr wie ein vorlauter verwöhnter Junge zu sein. An diesem Nachmittag lernte sie ihn als einen humorvollen und überaus attraktiven Mann kennen. Seine einzelnen grauen Haarpartien machten sein kantiges Gesicht reifer. Er war der Typ Mann, der reihenweise Herzen gebrochen hatte, dachte Klara. „Was geht in ihm vor?", fragte sie sich. „Versucht er, auch mich zu erobern und mein Herz zu brechen?" Dennoch merkte sie, dass ihr seine Nähe angenehm war. Sie genoss es von ihm, an seiner Seite, aus der Kirche begleitet worden zu sein. Dennoch riss sie sich von ihm weg, als sie der Menschenmenge vor dem Dom entkommen waren. Stumm schlenderten sie durch die Kärntner Straße zur Albertina. Sie hatten keine Eile nach Hause zu kommen. Klara betrachtete die alten Häuser, in denen sich heute die erlesensten Geschäfte befanden. Teilweise waren die schönen alten bauten versteckt hinter den Schaufestern der zahlreichen modernen Geschäfte, sie sich darin befanden. Verborgen hinter den Namen großer Modemarken befanden sich wahre Meisterwerke, die einem erst auf den zweiten Blick ins Augen

stachen. Begeistert entdeckte sie die wunderschönen Stuckaturen auf den Fassaden. Kleine Balkone schmückten diese Prachtstrasse. Sie fragte sich, wer diese wunderbaren Häuser wohl einmal bewohnt hatte. Sie stellte sich vor, wie gut behütete Damen der feinen Gesellschaft in dem einen oder anderen Haus einen Empfang gegeben hatten. Mit Wehmut stellte sie fest, dass die meisten Häuser heute als Büros und Geschäfte dienten. Langsam waren sie bei der Albertina angekommen. Jan brach jetzt das Schweigen.
„Mögen Sie Schiele?"
„Nein, nicht sonderlich."
„Gut, ich auch nicht. Es ist schon lange her, dass ich eine Ausstellung besucht habe. Habe mir gerade gedacht, ein Besuch in der Albertina wäre jetzt fantastisch. Aber Schiele ist nicht unbedingt ein Künstler, dessen Werke ich mag."
„Ja, das stimmt. Vielleicht ein anderes Mal."
Kaum hatte sie diese Worte ausgesprochen, biss sie sich auf die Zunge. „Oh, Gott, wie konnte ich das bloß sagen? Es wird kein nächstes Mal geben. Ich mag ihn nicht." Gott sei Dank schien Jan dieser Versprecher entgangen zu sein. Die Sonne machte dem Mai alle Ehre. Die Schanigärten waren voll. „Wien ist schon eine sehr spezielle Stadt. Die Lebensqualität wird hier besonders hoch geschrieben und es gibt kaum einen Wunsch, den die Stadt nicht zu erfüllen kann", dachte sich Klara.
Jan beobachtete Klara, die noch immer tief in ihren Gedanken versunken war.
„Darf ich erfahren, was Sie gerade beschäftigt?" fragte er vorsichtig.

„Soeben habe ich mir gedacht, wie schön Wien ist."

„Ja, Wien gehört zu meinen absoluten Lieblingsstädten. Maria Theresia und unsere Bürgermeister haben tatsächlich sehr viel für das heutige Wien gemacht" lachte Jan.

„Schauen Sie, da sind wir auch schon", fügte er dann hinzu.

Gerade betraten sie den Burggarten. Im Garten verstreut lagen auf Decken einige Paare und kleinere Grüppchen von jungen Menschen, und ließen sich von der Sonne wärmen. Das Cafe im Palmenhaus war voll. Auf einmal hörte Klara jemanden ihren Namen rufen. Auf Anhieb konnte sie in der Menschenmasse niemanden erkennen. Erst als sie ihren Namen ein zweites Mal hörte, erblickte sie eine winkende Hand. Es war Petra. Sie hatten gemeinsam Medizin studiert und nach dem Studium hatten sie sich aus den Augen verloren. Soviel Klara wusste, hatte sie für „Ärzte ohne Grenzen" gearbeitet, und war nach Afrika gegangen. Neben ihr saß mit dem Rücken zu Klara ein Mann. Jan war gerade mit seinem Handy beschäftigt, als Klara ihn bat, Platz am Tisch ihrer alten Freundin zu nehmen. Nachdem sich die Freundinnen voneinander losgelöst hatten, stellte Klara zu ihrer größten Verwunderung fest, dass sich Jan, Petra und wie sie gerade erfahren hatte ihr frisch vermählte Ehemann Martin das Herzlichste begrüßten. Kaum hatten sich alle vier an den Tisch gesetzt, redete Petra und löcherte Klara mit Fragen.

„Schatz, vergiss nicht zwischendurch zu atmen", ermahnte sie Martin liebevoll.

Petra erzählte in Kürze, was sie in den letzten Jahren gemacht hatte. Und wie sie in Afrika und zuletzt in Haiti stationiert war. Da hatte sie Martin und Jan kennengelernt, die dort ebenfalls als Ärzte stationiert gewesen waren. Klara ließ sich ihre große Überraschung nicht anmerken, als sie erfuhr, dass Jan auch Arzt war. Petra zuliebe hatte Martin seinen Aufenthalt auf Haiti verlängert, denn eigentlich hatte er bereits früher abreisen sollen. Schließlich waren sie gemeinsam vor einigen Monaten wieder nach Wien zurückgekehrt. Letzte Woche hatten sie im Stift Klosterneuburg geheiratet. Martin hatte soeben eine Arztpraxis übernommen und Petra würde vorläufig einen Tag in der Woche den Dienst ihres Mannes übernehmen. Sie war im Moment noch mit der Hausrenovierung beschäftigt. Dann wünschten sich beide sobald als möglich Nachwuchs. Petra redete offen über die Zukunft. Sie wollte sich um die Kinder kümmern und Martin sollte die Arztpraxis führen. Später würde sie bei ihrem Mann einsteigen wollen und sie könnten daraus eine Gemeinschaftspraxis machen. Martin war Augenarzt, sie praktische Ärztin. Alles was Petra gerade erzählt hatte, erinnerte Klara an ihre eigene Ehe.
„Was ist eigentlich mit Richard passiert? Das Letzte was ich von dir gehört habe, war, dass du ihn heiraten wolltest?", fragte Petra unverblümt. Klara hielt inne. Bis jetzt führten Petra und die zwei Männer das Gespräch und sie konnte sich im Hintergrund halten. Jetzt wurde sie ganz konkret nach ihrer Vergangenheit gefragt. Sie erschrak und suchte verzweifelt nach Worten.

„Richard?", wiederholte Klara den Namen ihres Exmannes.

Sie spürte wie drei Augenpaare an ihr hafteten.

„Also ihr habt gemeinsam studiert?" unterbrach Jan die Stille.

„Also bist du Petras Mitbewohnerin?", fragte Jan erstaunt. Irgendwann begann Jan Klara zu dutzen.

„Ich habe viel über eure Wohngemeinschaft gehört. Petra hatte in Haiti immer wieder Geschichten über ihre Studienzeit zum Besten gegeben. Aber ich bin mir sicher, dass vieles noch im Verborgenen lauert.", fuhr Jan fort und seine Überraschung war ihm ins Gesicht geschrieben.

„Ja das denke ich auch und ich will alles über diese Frau erfahren. Ich liebe sie bis zum Äußersten. Und ich bin auf alles was vor mir war, eifersüchtig", mischte sich Martin mit einer übertrieben drohenden Stimme ein und schaute dabei hingebungsvoll Petra an. Zärtlich küsste er seine Frau an die Wange. Alle mussten lachen. Auch Klara pustete die kurz angehaltene Luft aus und lächelte erleichtert, nicht über sich selbst reden zu müssen. Trotzdem war sie jetzt auf der Hut, nicht von jemandem über die Vergangenheit befragt zu werden. Sie spürte den verstohlenen, forschenden Blick von Jan, ließ sich aber nichts anmerken. Während des Studiums war Petra die Modernere, die Offenere und auf jeden Fall die Mutigere, von beiden.

Klara war schon als junge Frau den Fragen über das Leben und dem der Vorfahren nachgehangen. Petra dagegen hatte Party gemacht. Sie betrachtete das Leben unkompliziert. Sie war allem und jedem gegenüber offen. Sie hatte immer gute Laune und diese versprühte sie, wo immer sie auch hinkam. Die männliche Welt war von ihr fasziniert. Wo sie aufgetaucht war, hatte sie für gute Stimmung gesorgt. Petra verfügte über genug Selbstbewusstsein, um über ihre Attraktivität und Wirkung nicht nur auf Männer, sondern auch auf Frauen Bescheid zu wissen. Nie hätte sie etwas getan, was ihr nicht ethisch erschien. Sie war belesen, witzig und sehr sexy. Natürlich war auch Klara kein Kind der Traurigkeit gewesen, aber Petra war immer die Ausgelassenere, die Unbekümmerte von den beiden. Während Klara bis zur Perfektion für ihre Prüfungen gebüffelt hatte, hatte Petra mit „gerade noch bestanden" ihre Tests abgelegt. Trotzdem waren beide gleichzeitig mit ihrem Studium fertig gewesen. Petra nahm danach eine kleine Auszeit in Australien. Es entsprach ihrem Naturell. Neues auszuprobieren und vor nichts Angst zu haben. Klara hatte damals ein kurzes Mail von Petra mit einem Gruß vom kleinsten Kontinent der Erde erhalten und dann war es bis zum heutigen Tag still um sie geworden. Klara hatte gleich nach dem Studium begonnen für einen Internisten in Döbling zu arbeiten, und Richard geheiratet. Und der Rest war ihre eigene Geschichte, welche sie niemanden erzählen wollte.

Klara, Petra, Martin und Jan wunderten sich über den Zufall, welcher sie zusammengebracht hatte. Klara und Petra kannten sich aus der Studienzeit. Petra, Martin und Jan kannten sich aus ihrem Einsatz in Haiti. Und Klara und Jan waren Nachbarn.

„Wir renovieren gerade unser Haus in Hietzing. Wir wohnen wirklich sehr idyllisch am Stadtrand. Es wäre schön, wenn ihr uns bald besuchen kommen könntet", lud Martin die beiden ein.

„Oh ja, Martin ist ein begnadeter Koch", fügte Petra begeistert hinzu.

„Schatz, habt du und Klara Nummern ausgetauscht?" erinnerte Martin seine Frau liebevoll. Im selben Augenblick zückte Petra ihr I-Phone und verlangte Klaras Nummer. Mit großem Widerwillen und in der Hoffnung Petra würde sie nie anrufen, diktierte sie ihr die Telefonnummer.

„Danke Liebling, schon geschehen. Aber nachdem Klara und Jan Nachbarn sind, sollte es Zukunft kein Problem werden, einen von den beiden zu erwischen." Bei diesen Worten verharrte Klara wieder. Obwohl sie diesen Nachmittag und den gemeinsamen Lunch mit Jan sehr genossen hatte, wollte sie es nicht wiederholen. Sie wollte sich weder mit Petra und Martin treffen, noch wollte sie sich mit Jan verabreden. Sie wollte nach Hause fahren und weinen. Weinen, weil sie ihre über alles geliebte Tochter vermisste. Ninas Lachen und ihre ständigen Fragen, warum die Krähen über den Sommer plötzlich doch hier blieben und warum Religion und Wissenschaft gegeneinander arbeiteten. Auf diese und viele andere Fragen wollte Klara wieder antworten dürfen. Wieder erwies sich Jan als Retter der Stunde. „Danke, Martin. Bestimmt werden wir euch einmal besuchen kommen. Aber derzeit habe ich so viel zu tun, dass ich kaum zum Schlafen komme."

All zu gerne überließ Klara das Wort den anderen und hörte notgedrungen zu. Seitdem die

Erinnerungen an ihre Tochter sie wieder eingeholt hatten, hatten ihre Aufmerksamkeit und ihre Beteiligung am Gespräch nachgelassen. Es schien aber niemanden aufgefallen zu sein. Wenn sich Petra und Martin nicht gerade verliebte Blicke zuwarfen, erzählten die drei viel über ihre gemeinsame Zeit beim Roten Kreuz. So konnte Klara teilnahmslos an den Gesprächen teilnehmen.

Die Sonne stand schon tief am Horizont, als Jan sein Auto wieder in der Sollingergasse einparkte.

„Danke für den schönen Nachmittag! Und für Ihren wirklich sehr guten Tipp bezüglich des Festes für Ihre Tante. Ich werde noch heute mit Maria telefonieren."

„Ich denke nicht, dass sie eine große Hilfe sein wird. Bei der Einladungsliste war ich richtig überraschend wie schnell meine Cousine reagiert hat. Aber einen Versuch ist es wert. Wenn sie ihnen nicht helfen kann, klopfen Sie bei mir an. Schließlich bin ich ja auch noch da, Frau Doktor", sagte er mit heiser Stimme. Leicht senkte er seinen Kopf, um Klaras Gesicht besser zu sehen. Sie spürt seinen Atem. Er wollte ihr in die Augen schauen aber ihre Blicke kreuzten sich nur für einen kurzen Bruchteil eines unscheinbaren Moments. „Du warst so schweigsam. Ist alles in Ordnung, Klara?", fragte Jan behutsam.

„Ja, alles ok, danke", sagte sie leise und reichte ihm die Hand, um sich von ihm zu verabschieden. Jan nahm ihre Hand in seine und führte sie langsam an seine Lippen. Es war ihm nicht entgangen, dass Klara zitterte. Er sagte aber nichts. Als sie die Tür hinter sich zugeschlossen hatte, fiel die Anspannung des Tages von ihr ab.

Sie lehnte sich an die Tür und ihre Tränen kullerten die Wangen hinunter. Ihr Leben war eine einzige Katastrophe.

-19-

Klara erinnerte sich an den Tag vor zwei Jahren. Als sie krank zu Hause in der Herrengasse in diesem Gästezimmer gelegen war und plötzlich Richard an ihrer Tür geklopft hatte, um ihr den Vorschlag zu unterbreiten mit Nina übers Wochenende wegzufahren. Wenn nur dieser verdammte Regen nicht gewesen wäre, hätte Richard diesen Unfall bestimmt nicht gehabt. Nie wollte er seiner Tochter etwas antun, davon war Klara überzeugt. Vielleicht wären sie heute nicht mehr verheiratet gewesen, aber sie hätte ihre Tochter gehabt. Sie wünschte sie könnte die Zeit zurückdrehen. Nächste Woche werden es zwei Jahre sein. Klara heulte hemmungslos drauf los. Draußen wurde es langsam dunkel. Als sie sich wieder ein wenig gesammelt hatte, zog sie ihren Pullover und ihre Schuhe aus und steuerte automatisch den Tisch an, auf dem immer noch das Schreiben von Viktor lag. Sie las es nochmals durch. Wie von einer starken Macht beherrscht, griff sie nach einem Bogen Papier und schrieb folgende Zeilen:

Mai
Viktor,

sobald ein Mensch eine Dimension betritt, in der er ein Besucher ist, ist er nicht mehr leise. Alleine seine Anwesenheit, wie in deinem Brief erwähnt, unser Tauchgang im tiefen Ozean, verändert die gesamte Unterwasserwelt. Stell dir vor, du bist alleine in deiner Wohnung. Was denkst du und wie fühlst du dich? Was hast du gerade an? Und plötzlich steht ein unerwarteter Besucher vor deiner Tür. Die Kleidung behältst du vielleicht an und trotzdem schaust du schnell in den Spiegel und überprüfst dein Äußeres. Wenn du tief in dich hinein hörst spürst du, dass du anders empfindest, während dein Besucher bei dir seine Zeit verbringt. Du fühlst dich anders, sogar dein Atemzug verändert sich. Also kann ich mit deiner Vorstellung nicht übereinstimmen, dass wir als Taucher leise Besucher waren. Dennoch gefällt es mir wie du denkst und die Art wie du schreibst. Nie zuvor habe ich Briefe dieser Art erhalten, die mich zum Nachdecken bringen. Und jetzt kommst du. Du trittst in mein Leben und stellst alles auf den Kopf...

Gerne hätte ich mich bei der Hand mit dieser schönen Handschrift bedankt. Gerne hätte ich das Gesicht zu diesen Gedanken kennengelernt. Gestern habe ich mir einen meiner Lieblingsfilme angesehen „Die Brücken am Fluss". Du sollst wissen, ich liebe es zu weinen, manchmal gehe ich in eine Videothek und suche bewusst nach Filmen, bei denen mein Taschentuch Vorrat aufgebraucht wird. Kennst du diesen Film? Eine Frau verliebt sich in einen fremden Mann, der sich auf einer Durchreise befindet. Während ihr Mann mit den gemeinsamen Kindern übers Wochenende angeln geht. Als aber der Abschied naht und sie sich zwischen dem Fremden aufregenden Liebhaber, dem sie mit Haut und Haaren verfallen war und ihrem vertrauen *mittlerweile eher langweiligen Ehemann und den gemeinsamen Kindern entscheiden muss, fließen viele Tränen. Die Familie siegt. Bis an ihr Lebensende behält sie den Fremden jedoch in ihrem Herze. Was denkst du, wie hätte sie sich entscheiden sollen? Für die Leidenschaft hätte sie ihre Familie aufgeben müssen. Für das Vertraute ging sie den langweiligen Weg. Wie oft trifft man jemanden, der einen wirklich liebt? Jeder von uns hat nur ein Leben zu leben und die Liebe ist die Kraft, das, was uns antreibt. Liebe ist das Leben. Kein Geld der Welt kann es mit Liebe aufnehmen. Ich schreibe einfach drauf los, verzeih... Ich hatte einmal eine Familie. Zumindest dachte ich, es war eine Familie. Ich habe nicht bemerkt, wie weit entfernt mein Mann war. Auch als es bereits zu spät war habe ich noch immer nicht gesehen, wie entsetzlich weit entfernt wir uns waren. Als ich vor den Scherben meiner Ehe stand, weinte ich nur meiner Tochter nach. Es war zu spät, niemanden konnte ihr mehr helfen. Sie musste mit ihren zarten zehn Jahren diese Welt verlassen. Ich muss mich korrigieren. An die Liebe glaube ich schon lange nicht mehr. Sie raubt dir nur die Sinne. Du verlierst deine eigenen Gedanken. Und die Liebe ist nur schön, wenn sie keine Entscheidungen von einem verlangt. Ich wache jeden Morgen immer wieder aufs Neue auf und quäle mich mit dem Wissen über meine schreckliche Vergangenheit über den ganzen Tag.. Gerne würde ich eines Tages aufwachen und von vorne beginnen. Einmal, nur ein einziges Mal, wünsche ich mir aufzuwachen und nicht zu wissen, welcher Tag gestern war. Die Kette ist wunderschön. Vielen Dank. Denkst du, dass Menschen ihre Wunden jemals vergessen können? Ist es für eine Mutter möglich, mit dem Leben Frieden zu schließen, wenn ihr das Kostbarste, auf der Welt von Gott wieder genommen wurde?*

Klara

Entsetzt starrte Klara das soeben Geschriebene an. Wie konnte sie bloß über ihre Tochter schreiben? So nackt, so einfach fand sie die Worte. Ihre Gefühle führten ihre Hand und sie hatte es zugelassen. Schnell steckte sie den Brief in ein Kuvert und ließ es in ihre Handtasche verschwinden. Sie fühlte sich erleichtert, es ging ihr gut. Dann griff sie zum Telefon und rief Maria in Paris an. Wie erwartet wusste Maria zwar, dass ihre Mutter gerne gesungen hatte, aber von eigenen Texten hatte sie keinen blassen Schimmer. Mit einem Glas Chardonney ließ Klara den Tag ausklingen. Sie dachte über die seltsamen Ereignisse des heutigen Tages nach. Jan war nicht der Mann, für den sie ihn gehalten hatte. Sie verspürte ein leichtes Kribbeln in ihrem Körper, als sie sich daran erinnerte, wie nah sie sich beim Ausgang vom Stephansdom standen. Weiche Knie bekam sie, als sie im Palmenhaus Jans verstohlen Blick auf ihrem Gesicht fühlte. Jan hatte sie heute einige Male gerettet, indem er für sie geantwortet hatte. Verträumt dachte sie: „Also er ist auch ein Arzt. Wer hätte sich das gedacht? Ärzte ohne Grenzen. Klingt sehr gut, vielleicht findet man dort, wo es anderen noch schlechter als einem selbst ergeht, einen neuen

Sinn für das Leben. Was bringt einen Mann wie Jan dazu sich dem Verein Ärzte ohne Grenzen zu verschreiben? Hat er sich überhaupt verschrieben? Wird er wieder in die Ferne ziehen? Ist das der Grund, warum er sich keine Wohnung mietet? Oder keine Frau hat?" Auf einmal bereute sie es, so wenig über ihn zu wissen. „Er scheint nicht die Person zu sein, für die ich ihn gehalten habe", dachte sie und nippte dabei an ihrem Weinglas. Sie schämte sich ein wenig, ihn scheinbar so derart falsch eingeschätzt zu haben. Ein wenig war sie auf Frau Smetana böse, schließlich hätte sie ihr sagen können, dass sie und Jan so etwas wie Kollegen sind. Dann aber verwarf sie ihre Anschuldigung, denn Frau Smetana konnte rein gar nichts für Klaras innere Stimmung. Mit aller Macht schob Klara ihre plötzlich auftretenden Gefühle zur Seite. Denn schließlich hatte sie sich Jans Verhalten der wenigen Begegnungen nicht eingebildet. Dann war immer noch Jade da. Wer war dieses Mädchen und welche Rolle spielt sie in Jans Leben? War sie vielleicht Medizinstudentin? Irgendwie freute sie sich, Petra getroffen zu haben und sie war richtig froh darüber, dass Jan immer im entscheidenden Moment gekonnt das Thema wechselte, so dass sie nicht über ihre gescheiterte Ehe mit Richard und den Tod ihrer Tochter sprechen musste. Auf einmal erschrak sie. Wusste Jan womöglich etwas über sie? Vielleicht hatte er mit seiner Tante über sie gesprochen. Es wäre nicht wunderlich gewesen, schließlich hatte Klara ihre Vermieterin nie zum Schweigen über ihre eigene Person verpflichtet. Allerdings konnte Klara auch nicht ahnen, dass ihr Neffe eines Tages auch in dieses Haus einziehen wird. „Nein, bestimmt weiß er nichts. Und es war reiner Zufall", entschied sich Klara. An diesem Abend schloss Klara die Möglichkeit nicht aus, sich wieder mit Petra zu treffen. Sie spürte, wie gut es ihr getan hatte, sie wiederzusehen. Klara freute sich über das Eheglück ihrer Freundin. Allerdings würde es ein Treffen ohne Jan sein.

-20-

Wie jedes Jahr im Frühling blühte die Stadt prachtvoll. Das Stadtgartenamt hatte wieder einmal Liebe zum Detail und Verständnis für Pflanzen bewiesen. Nicht nur die Parkanlagen, auch zahlreiche Straßenbeete waren kunstvoll und bunt mit zur Jahreszeit passenden Pflanzen gestaltet. An den Straßenlaternen waren große runde Töpfe befestigt, aus denen herrliche, farbenfrohe Blütenpracht ragte. Auf den Straßen spielten wieder Musikanten. Die Fiaker drehten mit ihren offenen Kutschen ihre Runden durch die Innere Stadt und erzählten ihren Fahrgästen besser als so mancher Reiseleiter die schönsten Wiener Geschichten. Die Sitzplätze in den Schanigärten waren bis zum letzten Platz mit Menschen aus aller Welt belegt. Und an der Donau waren die ersten sonnenhungrigen Damen und Herren bereits in ihrer Badekleidung anzutreffen.
In der Sollingergasse war es ganz ruhig. Klara zog sich gerade an, um einen kleinen Spaziergang zu machen. Das seit Tagen anhaltende herrliche warme Wetter hatte jetzt auch sie aus dem Haus getrieben. Jan hatte Klara seit dem besagten Nachmittag im Palmenhaus nicht mehr gesehen.
Frau Smetana klopfte an Klaras Tür.
„Klärchen, solltest du etwas brauchen, ich bin heute Nachmittag nicht zu Hause. Ich werde den St. Marxer Friedhof besuchen gehen."

„Frau Smetana?", scherzte Klara.
„Keine Sorge, ich fühle mich noch nicht reif um, von dieser Welt scheiden," unterbrach Frau Smetana Klara energisch.
„Ludwig und ich besuchten oft im Frühjahr diesen Ort. Jetzt blüht dort überall der Flieder. In St. Marx gibt es einen alten und sehr schönen Friedhof. Nein, es ist viel mehr, es ist ein großartiges Naturerlebnis, eine verschlafene Parkanlage. Ein Kulturerbe aus der Biedermeier Zeit. Ludwig und ich haben die Ruhe dort geliebt, dort konnten wir mit unseren Gedanken alleine sein. Dort habe ich meistens kodierte Briefe an meine Eltern in die Tschechoslowakei geschrieben. Als wir nach dem Krieg nach Österreich gekommen sind, haben wir nichts außer den wenigen Habseligkeiten und der Kleidung an unserem Leibe besessen. In diesem Haus hier hat eine entfernte Cousine meiner Mutter gewohnt und die obere Wohnung, in der du jetzt lebst, war vermietet an eine fremde Familie. Den Dachboden ließ Ludwig erst vor etwas zwanzig Jahren zu einer kleinen Wohnung umbauen." Frau Smetana war Klara in ihre Wohnung gefolgt uns blieb in der Tür zum Wohnzimmer stehen.
„Meine Großeltern haben damals meinen Eltern dringend geraten, Prag zu verlassen. Sie selbst sind aber geblieben, denn mein Großvater hatte nicht mehr die Kraft gehabt, in einem neuen Land neu zu beginnen. Er selbst war sehr verwurzelt in seiner Heimat. Auch meine Eltern sind damals in der CSSR geblieben, sie haben es nicht übers Herz gebracht ihre alten Eltern in diesem zerrüttetem zurücklassen. Wie befürchtet sind die

Kommunisten an die Macht gekommen und meiner Familie wurde alles enteignet. Mein Vater, der früher Großgrundbesitzer war und vielen Menschen Arbeit gesichert hat, musste sein Anwesen von heute auf morgen verlassen. Alles, was er damals auf einen Leiterwagen laden konnte, hat er aus seinem großen Anwesen in die kleine Zweizimmerwohnung, welche ihm zugewiesen wurde, mitnehmen dürfen. Wobei Wohnung ist hier stark übertrieben. Es waren zwei Räume in einer Baracke, in der Zigeuner hausten. Kurz darauf folgten in diese kleine Wohnung auch Vaters Eltern. Es war hart für sie. Meine Mutter hat mir damals in ihren Briefen immer wieder geschrieben, wie schlimm es für meine Oma sei, im Alter alles zu verlieren, was sie mit ihrem Mann ein Leben lang aufgebaut hatte. Zusehen zu müssen, wie sich fremde Leute mit einem kommunistischen Parteibuch in ihrem Haus einnisteten. Aber meine Eltern haben treue tschechische Freunde gehabt, die sich nachts auf den Hof ihrer früheren Arbeitgeber geschlichen haben und ihnen das zurückgelassene Gut Nacht für Nacht zurückgebrachten haben. So konnten die meisten Erbstücke meiner Großeltern sichergestellt werden. Gemälde, Silberbesteck, kleinere Möbelstücke, Schmuck und viele andere Wertsachen. Meine Eltern ließen diese zu uns nach Österreich schicken. Unser Knecht hat damals eine Stelle im Außenministerium bekommen und so konnten meine Eltern das zusammengesuchte Familiengut heimlich nach Österreich bringen und es bei meiner Cousine hier in diesem Haus aufbewahren. Natürlich wurde der Knecht reichlich mit Familienschmuck

für seine Dienste bezahlt. Später aber war es auch unseren Verbündeten nicht mehr möglich, den Hof zu betreten. Mein Großvater hat bis zu seinem Tod keine Stelle mehr erhalten. Er starb ungefähr ein Jahr nach diesen tragischen Geschehnissen. Meine Oma hat ihr Geld als Putzfrau in einem Geschäft, welches ein früherer Landarbeiter, der bei ihnen am Gut, als Saison Arbeiter gearbeitet. Sobald die Kommunisten an die Macht gekommen sind, hat er sich schnell ein Parteibuch besorgt. Es war erniedrigend für meine Oma, für einen betrügerischen ehemaligen Saisonarbeiter putzen zu müssen. Sie selbst hatte gemeinsam mit ihrem Mann durch ehrliche, harte Arbeit zu ihrem Wohlstand gekommen. Aber es blieb ihr nichts anderes übrig. Die ganze Familie bis auf unsere Großeltern und Eltern hat die ehemalige Tschechoslowakei verlassen und sich auf der ganzen Welt niedergelassen."
Während Frau Smetana vom Hundertsten ins Tausendste geraten war versuchte Klara ihr genau zu folgen. Für sie war es eine spannende Lebensgeschichte, welche mehrere Generationen betraf.
„Haben Sie jemals ihre Eltern und Großeltern wiedergesehen?"
„Meine Großeltern habe ich nie wieder gesehen. Meine Großmutter hat ihren Mann um fünf Jahre überlebt."
Dann schaute sie auf die Uhr. „Wenn ich aber nicht gleich losgehe, dann komme ich hier nie weg.", sagte Frau Smetana entschieden. Klara schnappte nach ihrer Handtasche und schlüpfte in ihre Schuhe. „Darf ich Sie begleiten? Ich wollte sowieso gerade einen kleinen Spaziergang

machen. Also ich hätte Zeit", fragte Klara. „Natürlich ich freue mich", entgegnete Frau Smetana begeistert. Ich gehe noch schnell nach unten. Ich werde mir eine leichtere Weste anziehen. In dieser hier wäre mir zu warm", stellte die Vermieterin fest und zog sich ihre rosa Jacke aus. Klara begleitete sie hinunter und wartete im Wohnraum auf sie. Bevor die beiden Damen nach St. Marx aufbrachen, verweilte Klaras Blick auf der Vitrine mit den vielen Statuen und sie dachte über das soeben erzählte nach. Und wieder einmal wurde ihr bewusst, wie schnell sich ein Leben ändern kann. Es wurde ihr wieder einmal klar, wie viel Leid diese Erde bereits ertragen hatte.

Sie startete das Auto, welches noch aus dem Scheidungsgut vor zwei Jahren stammte. Das kleine rote Auto gehörte schon während der Ehe ihr, damit hatte sie Nina von der Schule abgeholt oder sie zum Ballett gebracht. Klara kam nie der Gedanke das Auto zu verkaufen, zu viele Erinnerungen hingen mit ihm zusammen. Noch immer wenn sie einstieg, schaute sie zum hinteren Sitz und sah ihre kleine Tochter mit den blonden Zöpfen dort sitzen. Schließlich stieg Frau Smetana ein und beide Frauen fuhren Richtung St. Marx. Frau Smetana hatte Recht, es blühte alles, längst vergessene und verwachsene Grabsteine auf denen man mit etwas Mühe die Namen entziffern konnte, standen wie rein zufällig mitten in einer herrlichen ruhigen Naturoase. Die beiden ruhten sich auf einer der zahlreichen Bänke aus. Für einen Augenblick betrachtete Klara Annas Gesicht. Es war erstaunlich wie jung sie aussah, nur wenige sichtbare Falten waren zu sehen. Die Wangen waren zart rosa. Sie strahlte Zufriedenheit aus.

„Frau Smetana", begann Klara vorsichtig, als sie sich auf einer der Sitzbänke niedergesetzt hatten. „Vor einigen Wochen oder vielleicht schon Monaten habe ich begonnnen, Briefe von einem mir völlig unbekannten Mann zu bekommen", fing Klara an. Die alte Dame wandte ihren Blick zu Klara und wurde sehr aufmerksam. Es kam nicht so oft vor, dass Klara so persönliche Angelegenheiten mit ihr besprach. Frau Smetana hatte erkannt, dass Klara ein sehr vorsichtiger Mensch war. Völlig richtig vermutete sie, dass Klara dennoch ein ganz besonderes Verhältnis zu ihr pflegte und sie für die sehr verschlossene junge Frau eine Vertrauensperson geworden war. Klara erzählte ihr von den Briefen und wie leicht es ihr fiel, einen Unbekannten in ihre Welt hineinzulassen. Dann nahm sie Viktors ersten Brief aus ihrer Handtasche heraus. Seit einigen Tagen spürte sie das große Bedürfnis, mit ihrer Vermieterin über Viktor zu sprechen. Sie fühlte, wie vertraut ihr Viktor mit der Zeit geworden war. Und Anna Smetana verkörperter eine Freundin und Oma für Klara. Es war ihr wichtig, sie in ihr kleines Geheimnis einzuweihen.

„Mädchen, jetzt mach es nicht so spannend und ließ endlich vor" forderte Frau Smetana Klara ungeduldig auf. Einmal noch schaute Klara zur Seite. Frau Smetanas wasserblauen Augen hafteten bereits ungeduldig auf Klaras Schreiben.

Februar
Wunderschöne Frau Klara,

ich darf Sie hoffentlich so nennen? Verzeihen Sie mir meine dreiste Art, mich auf diesem Wege bei Ihnen vorzustellen und Ihnen zu schreiben. Mein Name ist Viktor und sie haben mich verzaubert. Rein zufällig begegneten wir uns vor einiger Zeit. Und erst vor wenigen Tagen haben sich unsere Wege auf den Straßen dieser herrlichen Stadt wieder gekreuzt. Ich bitte um Verzeihung Sie haben mich verzaubert. Um uns herum waren so viele Menschen, mir schien sie lächelten nur mir zu. Oh, wie gerne würde ich die Zeit zurückdrehen. Wie gerne würde ich Ihnen zurücklächeln, Sie begrüßen und Ihnen die Hand küssen. Wie gerne würde ich mich mit Ihnen für später verabreden.

Klara hörte auf vorzulesen und wollte Frau Smetanas Reaktion sehen.
„Ließ weiter Mäderle, ließ weiter", forderte sie Klara ungeduldig auf.

„Ihre Augen sind traurig und dennoch überstrahlen Sie jedes Sonnensystem. An diesem Tag habe ich bemerkt, dass Sie einen Teil von mir mitgenommen haben. Vielleicht bin ich zu schüchtern oder vielleicht war die Gelegenheit nicht die richtige - ich tat es nicht. Allzu gerne hätte ich Sie gefragt, ob Sie mich zum Essen begleiten möchten. Stattdessen schreibe ich Ihnen... mein Gott, wie feige ich bin... Unser Planet ist klein und riesig zugleich. Die Größe unserer Erde wird von der individuellen

Betrachtungsweise abhängig gemacht. Seit dem Augenblick, als ich sie traf, kam ich zu der Erkenntnis, dass die Welt groß ist und ihr Zauber noch größer…

mit tiefstem Respekt und größter Bewunderung für Sie.

Ihr Viktor

Klara legte das Schreiben in ihren Schoß und verstummte.
„Ein Romantiker", sagte Frau Smetana schließlich.
„Ein großer Mann, sage ich dir. Nicht jeder Mann ist im Stande in ganzen Sätzen zu sprechen, geschweige zu schreiben. Solche Gefühle auszusprechen und in Briefform zu verfassen." Frau Smetana schüttelte den Kopf und überlegte einen Augenblick.
„Mädchen, und du hast wirklich keine Ahnung, wer er ist?"
„Nein, keinen blassen Schimmer"
„Und die anderen Briefe sind auch so?"
„Ja"
„Woher hast du seine Anschrift?"
Klara erzählte Frau Smetana von der Postfachadresse, welche er ihr in einem Brief hinterlassen hatte.
„Also ich verstehe die Jugend von heute nicht. Zu meiner Zeit verabredeten sich jungen Menschen zum Tanzen. Bei den meisten dauerte es eine Weile, bis es überhaupt zum ersten Kuss gekommen war. Dann heirateten sie und dann

haben sie Kinder gezeugt. Ich dachte, das war die konservative Zeit von damals. Ich dachte heute geht alles so schnell. Bevor man sich kennenlernt, zieht man zusammen und schläft miteinander. Aber wie ich sehe, habe ich mich geirrt. Es gibt sie noch – die Kavaliere von gestern. Die Erfindung des Vorspiels. Klärchen, das ist herrlich. Dieser Viktor scheint ein feiner Kerl zu sein. Willst du ihn treffen?" Frau Smetana erblühte.

„Nein, natürlich nicht", erwiderte Klara empört. „Es tut nur gut sich auszutauschen, ohne dabei besonders aufpassen zu müssen. Ich kenne ihn nicht und das ist gut so. Ich vermute wir sind uns irgendwo begegnet. Aber so genau will ich es derzeit gar nicht wissen." Klara wurde ein wenig nachdenklicher.

„Ja es stimmt. Es ist ein wenig verwunderlich, wie er an meine Adresse geraten ist. Aber er scheint ein anständiger Mann zu sein. Ich habe das erste Mal seit Monaten das Gefühl, Worte für meine Gefühle zu finden."

„Ja, es stimmt wohl, was du da sagst. Auch mir ist eine kleine Veränderung an dir aufgefallen", bemerkte die Vermieterin.

„Da fällt mir gerade ein", griff sich Frau Smetana auf einmal auf den Kopf.

„Ich bin mit Luise nächste Woche in Kärnten am Millstätter See. Luise ist gerade dabei, ihre Wohnung in Friesach zu verkaufen und möchte dort noch einmal Urlaub machen. Es tut ihr im Herzen weh, aber niemand aus ihrer Familie möchte die Wohnung haben. Wir haben lange mit Luise über den Verkauf nachgedacht, auch der Hofrat ist der Meinung, dass es vermutlich besser wäre, die Wohnung zu verkaufen. Sie liegt einfach zu weit weg vom Semmering."

Sie legte offensichtlich einen großen Wert auf seine Meinung und seine Gegenwart. Seit einigen Monaten ging er im Haus ein und aus wie es ihm passte.

„Wie lange werden Sie bleiben?"

„Vermutlich eine Woche. Wir müssen vor Ort Luises persönliche Sachen zusammenpacken und sie hat beim heimischen Notar wegen dem Kaufvertrag einen Termin. Ich vermute wir werden dort viel zu tun haben und zum Ausspannen kommen wir wieder nach Hause."

„Kommt der Herr Hofrat auch mit?"

„Ach, wo denkst du hin? Natürlich nicht. Er würde uns nur im Weg stehen."

Frau Smetana schaute auf ihre Armbanduhr. „Jan hat mich gestern gebeten, ihn beim Kauf eines neuen Wagens zu begleiten. In einer Stunde will er mich abholen. Magst du mitkommen? Ich weiß nicht, warum ich ihn begleiten soll. Ich verstehe nichts von den Autos." „Bestimmt legt er großen Wert auf Ihre Meinung", gab Klara schnell zurück. Während sie überlegte, ob sie nach dem Verhältnis zwischen Jan und Jade fragen sollte, zückte Frau Smetana aus ihrer kleinen Handtasche ihr Handy und wählte Jans Nummer.

„Jan, ich sitze mit Klara in St. Marx, wenn du noch immer möchtest, dass dich deine alte Tante dich begleitet, dann hol mich bitte beim Eingang ab. – Gut, in einer halben Stunde hier" sagte sie und legte auf.

„So ein guter Junge", murmelte Frau Smetana. „Komm, lass uns noch ein wenig hier spazieren gehen und dem Geflüster der Toten zuhören."

Jan wartete am Eingang des alten Friedhofes auf seine Tante. Kurz bevor sie zu ihm ins Auto einstieg, drehte sie sich um und flüsterte Klara zu: „Ach, bevor ich es vergesse. Dieser Viktor scheint dir gut zu tun. Schreibe ihm weiter. Schreiben befühlt, die kleinen leeren Seiten in der Seele eines Menschen mit einer Farbenpracht." Jan begrüßte Klara mit einem Kopfnicken, aber er schien es eilig zu haben und fuhr gleich los.

-21-

Mai
Klara,

Du fragst mich, wie ist es, wenn ich liebe? Mein erster Gedanke, wenn die Sonne mich in meinem Bett kitzelt, gehört dir. Abends bevor ich schlafen gehe, flüstere ich. Ich liebe Dich. Auf Deine Frage wie sich die Frau aus dem Film hätte entscheiden sollen, habe ich schon wieder keine Antwort. Gestern Nacht habe ich mir den Film angesehen, ich wollte dir antworten. Meryl Streep ist eine Ausnahme-Schauspielerin. Vermutlich hat sie die richtige Entscheidung getroffen. Sie konnte mit diesem fremden Mann wunderschöne Tage erleben, das genügte ihr. Sie wusste, dass viele Menschen so eine Chance in ihrem Leben gar nicht bekommen. So intensiv und leidenschaftlich zu lieben… Sie liebte aber ihren Mann immer noch, hat es nur im Alltag und im Laufe der Zeit vergessen. Es gibt viele verschiedene Arten von Liebe, ich kann dir nicht beantworten, welche die richtige Liebe ist.
Klara, ja ich denke Menschen können viel mehr Leid ertragen, als sie es sich zutrauen, geschweige denn vorstellen können. Ja, ich denke Menschen können verzeihen, vergessen und verdrängen. Ich weiß nicht nach welchem Maßstab uns Gott wieder zu sich holt. Auch ich bin der Meinung, Kinder dürfen nicht vor ihren Eltern gehen. Jedoch scheint es Gott anders zu

*sehen. Es tut mir unendlich leid, welches Leid du ertragen musst. Meine Bewunderung für dich hat sich unwiderruflich in das unerforschte Universum hinaufkatapultiert. Die Welt würde ein bisschen mehr von deiner Stärke und deiner Liebe vertragen. Aber Klara bitte werfe dein Leben nicht weg. Du kannst das Tragische nicht rückgängig machen, du kannst nur lernen, das Geschehene zu akzeptieren Öffne deine Augen und dein Herz für dein Leben. Bestimmt hast du Menschen in deiner Nähe, die für dich da sind. Verschließe dich nicht der Liebe. Die Liebe ist ein Symbol für das Leben. Und nur mit der Kraft der Liebe lässt sich das Leben und Leid ertragen.
Danke für dein Vertrauen.*

Dein Viktor

Liebes,

soeben habe ich den Brief fertig geschrieben, ist mir aufgefallen, dass ich dir noch nicht alles gesagt habe, was mein Herz berührt. Gerade habe ich mir ausgemalt, wie es wohl ist, in deiner Nähe zu sein und dich zu trösten. Verzeih, als ich dir den ersten Brief geschrieben habe, habe ich mir nicht träumen lassen, welche Vertrautheit aus den gemeinsamen Briefen entstehen würde. Klara, wie gerne würde ich jetzt deine Hand in meine schließen und deine Tränen trocknen, aber wir werden uns nie treffen können und es fehlt mir der Mut, dir die Gründe dazu zu nennen. Aber ich

weiß, dass einmal die Zeit kommen wird, in der ich dich in meine Arme schließen darf. Es wird in einer anderen Welt sein, vor der wir uns alle so fürchten. Bitte verzeih' mir, aber dies ist mein letzter Brief an dich, mein seltener Juwel.
Geh in die Welt hinaus und entdecke wie schön das Leben ist. Verliebe dich, öffne dein Herz für jemanden, der dich so sehr verehrt, wie ich es tue. Liebes, verschwende deine Zeit nicht mehr mit einem Unbekannten wie mir.

Dein Viktor"

Nach diesen Zeilen verspürte Klara einen leichten Schmerz in ihrem Herzen, beschloss aber, Viktors Entscheidung zu respektieren. „Was mag vorgefallen sein?", fragte sich Klara. „Warum?", war die quälende Frage, die sich in den nächsten Tagen immer wieder gestellt hatte. Das Schreiben, der Austausch mit Viktor fehlte ihr sehr.
Jan ist wieder einmal wie vom Erdboden verschwunden und Frau Smetana war mit den Vorbereitungen für ihr Fest beschäftigt. Die Catering Firma wurde von Klara gebucht. Sie besprach das Menü mit Frau Smetana. Keine der beiden Damen erwähnte Jan mit nur einem einzigen Wort. Lediglich, dass sein Freund, der Saxophonist, bereits zugesagt hatte, hatte Frau Smetana zwischendurch erwähnt. Eines Tages fand Klara im Vorzimmer ihrer Wohnung am Boden einen großen Umschlag, der offenbar unter der Tür durchgeschoben wurde. Nachdem sie ihn geöffnet hatte, hielt sie in ihren Händen

Kopien von Frau Smetanas Texten. Es lag eine kleine Karte bei. „Pianist kommt. Hier die versprochenen Texte". Sie hatte sich ein wenig geärgert, dass sonst nichts dazu geschrieben war. Aber sie war dankbar, dass Jan sein Versprechen gehalten hatte. Nach dem Lunch neulich hatten sie sich nicht mehr gesprochen. Klara nahm diese Gelegenheit wahr und machte sich auf den Weg zu seiner, Wohnung, um sich bei ihm zu bedanken. Sie klopfte an die Tür aber es öffnete niemand. Viktor behielt sein Wort und es folgte kein weiterer Brief. Obwohl sie sich das nicht eingestehen wollte, fehlten ihr seine Briefe. In ihrem letzten Brief hatte sie erstmals über ihre Tochter geschrieben. Und es hatte sich sehr befreiend angefüllt. Vielleicht war es genau das was Viktor veranlasst hatte, ihr keine Briefe mehr zu schreiben. Vielleicht konnte er mit ihrer Trauer nicht umgehen.

-22-

„Heute ist Sommerbeginn. Der längste Tag und die kürzeste Nacht. Vermutlich wird das heute nicht eintreffen", dachte sich Klara, als sie in der Früh aufgewachte. Die Sonne versteckte sich hinter einer grauen Wolkenwand und die Temperatur erinnerte höchstes an ein Frühlingserwachen im April. Klara hatte heute dienstfrei und blieb noch eine Weile in ihrem behaglichen Bett liegen. Sie streckte sich ausgiebig und kuschelte sich in ihre Decke hinein, dann schnappte sie nach der Beethoven Biografie, welche auf ihrem Nachtkästchen lag und las die letzten Seiten des Buches fertig. Am späteren Vormittag machte sie sich einen kräftigen Kaffee. Sie mochte den Kaffee-Duft, der sich durch ihre Wohnung zog, dazu bestrich sie Toastbrot mit Butter und Erdbeermarmelade. Die Uhr in der Küche zeigte gerade elf Uhr vormittags, als es an ihrer Tür klopfte. Es war Petra. „Ich hatte hier in der Gegend zu tun und dachte mir, ich schaue einfach vorbei. Jan gab mir die Adresse", fügte sie schelmisch hinzu. „Oh, das ist eine Überraschung. Komm nur herein", sagte Klara verstört und ließ ihre Studienfreundin herein. „Ich habe gerade frischen Kaffee gemacht. Möchtest du einen?" Petra zögerte einen Augenblick. „Nur, wenn er koffeinfrei ist." Klara schaute ihre Freundin an. Dann brach es aus Petra heraus. „Ja, ich bin endlich schwanger." Petra war so glücklich, dass für einen Augenblick ihre unbändige Freude auch auf Klara übergeschnappt war. Sie umarmte ihre Freundin und freute sich aufrichtig mit ihr. „Wir haben uns schon so lange ein Baby gewünscht. Ich habe schon meine ersten Zweifel gehabt, ob ich überhaupt je schwanger werden kann. Es hat ein Jahr gedauert. Endlich hat es geklappt. Wir haben noch zu niemanden etwas gesagt. Ich wollte über das Baby erst dann reden, wenn die ersten Monate überstanden sind. Man hört ja immer wieder, dass Frauen Fehlgeburten erleiden. Heute hat mir die Ärztin gesagt: „Frau Moreli das Baby hat einen kräftig Herzschlag. Ich habe vor lauter Freude geweint." Plötzlich kamen auch Klara die Tränen. „Aber Süße, was ist denn los. Warum weinst du?", fragte Petra. „Ich freue mich für dich" schluchzte Klara. Petra nahm die Hand ihrer Freundin in ihre und es wurde ihr bewusst, dass sie praktisch nichts sie wusste. Sie saßen still nebeneinander und hielten sich an der Hand. Draußen verzogen sich allmählich die Wolken und die Sonne kämpfte sich durch. Sobald die Sonne draußen war, schoss die Temperatur in die Höhe. „Klara, wollen wir in den Garten gehen? Es scheint die Sonne und ein bisschen Wärme täte uns drei gut", dabei strich sich Petra sanft über ihre noch immer sehr schlanke Hüften und ihren Bauch. „Ja, ich werde uns Wasser mitnehmen". Ich habe ohnehin nicht viel vor heute. „Jetzt erzähl. Ich habe das Gefühl, dass du meinen Fragen ausweichst? Im Palmenhaus ist mir aufgefallen, wie du verfallen bist, als ich von Richard gesprochen habe. Deswegen habe ich nicht weiter nachfragt, als Jan das Thema gewechselt hat." Klara war überrascht, dass Petra dieses kleine Detail aufgefallen war. „Oh, Petra. Bitte lass uns von etwas anderem reden. Ich habe nicht die Kraft, über mein Leben zu sprechen." Wieder füllten sich ihre großen bernsteinfarbenen Augen mit Wasser. Petra hielt ihre Hand noch immer fest. „Na gut. Ich werde dir diesbezüglich keine Fragen mehr stellen. Du sollst aber wissen, dass ich sehe, dass dich etwas sehr traurig macht. Und du sollst wissen, wenn du jemanden zum Reden oder Zuhören brauchst, ich bin für dich da. Schließlich bist du noch immer meine beste Freundin." „Beste Freundin, das habe ich seit dem Studium nicht mehr gehört. Gibst es so etwas überhaupt noch in unserem Alter?" Klara trocknete ihre Tränen und lachte dabei auf. „Na immerhin habe ich dich zum Lachen gebracht." Petra blieb noch zum Mittagessen. Frau Smetana sah die beiden Frauen im Garten sitzen und ließ sich es nicht nehmen, einen leichten Lunch vorzubereiten. Sie freute sich so sehr, dass Klara offensichtlich wieder Anschluss unter Gleichaltrigen hatte, dass sie vor lauter Begeisterung Petra und ihren Mann zu ihrem Geburtstagsfest eingeladen. Klara musste sich eingestehen, die Stunden mit Petra genossen zu haben und nahm sich vor, das bald zu wiederholen. Am späteren Nachmittag wollte Klara ins Spital gehen, um in Ruhe die neuesten Ergebnisse von der ICRA durchzusehen und mit ihren Tests abzugleichen. Im Spital hatte sie die nötige Ruhe und Konzentration dazu. „Guten Tag, Frau Doktor", hörte sie eine ihr sehr bekannte Stimme sagen, als sie gerade den Ring nähe Rathausplatz überqueren wollte. „Herr Fiedler.

Guten Tag. Wie geht es Ihnen?" erwiderte Klara erstaunt. Fiedler stand dicht neben ihr. Er sah dünn aus. Seine Augen saßen noch tiefer im Gesicht, als sonst. Seine Haut war blass. „Stellen sie sich vor, ich habe es tatsächlich geschafft, meine Arbeit teilweise zur Seite zu schieben und mich neuen Aufgaben zu widmen." „Das freut mich aber sehr. Verraten sie mir diese?" „Sehr gerne. Wollen wir eine Tasse Tee miteinander trinken gehen?" fragte Fiedler unsicher. Klara dachte einen kurzen Augenblick nach und dann stimmte sie zu. „Warum eigentlich nicht? Die Arbeit kann einmal auch ein wenig warten", beschloss Klara. „Das ist wunderbar. Halte ich sie aber wirklich nicht auf?" fragte er besorgt. „Es wartet niemand auf mich. Eigentlich habe ich heute frei. Aber Arbeit gibt es zu Genüge. Machen Sie sich keine Sorgen." „Wenn es so ist. Darf ich bitten?" Fiedler bot Klara seinen freien Arm an. Ohne zu zögern, hackte sie sich bei ihm unter und beide marschierten Richtung Landtmann. Das Cafe war wie erwartet voll, aber sie hatten Glück und fanden ein ruhiges Plätzchen auf der Terrasse. Fiedler erzählte, wie es ihm an der Ostsee ergangen war. Und dass ihn Georg Sandler besucht hatte. Klara kannte ihn, er war der einzige Freund, der Fiedler ab und zu im Spital besucht hatte. „Es ist herrlich, einen guten Freund zu haben", sagte Fiedler „Haben Sie auch so eine gute Freundin, Klara? Eine Freundin, welche sie seit Jahren in ihrem Leben begleitet. Egal, ob es ihnen gerade gut oder schlecht geht. Jemand der ihnen zuhört oder der einfach drauf los redet. Jemand, der sie so gut kennt wie kein anderer?" Fiedler schien mit sich selbst zu reden. Er rührte in seiner Tasse Tee. „Ich schätze mich glücklich, Georg zu kennen. Ich habe viele Freunde, ich kenne auch viele Frauen. Nur Georg ist der Einzige, der nichts von mir haben will. Georg ist der Einzige, der einfach nur da ist. Unsere Freundschaft hat schon einige Jahrzehnte am Buckel. Und musste schon die eine oder andere Härteprüfung durchstehen." Wieder machte er eine kurze Pause und nahm einen Schluck von seinem heißen Tee. „Aber wir haben zusammengehalten. Vermutlich deswegen, weil wir nie etwas voneinander gebraucht haben." Klara schaute Fiedler an. „Ich denke, ich habe keine solche Freundin. Oder vielleicht habe ich so eine gerade wiedergefunden." Und dann stockte sie, es fiel ihr ein, dass Viktor so eine Rolle in ihrem Leben hätte übernehmen können. Aber leider hatte er den Kontakt zu ihr abgebrochen. „Ich kannte jemanden, der hätte ein guter Freund sein können. Aber er entschied sich, den Kontakt zu mir abzubrechen. Meine älteste Freundin verlor ich vor Jahren aus den Augen und fand sie jetzt zufällig wieder. Zählt das auch?" Klara schaute Fiedler direkt an und wieder fiel ihr auf, wie warmherzig sein Wesen war. Nach all dem, was er durchgemacht hatte, hatte er nie seine Herzenswärme verloren. „Oder hatte er sie erst durch seine Krankheit erlangt?, fragte sich Klara und fügte dann im flüsternden Ton hinzu: „Vielleicht bin ich gar nicht im Stande, langfristige und gute zwischenmenschliche Beziehungen aufzubauen". „Sagen Sie so etwas nicht. Auch wenn sich Menschen über eine gewisse Zeit aus den Augen verlieren, vertragen richtige

Freundschaften diese Unterbrechung" konterte Fiedler.
„Warum denn nicht? Ich pflege keine tiefen Freundschaften und ich bin sehr gut darin, mögliche Freundschaften wieder aus den Augen zu verlieren." Klara wunderte sich, wie offen sie mit Fiedler sprach. Es fiel ihr leicht, sich mit ihm zu unterhalten.
„Wissen Sie, ich denke das Leben spielt mit uns Menschen ganz schön verrückt. Der eine ist von Glück und Freude verfolgt und der andere erntet einen Schicksalsschlag nach dem anderen. Ich bin nicht unbedingt der Meinung, dass das Leben gerecht ist und dass man ein Menschenfreund sein muss. Auch vertrete ich nicht die Ansicht, dass man viele Freunde haben muss. Doch kann ich aus eigener Erfahrung behaupten, dass es einem gut tut sich mit jemandem auszutauschen. Auch wenn es sich nur um einen Zuhörer handelt." Diesen Satz hatte Klara heute schon einmal gehört.
„Herr Fiedler, darf ich Sie etwas fragen?"
„Natürlich." Klara musterte Fiedler genau, bevor Sie ihre Frage an ihn stellte. „Angenommen sie lernen jemanden kennen, denn Sie eigentlich gar nicht kennen. Aber die Art wie er sich mit Ihnen austauscht befreit Sie. Sie haben das Gefühl, dass es durch seine imaginäre Anwesenheit leichter ist, den Tag zu ertragen." Klara verstummte. Ihre Lippen begannen zu beben. Sie fasste es nicht, jetzt vor Fiedler in Tränen auszubrechen. Sie war dankbar, dass jetzt ein Kellner in seinem schwarzen Anzug vor ihnen stand und ihre Bestellung aufnehmen wollte. Dankbar starrte sie die Karte an, und bestellte

schließlich einen Melange. Nachdem er weg war, hatte sie sich wieder gefasst und lächelte Fiedler aus voller Kraft an.

„Wie tauscht er sich aus? Ich darf doch annehmen, dass es ein Er ist, von dem Sie sprechen?"

„Briefe. Er schreibt mir Briefe. Nein, er hat mir Briefe geschrieben," flüsterte Klara, als ob sie Angst hätte, Viktor säße in der Nähe und könnte sie hören. Jetzt erstarrte Fiedler und sein Blick blieb für lange Zeit an Klara haften, bis er sich wieder gefangen hatte und ebenfalls im Flüsterton zu ihr sagte „Wie er schreibt ihnen Briefe?"

„Ich kenne ihn nicht. Eines Tages flatterte ein Brief bei mir ein und dann der nächste, bis ich zurückgeschrieben habe. Das letzte halbe Jahr haben wir uns Briefe geschrieben. Ich glaube, er hätte der Freund werden können, von dem Sie soeben gesprochen haben. Aber sehen Sie, er hat beschlossen mir nicht mehr zu schreiben. Auch er hat mich verlassen."

Fiedler starrte Klara noch immer an, seine Augen hafteten an ihr und wirkten leblos. Das Leben spielt doch mit einem verrückt, dachte er sich. Gerne hätte er jetzt ihre Hand berührt und ihr die Angst vor der Zukunft genommen. Sie berührte ihn nicht nur, als seine Ärztin, sondern als Mensch. Klara war eine zerbrechliche wunderschöne Frau. Nur ihre endlos traurigen Augen waren Fiedler stets ein Rätsel.

„Ich erfreue mich jedes einzelnen Tages, welchen ich bei Bewusstsein erleben darf. Lassen Sie es nicht zu, dass Fremde Ihr Leben bestimmen. Dazu ist unser Aufenthalt viel zu kurz auf dieser

Welt." Fiedler hatte diesen tiefen durchdringenden Blick. Seine Augen strahlten Wärme und Liebe aus und hatten sich wieder von der Starre erholt. „Sehen Sie?" sagte Klara verdutzt. Gerade dachte Klara, wie ungerecht das Leben war. Der eine darf sich eines langen Lebens erfreuen, während der andere bereits in jungen Jahren diese Welt verlassen muss. Und wieder einmal begann sie, mit sich selbst zu reden. Fast hätte sie Fiedler für einen kurzen Moment vergessen. Da unterbrach er ihre Gedanken.

„Das Leben ist nicht fair. Glauben Sie niemanden, der das Gegenteil behauptet. Nehmen Sie Ihr Leben selbst in die Hand," fügte Fiedler hinzu.

„Können Sie Gedanken lesen?" fragte Klara unglaublich.

„Soeben habe ich dasselbe gedacht."

„Sehen Sie? Wir denken sehr ähnlich. Und Sie wollten nie mit mir ausgehen, da muss man Sie erst rein zufällig auf der Straße aufgabeln," scherzte Fiedler.

Klara suchte in ihrer Handtasche nach ihrem Handy, um auf die Uhr zu sehen.

„Oh, Herr Fiedler. Gerne würde ich noch länger bleiben aber wenn ich nicht gleich ins Spital aufbreche, dann werde ich heute wohl nicht mehr fertig." „Es war sehr schön mit Ihnen zu reden." Fiedler stand auf und küsste ihre Hand. „Vor allem freue ich mich, Sie einmal nicht in ihrem weißen Ärztekittel zu sehen. Das Kleid steht Ihnen besonders gut. Wenn ich das einfach so sagen darf", fügte Fiedler noch schnell hinzu.

Er wollte Klara nicht verunsichern oder verärgern.

„Vielen Dank. Ja, es war in der Tat sehr schön mit Ihnen zu sprechen. Auf Wiedersehen."
Klara verabschiedete sich und ließ Fiedler im Landtmann zurück. Er verspürte einen kleinen Hunger und bestellte sich ein Gulasch. Er schnappte nach einer Zeitung, welche noch vom Vorgänger am Nebentisch lag, lehnte sich bequem zurück und las die Schlagzeilen: Banküberfall, Mord, korrupte Politiker. Nur negative Meldungen. Ohne weiter darin lesen zu wollen, legte er sie wieder zu Seite, und genoss die Sonnenstrahlen auf seinem Gesicht, welche die morgendliche Wolkenwand für den Rest des Tages erfolgreich verdrängten.

Juni
Meine Liebe,

bitte verzeih mir. Ich bin ein entsetzlicher Egoist. Zuerst trete ich ungefragt in dein Leben und flehe dich an, mir eine Tür zu dir zu öffnen. Dann besitze ich die Grausamkeit, dieses mittlerweile vertraute Tor selbst zuzuschlagen. Wenn ich darf, würde ich dir gerne weiterschreiben. Unsere Briefe waren mir zu vertraut und ich hatte große Angst, dich zu verletzen oder zu verlieren. Was für ein Feigling ich doch bin. Ich verstecke mich hinter diesen Briefen. Ich habe gedacht so können wir uns nicht verletzten. Als ich meinen ersten Brief an dich geschrieben habe, habe ich mir nicht im Traum einfallen lassen, du würdest mir zurückschreiben. Natürlich habe ich es stark gehofft. Unsere Briefe basierten auf Vertrautheit und Respekt. Klara, es war mir nicht bewusst, welche Tiefe unsere Freundschaft bereits hat. Es war mir nicht bewusst, wie sehr ich die Gespräche mit dir vermisse. Dein Herz, meine Liebe, ist so groß, dass du dich selbst darin kaum finden kannst. Du musst gut auf dich aufpassen. Auch wenn man denkt, es ist vorbei, so glaube mir, es ist nie vorbei. Wir alle werden von der Vergangenheit immer wieder eingeholt. Wir alle müssen uns der Vergangenheit immer wieder stellen. Denn sie ist ‚es die uns Kraft fürs Weitermachen gibt, die uns prägt und die uns den nächsten Schritt weist. Und doch, das Einzige was wir haben ist die Gegenwart. Nur die Gegenwart ist allmächtig. Bitte verzeih mir.

Dein Viktor

Ergriffen und tief berührt griff Klara mit rasendem Herzen zu einem Blatt Papier und antwortete Viktor. Wie lange hatte sie sich nach Viktors Zeilen gesehnt. Und jetzt schrieb er ihr wieder. Sie wollte keine Zeit verschwenden, zu viel war in den letzten Wochen passiert, was sie ihm mitteilen wollte.

Juni
Viktor,
als mir meine Vermieterin heute Morgen... Nein, nicht heute Morgen, vor vielleicht einer Sekunde, ein cremefarbenes Kuvert in die Hand gedrückt hatte, fühlte ich mich wieder lebendiger. Es war für mich sehr überraschend, als ich feststellen musste, wie sehr ich die Zwiegespräche mit dir

genossen habe. Sie haben einen leeren Platz in meinem Leben ausgefüllt. Deine Briefe haben sich behutsam und liebevoll in mein Leben geschlichen und sich fest in meinem Herzen verankert. Wie Recht du hast, wir sollten die Vergangenheit endlich ruhen lassen. Und die Gegenwart leben vielleicht mit einem kleinen Blick nach vorne. Doch bitte, liebster Viktor, obwohl ich nur eine Vorstellung von deinem Äußeren habe, habe ich dich als einen sehr liebevollen, überaus rücksichtsvollen Mann kennengelernt. Bitte, zerreiße nie mehr diesen zarten, mir bereits sehr vertrauten, Faden. Zu wichtig bist du mir geworden. Zu sehr vermisse ich, sonst unseren Gedankenaustausch. Letzte Woche habe ich einen Freund getroffen, eigentlich ist er gar kein Freund, sondern mein Patient. Schade, ich hätte ihn gerne früher kennengelernt. Er ist ein bewundernswerter Mensch. Ich werde dir aber nicht von ihm schreiben. Ich möchte fliegen... Klara befand sich in einem Rauschzustand. Sie freute sich so sehr über Viktors Brief, dass sie laut lachen musste. Sie spürte noch viel stärker, wie sehr sie ihn vermisst hatte. Ihr Gefühlszustand war der eines jungen unbekümmerten Teenagers. Sie fühlte sich, als ob sie am Beginn ihres Leben stehen würde. Für diesen Augenblick vergaß sie all das Traurige, was sie Tag ein und Tag aus begleitete...
Lass uns träumen, träumen von etwas sehr verrücktem. Gerade musste ich lachen, mein Traum von letzter Nacht ist mir eingefallen. Möchtest du ihn hören? Bestimmt möchtest du es. Der Traum handelte von uns beiden. Wir sind

verreist, du und ich sind mit dem Auto für eine Nacht nach Venedig gefahren. Mit einem roten Cabrio sind wir gefahren. Als wir in Venedig unser Zimmer bezogen, nannten wir uns Signor und Signora Trenini. Ich habe keine Ahnung, warum wir uns Trenini genannt haben, das liegt vermutlich daran, dass ich deinen Familiennamen nicht kenne. Wir haben unsere Sachen schnell im Zimmer untergebracht und sind in die Stadt gelaufen. Auf jeder der zahlreichen Brücken haben wir herumgealbert. Wir haben gealbert, gelacht und ununterbrochen geredet. Wir waren wie Teenager, die das erste Mal ohne Eltern verreisen. In einem kleinen Cafe saßen wir so dicht nebeneinander... Ich konnte deine smaragdgrünen Augen sehen, so nah warst du mir. Hast du smaragdgrüne Augen, Viktor? Du hast meine Hand gehalten und mir verrücktes, völlig sinnloses Zeug ins Ohr geflüstert. Spät am Abend, als wir wieder in unser Hotel kamen, spürte ich mein Herz rasen. Zurück in unserem Zimmer hast du das Licht aufgedreht. Ich konnte im Mondlicht deine Silhouette sehen. Du kamst langsamen Schrittes auf mich zu. Du warst mir so nah, ich spürte deinen Atem. In dieser Nacht liebten wir uns das erste Mal. Stell dir vor, wir waren verheiratet und trotzdem haben wir uns das erste Mal geliebt... Als glücklichste Frau bin ich in den Morgenstunden in deinen Armen in Venedig eingeschlafen. Als einsamste Frau bin ich am nächsten Morgen alleine in meinem Bett in Wien aufgewacht. Ich habe so fest ich konnte versucht, diesen Traum festzuhalten, aber jedes Märchen geht irgendwann einmal zu Ende. Stimmt, du bist ein Feigling, welche Gründe du

auch immer gehabt hast, mir nicht mehr zu schreiben. Du schreibst: Verliebe dich, geh und sei wachsam in der schönen, großen Welt. Finde jemanden, der dich liebt. Viktor, ich verspreche dir, zu versuchen, mich nicht der Welt zu versperren. Das Jetzt zu sehen und es zu leben. Bitte versprich du mir aber, mir weiter zu schreiben.
Klara

Klara musste keine zwei Tage warten, bis sie wieder Viktors Schreiben in der Hand hielt.

Juni
Liebste,

Klara, mein Mädchen. Wie traurig dein Traum bloß war. Was hilft eine Reise nach Venedig, wenn du am nächsten Morgen doch wieder nur einsam aufwachst. Klara, finde jemanden, der dich auf deinem Lebensweg begleiten kann. Ich kann es nicht. Jemanden, der dein Handeln versteht. Der dir eine Stütze ist, wenn du sie brauchst und jemanden der dich lieb... Klara, so lange ich kann werde ich dir Schreiben. Aber für alles andere fehlt mir der Mut. Ich liebe dich, wie nur ein Mann eine Frau lieben kann. Am liebsten würde ich noch viele weitere Seiten an dich schreiben, aber es bleibt mir nicht viel Zeit. Daher küsse ich dich
Dein Viktor

-23-

Den ganzen Sommerlang wartete Klara sehnsüchtig auf einen Brief von Viktor. Im August schließlich griff sie zum Kugelschreiber.

August
Viktor,
Warum höre ich nichts von dir? Ich vermisse unsere Gespräche. Du fehlst mir. Du selbst hast einmal geschrieben, das Leben sei viel zu kurz. Man müsse sich dem Leben stellen und es annehmen, in all seiner Farbenpracht. Junge Menschen, die diese Welt verlassen. Es ist schrecklich, sie haben keine Wahl. Ist es nicht unfair, keine Wahl zu haben? Viele meiner Patienten haben keine Wahl. Über einen möchte ich dir hier schreiben. Er ist so schrecklich krank, er wird sterben - irgendwann. Dieser Mann versprüht so viel Gutes und verfügt über eine Portion Humor. Trotz seiner Krankheit ist sein Geist so stark. Manchmal, wenn wir uns unterhalten springt sein Lebenswille und seine Kraft auf mich über. Viktor, er bringt mich zum Lachen. Verstehst du das? Dieser Mann, den ich sehr schätze und achte, wird bald sterben. Es kann heute, morgen oder vielleicht in drei Monaten passieren. Aber bestimmt waren es letztes Jahr seine letzten Weihnachten. Und dieser Mann bringt mich zum Lachen. In seinen Augen sehe ich viel Liebe. Er hat keine Wahl.

Klara

Schon Tage zuvor hatte sich Klara ein sonnengelbes Kleid aus reinstem Satin besorgt, dazu hatte sie im selben Farbton Riemchen-Stöckelschuhe auf der Kärntner Straße in der Auslage gesehen. Ohne sie anzuprobieren nahm sie diese gleich mit. Es waren die ersten Stücke, welche sich Klara in den letzten zwei Jahren gekauft hatte. Als sie sich am Abend zu Hause fertiggemacht hatte, fand sie ihr Spiegelbild einfach umwerfend. Ihre Haut war von der Sonne leicht gebräunt. Sie sah einfach bezaubernd aus in ihrem knöchellangen Kleid mit dem verführerischen tiefen Dekolleté. Sie entschied sich lediglich für die langen Kristallohrringe, sonst trug sie keinen weiteren Schmuck. Als sie sich im Spiegel betrachtete, fühlte sie sich wieder schlecht. Klara wollte nicht blendend aussehen, sie wollte sich nicht amüsieren, sie wollte sich alleine zu Hause einsperren. Sie fühlte sich schlecht, dass sie es geschafft hatte, gut auszusehen und dass sie sich oben drin auf den Abend freute. Sie schämte sich, sich gut zu fühlen. Sofort verwandelten sich ihre großen Augen in einen tiefen dunklen See. Am liebsten wollte sie das Kleid von sich reißen und sich auf den Grabstein ihrer Tochter legen. Klara war aber eine erwachsene Frau, die ihre Vermieterin zu ihrer neuen Familie gemacht hatte. Elena war viel zu weit weg, doch natürlich war sie ihre Mutter, ihre Familie. Aber sonst gab es niemanden mehr. Keine Tanten, keine Onkeln oder gar Geschwister. Es gab einfach nur noch Klara. Sobald sie sich dabei ertappte, in Selbstmitleid zu versinken, trocknete sie vorsichtig ihre Augen. Sie würde es so tun wie schon die Monate davor. Für einen Augenblick würde sie die Party besuchen, sich aber gleich nach der Gesangeinlage wieder verabschieden und hinauf in ihre Wohnung gehen. Vermutlich würde sie ohnehin niemand vermissen. Elena würde den jüngeren Teil der Geburtstag-Gesellschaft mit ihren Anekdoten in ihre Bahn ziehen. Frau Smetana wird sowieso nur Augen und Ohren für ihre Gäste haben, der Herr Hofrat würde vermutlich nicht von ihrer Seite weichen. Frau Smetana würde weiterhin jegliche Art von Liebesbeziehung zum Herrn Hofrat ausschließen und dementieren. Jedoch wer es für jeden, der die beiden kannte, ein offenes Geheimnis, dass sie seine Nähe schätzte. Klara hatte gehört, Jan werde mit Jade zum Fest kommen. Aber der interessierte sie ohnehin nicht. Jade war eine sehr sympathische junge Frau. Viel zu jung für Jan, empfand Klara. Das könnte ein Grund für ihre On und Off Beziehung sein. Und es bestätigte Klara nur darin, dass Jan ein zynischer Narziss war. Petra würde mit Martin die Feier vermutlich noch vor Mitternacht verlassen. Mit ihrem dicken Bauch war es schon ein Wunder, dass sie überhaupt im Stande war heute Abend zu kommen. Bis zur Geburt ihres Sohnes waren es noch ungefähr sieben Wochen, aber in Anbetracht ihres Bauchumfangs konnte es sich entweder um ein Riesenbaby handeln oder die Ärzte hatten sich schlicht und einfach um einige Wochen verrechnet. Gott sei Dank war Frau Smetanas Tochter Maria gekommen. Ihre Sorge, sie könnte einen anderen Termin dem Geburtstag ihrer Mutter vorziehen, hatte sich nicht bewahrheitet. Frau Smetana war schon den ganzen Tag über sehr gut gelaunt. Ihre Aufregung hatte sie verborgen, indem sie immer wieder bei Klara nachgefragt hatte, ob sie auch wirklich an alles gedacht hatten. Klara hatte ihr versprochen, die Gäste in Empfang zu nehmen und sie in den Garten zu führen, wo Frau Smetana und zwei Kellner mit einem Aperitif warteten. Der Herr Hofrat ließ es sich nicht nehmen und versprach, Klara dabei zu unterstützen.

Die ersten Gäste waren bereits vorgefahren. Im Stiegenhaus hörte Klara bereits den Herrn Hofrat die ersten Gäste begrüßen. „So jetzt genug mit Trübsal blasen." Die Tür fiel ins Schloss und Klara lief elegant die Treppe hinunter. Sie sah, wie die Taxis mit Gästen in die Sollingergasse vorfuhren. Das Haus war von außen mit weißen Girlanden beleuchtet. Die Fenster waren mit dicken Vorhängen zugezogen und es flackerte ein warmes behagliches Licht aus dem Haus hinaus. Der Herr Hofrat war erleichtert, Klara gesichtet zu haben. „Anna ist im Garten. Die ersten Gäste sind bereits eingetroffen." „Ich weiß." Elegant begrüßte Klara die nächsten Gäste und wies sie entlang der aufgestellten Feuerfackeln um das Haus herum in den Garten. Gegen 20:00 Uhr waren alle Gäste eingetroffen. Klara hatte alle Gäste auf ihrer Gästeliste abgehackt. Sie war erleichtert, es waren alle gekommen. Niemand hatte in letzter Minute abgesagt. Nun konnte auch Klara das Eingangstor zusperren und sich zu den Gästen gesellen. Auf der Terrasse und im Garten waren Stehtische mit langen weißen Tischtüchern und schwarze Rattanmöbel mit weißen Sitzpölstern verstreut. Die leuchtenden weißen Lampions, welche sich vor dem Haus befanden, zogen sich durch den Garten. Kaum begann sich Klara umzusehen, schon wurde ihr von einem jungen Mann ein Getränk angeboten. Dankend nahm sie es an. Sie stellte sich zu einem der Stehtische und beobachtete immer wieder Umarmungen und Küsse unter den Gästen. Nicht nur Anna Smetana hatte viele von den geladenen Gästen seit Jahren nicht gesehen, auch die anderen hatten sich teilweise seit Jahrzehnten nicht gesehen. Soeben beendete der DJ, die Sechzigerjahre Hintergrundmusik auf der Bühne und machte die Bühne für einen Mann und eine Frau frei. „Guten Abend", sagte die Frau mit einer weichen Stimme ins Mikrofon. Sie wartete ein wenig, bis das Gemurmel unter den Gästen vollkommen verstummte. Dann fuhr sie mit ihre Ansprache und Glückwünschen zu Frau Smetanas Geburtstags fort." Alle prosteten Anna zu. Danach führte der Mann sein Saxophon zum Mund und begann fantastischen Jazz zu spielen. Er trug eine schwarze Hose, sein Oberkörper war nur mit einem weißen gerippten T-Shirt bekleidet und dazu hatte er einen Strohhut auf. Die junge Frau hatte ein einfaches schwarzes Kleid an und lange blonde Haare. Mit ihrer samtigen und zugleich gewaltigen Stimme konnte sie es locker mit so manchen Jazz Musikern aus New Orleans aufnehmen. Frau Smetana sah großartig aus. Ihr Blümchenkleid, welches sie gemeinsam mit Luise letzten Freitag auf der Mariahilfer Straße erstanden hatte, stand ihr wahrhaftig gut. Der Hofrat wich nicht von ihrer Seite. Die Gruppe schien sich blendend zu unterhalten. „Klärchen, wie schön, dich zu sehen. Komm zu uns. Ich möchte dir gerne meine Familie vorstellen", rief Frau Smetana aus der Gruppe heraus, als sie die junge Frau entdeckte. Klara lernte den Bruder und eine Cousine ihrer Vermieterin kennen. Nach einem kurzen Smalltalk entfernte sie sich wieder von der Gruppe und spazierte durch den gefüllten Garten. Dabei lauschte sie der Musik. Die Nacht war klar und der Himmel mit Sternen übersät. Frau Smetana strahlte und ihre Gäste schienen sich wohl zu fühlen. Die Gespräche wurden nur durch die angebotenen Häppchen für einen kurzen Augenblick unterbrochen. Wie aus dem Nichts standen auf einmal die Kellner mit einem Tablett voller Gustostücke vor den Gästen. Bewusst hatte sich Frau Smetana gegen ein Buffet entschieden. Sie konnte ein lästiges Anstehen verhindern. Es war eine elegante Lösung passend zum eleganten Abend. Auf der Tanzfläche bewegten sich mittlerweile einige Paare. Klara wurde von einem jungen Mann, der sich später als Jades älterer Bruder erwies, zum Tanzen aufgefordert. Er war ein unglaublicher Tänzer. Nach einigen durchgetanzten Nummern bat sie ihn, etwas zu trinken zu gehen, sonst müsse sie auf der Stelle verdursten. Jacob, so hieß er, lachte und bestellte ihr ein großes Glas Wasser. Während Klara das Glas auf Anhieb austrank, sah sie Jan, der sich angeregt mit Martin zu unterhielt. Sie hatte sich schon gewundert, denn bis jetzt hatte sie weder ihn noch Jade erblicken können. Es war mittlerweile dunkel geworden und die Gartenbeleuchtung sorgte für ein angenehmes Dämmerlicht. Jan stand mit dem Rücken zu ihr und wurde immer wieder von den anwesenden Gästen verdeckt. Jacob verabschiedete sich von Klara und entfernte sich. Klara wunderte sich über seine Anwesenheit, dann müsste es doch eine ernsthaftere Beziehung zwischen Jade und Jan sein. Warum sonst sollte Jades Bruder auch eingeladen sein? In einer halben Stunde würde die Geburtstagstorte angeschnitten werden und unmittelbar danach sollte die Gesagseinlage stattfinden. Klara war sich plötzlich nicht mehr sicher, ob sie mit dieser Überraschung nicht zu sehr in Frau Smetanas Privatsphäre eingeschritten waren und wollte sich unbedingt nochmals mit Jan absprechen. Das leere Glas stellte sie an die Bar zurück und beschloss, ihre Bedenken zu besprechen. Die kleine Band auf der Bühne spielte fantastischen Jazz und Klara genoss die sanfte Luftbrise, welche von Zeit zu Zeit mit ihrem langen goldenen Haar von Zeit zu Zeit spielte. Es fiel ihr auf, dass das Fest ein voller Erfolg war. Die Gäste lachten, redeten und tanzten. Überall wo sie hinsah, erkannte sie fröhliche Gesichter. Der jüngere Teil der Gesellschaftummelte sich vorwiegend auf der Tanzfläche. Aber auch so manche ältern Semester schwangen das Tanzbein. Als sie nah genug Jan war, sah sie Petra, Martin und Jade beisammen stehen und hörte sie lachen. Schnell wollte sie sich wieder entfernen. Aber es war zu spät, Martin hatte sie bereits erblickt und winkte ihr zu. Am liebsten hätte sie sich jetzt in Luft aufgelöst aber jetzt konnte sie nichts machen, es war weit und breit niemand, hinter dem sie sich hätte verstecken können. Da drehte sich auch

bereits Jan um und erkannte Klara. Ein breites Grinsen füllte sein Gesicht aus. Er flüsterte Martin etwas ins Ohr und kam auf sie zu. Klaras Attraktivität überraschte ihn nicht. Die hatte er bereits bei ihrem ersten Treffen erkannt. „Guten Abend, Klara. Ich habe Sie schon gesucht. Ich wollte Ihnen sagen, dass ich die Idee, Annas Lieder hier zu singen toll finde. Anfangs muss ich gestehen, war ich mir nicht so sicher. Aber wenn ich mir hier die Gäste so ansehe, es sind nur enge Freunde der Familie hier. Ich bin mir sicher, sie wird begeistert sein."
„Guten Abend, Jan. Oh, das hoffen ich", murmelte Klara nervös und wollte sich in Luft auflösen. Auf einmal bemerkte sie, wie Jade hinter Jans Rücken Martin und Petra verließ und sich Richtung Tanzfläche bewegte. Um sich so schnell wie möglich wieder von Jan zu entfernen, fügte sie hastig zu: „Sehen Sie! Ihre Freundin ist gerade dabei, Ihnen zu entwischen." „Freundin?", fragte Jan überrascht. „Welche Freundin?" wiederholte er verwirrt seine Frage.
„Jade" antwortete Klara zögernd.
Jan brach in lautes Lachen aus.
„Oh, nein. Jetzt sagen Sie mir bitte nicht, dass Sie gedacht haben, Jade und ich..." Klara verkrampfte sich und bereute ihre Bemerkung. „Dieser arroganter Mensch...", dachte sie sich. In der Zwischenzeit waren auch Martin und Petra zu ihnen gekommen. Jan lachte noch immer. Die drei wechselten wenige belanglose Worte miteinander. „Weißt du eigentlich, dass du heute Abend nicht einen einzigen Tanzschritt mit mir gemacht hast?", neckte Petra liebevoll ihren Mann. „Darf ich bitten, mein Liebling", flüsterte er

ihr ins Ohr, dabei nahm er sie an der Hand und zog sie auf die Tanzfläche. Wieder standen Klara und Jan alleine da. Klara blickte sich nach einer Möglichkeit um, sich von Jan zu verabschieden. Aber sie gab die Hoffnung gleich wieder auf. Alle um sie herum schienen in Gespräche vertieft zu sein. „Wollen wir einen Drink nehmen, Frau Lang?", fragte Jan. „Ein Drink und dann verabschiede ich mich", nahm sich Klara fest vor. Jan ließ ihr Vortritt und begleitete sie zur Bar. Mit seiner rechten Hand bat er die Gäste höflich etwas zur Seite zu treten, sodass Klara freien Weg hatte. Diese zuvorkommende Eigenschaft war Klara bereits aus der Kirche am Stephansplatz bekannt. Sie bestellte ein Glas Veltliner. Für gewöhnlich trank Klara keinen Alkohol und kannte sich bei Weinen nicht aus. Sie nahm die erste Weinsorte, welche ihr der Kellner empfohlen hatte. Jan bestellte sich einen Whisky. Während sie an ihrem Glas nippte, fiel ihr auf, wie unglaublich gut Jan aussah. In seinem dunkelgrauen Anzug erkannte Klara seinen muskulösen, starken Oberkörper. An der Bar tummelten sich durstige Gäste und so mussten Jan und Klara näher zusammenrücken. Der Duft seines After Shave drang in ihre Nase. „Verzeihen Sie bitte, dass ich vorhin gelacht habe", entschuldigte sich Jan. „Ich habe den Eindruck Sie mögen mich nicht, nicht wahr?", fragte Jan geradeaus. Irritiert über diese direkte Frage, beschloss sie, ehrlich zu sein. „Nein, nicht besonders." Ihre Kehle war trocken und sie bestellte sich noch ein Glas Wasser zu dem Wein. Auf gar keinen Fall wollte sie heute mit Jan über ihre grundlegende Abneigung gegen ihn

sprechen. Klara hoffte Jan würde jetzt nicht näher darauf eingehen und sie in Ruhe lassen. Vorsichtig blickte sie sich um, um Jade zu entdecken. Aber es schien ihr nichts auszumachen, dass Jan und Klara alleine an der Bar standen. Vermutlich führten Jan und Jade eine rein sexuelle Beziehung. „Guten Abend, Jan", hörte Klara eine fremde Stimme dicht neben ihr sagen. Neben ihr stand eine Frau in ihrem Alter. Ihr kurzes, rotblondes Haar war mit Gel streng nach hinten gekämmt. Sie hatte viele Sommersprossen im Gesicht und hellgrüne Augen. Das olivgrüne Kleid unterstrich ihre äußerst sportliche Figur. Als sich Jan umdrehte und die Frau vor sich stehen sah, erstarrte sein Gesichtsausdruck. „Hallo, Alexandra", gab Jan trocken zurück. Es war nicht zu übersehen, dass Jan mit Klara an der Bar stand, dennoch würdigte diese Alexandra seine weibliche Begleitung mit keinem Blick.
„Du siehst gut aus", sagte sie.
„Was machst du hier?" fragte Jan, mit einer für Klara völlig unbekannten harten Stimme. „Sei mir nicht böse. Ich hörte von Annas Party und wollte dich wieder unbedingt wiedersehen. Da habe ich sie angerufen und ihr mitgeteilt, dass ich zu der Zeit gerade in Wien bin und mich sehr freuen würde, euch alle wiederzusehen. Wir kennen doch alle die liebe Anna. Gütig wie sie ist, hat sie mich prompt eingeladen."
„Verstehe. Dann wünsche ich dir einen schönen Abend und amüsiere dich."
Jans Stimme wirkte fast schon zornig. Einen kurzen Augenblick standen alle drei da, ohne ein Wort zu sagen. Dann tauchte plötzlich aus dem

Nichts ein junger, sehr junger, Mann auf und umschlang von hinten Alexandras Hüfte.
„Da bist du ja mein Schatz. Komm, lass uns tanzen." „Jan ich muss dich heute noch sprechen," sagte sie und verschwand mit dem jungen Mann auf der Tanzfläche. Klaras Blick wanderte zu Jan. Er rang nach Fassung. Seine warmen Augen wurden schmal und zornig. Unsicher, was sich gerade vor Klaras Augen abgespielte hatte und ahnend, dass diese Alexandra einmal eine große Rolle in Jans Leben gespielt haben musste, nippte Klara zum zweiten Mal an diesem Abend an ihrem Glas Veltliner. Von der Seite betrachtete Klara Jan und auf einmal erkannte sie, dass vor ihr ein sehr verletzter Mann stand. Noch immer versteinert und nach Fassung ringend, entschuldige sich, über den Vorfall von soeben. „Machen Sie sich bitte keine Gedanken um mich", erwiderte Klara und merkte, wie unangenehm ihm die Situation war. Jan tat Klara irgendwie leid. Seine Arroganz war verflogen und vor Klara stand ein gebrochner Mann, dem offensichtlich einmal sehr wehgetan wurde. Schließlich fragte Jan, ob sie mit ihm tanzen möchte. Sanft nahm er ihre Hand und führte sie auf die Tanzfläche. Er zog Klara nah an seinen Körper. Ihre Blicke trafen sich, sie waren sich sehr nah. Für einen kurzen Augenblick hielt Klara inne, wieder erinnerte sie sich an ihre weichen Knie beim Stephanplatz. Doch dann setzte Jan zum ersten Schritt auf und noch bevor sie etwas sagen konnte, schwebte er mit ihr über die Tanzfläche. Jan entpuppte sich als ein grandioser Tänzer. Klara musste gar nichts machen, sondern sich einfach von ihm führen

lassen. Es war das erste Mal seit Richards Scheidung, dass sie einem Mann so nahe stand, wie in diesem Augenblick. Zum ersten Mal nach sehr langer Zeit fühlte Klara Leben in sich. Vermutlich hätten sie diesen Abend durchgetanzt, wenn nicht schließlich die Fanfaren und die Geburtstagstorte mit der angezündeten Wunderkerze auf dem Servierwagen vorgefahren wäre. Der Herr Hofrat kam auf die kleine erhöhte Bühne. Die Sängerin übergab ihm das Mikrophon. „Liebe Anna, dein Fest ist wundervoll. Du bist wundervoll. Jetzt haben wir beide schon einige Jahrzehnte auf dem Buckel und etliche davon kennen wir uns. Gerne möchte ich das Glas auf die Frau erheben, welche ich aus tiefstem Herzen schätze. Ludwig war einer meiner besten Freunde und ich respektiere ihn und seine Ehe mit dir. Ich weiß er ist mir nicht böse, wenn ich jetzt zu dir sage: Anna, ich trinke noch auf viele Jahre mit dir und ich liebe dich." Dann ging er von der kleinen Bühne hinunter, nahm sein Glas, prostete ihr zu und küsste sie liebevoll auf die Wange. Die Menschen rundherum klatschten in die Hände und sangen ein Geburtstagständchen. Zwei Kellner verteilten die vorgeschnittenen Tortenstücke.

„Ich denke, jetzt ist der Augenblick gekommen, um Anna ihre Songs zu spielen," wandte sich Klara an Jan, nachdem der Servierwagen mit der verspeisten Torte abgefahren war. „Ja. Sie haben recht." Klara gab der Sängerin ein Zeichen und diese nahm wieder das Mikrophon in die Hand und begann, Frau Smetanas selbstkomponierte Lieder zu singen. Anna traute ihren Ohren nicht, als die Sängerin ihre Lieder sang.

„Möchten Sie zu mir kommen und vielleicht lieber selbst singen?", unterbrach die Sängerin ihren Gesang. Ohne zu zögern stand Frau Smetana auf und steuerte auf die Bühne zu. Ihre Stimme konnte nicht mehr die hohen Töne erreichen, die sie vermutlich in jungen Jahren erreicht hatte. Aber sie war immer noch sehr kraftvoll und schön. Anna fühlte sich großartig. Die Gäste lauschten und bewegten sich im Rhythmus der Musik. Es herrschte eine entspannte, ausgelassene Stimmung. Klara war erleichtert, und Frau Smetana war sichtlich gerührt. Jan wich noch für eine sehr lange Zeit nicht von Klaras Seite. Seit Alexandras Auftreten war Jans Unbekümmertheit an diesem Abend verflogen. Mit keinem Wort fiel der Name Alexandra. Dafür war Jan Klara sehr dankbar. Es fiel ihm auf, wie vorsichtig Klara war. Jan hatte das Gefühl, Klara schon eine Ewigkeit zu kennen. Sie lasen dieselben Bücher und träumten von denselben Städten. Schließlich wagte Klara zu fragen, warum Jan gelacht hatte, als sie ihn und Jade als Paar titulierte. Es war ihr aufgefallen, dass Jade sich den ganzen Abend nicht mit Jan unterhalten hatte. Stattdessen amüsierte sie sich mit ihrem Bruder. Jan schaute in Klaras warme Augen, die so viel Liebe ausstrahlten. Am liebsten wollte er jetzt ihr Gesicht in seine Hände nehmen und ihre Lippen behutsam küssen. „Jade ist das Patenkind meiner Eltern", entgegnete er stattdessen. Sie ist die sogenannte Tochter, die sie nie hatten. Meine Eltern holten sie in den Sommerferien immer zu sich nach Wien. Und so alle zwei Jahre haben sie Jade in Argentinien besucht. Ihre Mutter ist bei der Geburt ihres jüngsten Bruders gestorben.

Und als ihr Vater gehen musste, war sie gerade vierzehn Jahre alt und musste sich um ihre zwei jüngeren Brüder kümmern. Es war nicht leicht für sie. Schließlich überredete meine Mutter meinen Vater, Jade ganz nach Wien zu nehmen. Ihre zwei Brüder konnten bei der Schwester der Mutter wohnen. Und Jade hatte gerade das richtige Alter um, in Wien eine gute Schulausbildung zu machen. Es war nicht einfach, weil sie nur gebrochen Deutsch sprach. Aber Jade musste in ihrem jungen Leben bereits so viel Schlechtes ertragen, dass sie für ihre Chance dankbar war, und sehr fleißig in der Schule lernte. Letztes Jahr hat sie maturiert und heute befindet sie sich im zweiten Semester zur Hebammenausbildung. Danach will sie zurück nach Argentinien. Und ich wurde von meiner Mutter beauftragt mich, solange sie noch in Österreich ist, um sie zu kümmern. Sie hat große Sorge, dass Jade an einen ausgefuchsten jungen Mann geraten könnte. Du musst wissen Jade ist sehr jung, unerfahren in Bezug auf Männer und so mancher könnte ihre grenzenlose Hilfsbereitschaft falsch verstehen."
„Und wo wohnt sie?"
„In der Wohnung meiner Eltern. Und da ich sie nicht mit meiner Anwesenheit konfrontieren wollte, und meine Mission bei „Ärzte ohne Grenzen" zu Ende ging, bat ich meine Tante um Unterschlupf, bis ich etwas Eigenes gefunden habe. Ich wollte bereits vor Monaten ausziehen, aber meine Tante wünschte sich ein volles Haus. Die Wohnung oben ist wirklich sehr nett und für mich alleine reicht sie vorläufig aus, also habe ich ihr versprochen, nicht so schnell auszuziehen.

Maria kommt sowieso nur dann nach Wien, wenn sie eine Ausstellung hat. Schon als Kind war sie unbeirrt ihren Weg gegangen."

Jetzt kam sich Klara wirklich dumm vor. Tatsächlich hatte sie gedacht, Jade sei Jans Geliebte.

„Jetzt sagen sie bloß nicht, sie hätten gedacht, dass Jade und ich..." Er verstummte. „Darf ich dich unter vier Augen sprechen, Jan?" Alexandra stand wieder dicht hinter ihnen.

Jans Augen funkelten vor Zorn, trotzdem bat er Klara um Verzeihung und verschwand mit Alexandra im hinteren unbeleuchteten Teil des Gartens. Klara schaute ihnen nach, bis sie völlig in der Dunkelheit verschwanden. Petra kam auf Klara zu, um sich von ihr zu verabschieden. Dann flüsterte sie ihr ins Ohr: „Jan ist ein großartiger Mann. Morgen rufe ich dich an und du musst mir alles erzählen. Verstanden? ALLES.". Mit einem herzlichen Kuss verabschiedeten sie sich. Klara freute sich über das Babyglück ihrer wiedergewonnen Freundin. Dass sie sich in Jan getäuscht hatte, wusste sie mittlerweile selbst. Sie ergriff die Chance und verschwand unbeobachtet, genau wie sie es vorhatte, still in ihrer Wohnung. Oben stand sie noch eine Weile in ihrem dunklen Zimmer am Fenster und betrachtete das fröhliche Treiben im Garten. Dabei ertappte sie sich, Jan und Alexandra im Garten zu suchen. Schließlich erkannte sie dort zwei Silhouetten, die sich angeregt unterhielten. „Die beiden scheinen einiges zu besprechen zu haben", dachte sich Klara. Während sie in ihrem Bett der Musik lauschte, drehten sich ihre Gedanken um den heutigen Abend. Wie Frau

Smetana zu Tränen gerührt war, als die Sängerin plötzlich ihre Texte gesungen hatte, und der Herr Hofrat, der keine Sekunde von ihrer Seite gewichen war, und sie anbetete. Petra, die mit ihrem dicken Bauch mit Martin engumschlungen getanzt hatte und Jan und Alexandra, die sich offenbar viel zu sagen hatten? Klara fragte sich wie nahe sie sich standen oder vielleicht in der Vergangenheit gestanden waren. Und sie musste schmunzeln, wie sehr sich in Bezug auf Jade und Jan getäuscht hatte. An diesem Abend und in dieser Nacht dachte sie an alle anderen, nur nicht an ihre Tochter.

-24-

Am nächsten Morgen holte der Herr Hofrat Anna pünktlich zu einem Frühstück Brunch ab. Sie war mit einigen Gästen zu einem Abschiedsbrunch verabredet. Klara machte sich einen kräftigen Kaffee. Dazu toastete sie sich eine Scheibe Brot und nahm aus ihrem leeren Kühlschrank ein Glas Marillenmarmelade heraus. Während sie auf ihrem kleinen Balkon ihr Frühstück einnahm, fiel ihr ein seit Tagen ihr Postfach nicht geleert zu haben. Sie unterbrach das Essen, schlüpfte in ihren Morgenmantel und lief hinunter, um nachzusehen, ob da vielleicht Post für sie lag. Es waren einige Werbeprospekte drinnen und ein cremefarbenes Kuvert. Seit der damaligen Unterbrechung schrieben sich Klara und Viktor wieder fast täglich Briefe. Aufmerksam las sie seine Zeilen. Sie nippte an ihrem mittlerweile kalten Kaffe und begann, Viktor von gestern Abend zu berichten. Sie vertraute Viktor, er war ihr so nahe, wie es Richard zu Beginn ihrer Beziehung gewesen war. Durch die Briefe konnte sie Richard verzeihen. Durch die Briefe fand sie einen inneren Frieden und konnte sich in Ruhe an ihre Tochter erinnern, ohne sofort im Tränenmeer zu ertrinken.
Viele der Gäste hatten ihren Wien-Aufenthalt ausgedehnt, so herrschte in der Sollingergasse in den nächsten Tagen ein reges Kommen und Gehen. Am Mittwoch nach Annas Fest verreisten

alle gemeinsam nach Prag. Frau Smetana wurde vom Herrn Hofrat begleitet. Er selbst fühlte sich wie ein Mitglied ihrer Familie und Anna machte keine Anstalten mehr, alles in ihrem Leben alleine bewältigen zu müssen. Die beiden turtelten miteinander und genossen ihre späte, tiefe Zuneigung für einander sehr. So manche jungen Paare könnten von Anna und dem Herrn Hofrat so einiges lernen. Ihre ansteckende Lebensfreude und die unendliche Dankbarkeit, in ihrem Leben noch einmal einen besonderen Menschen gefunden zu haben. In Prag unternahm die große Gruppe eine kleine Zeitreise in die Vergangenheit. Für einige war es der erste Besuch in ihrer Heimat, seit der Flucht. Anna erzählte Klara, dass die Frau ihres Cousins aus Kanada fast die ganze Zeit über in Prag und Tschechien geweint hatte, als sie die Orte sah, an denen die Familie noch vor einem Jahrhundert vereint gelebt und gearbeitet hatte.

Der Herbst war noch nicht in Sicht. Nur in der Früh musste man sich eine wärmere Jacke überziehen, aber sobald die Sonne wieder die volle Kraft erlangt hatte, gab es spätsommerliche Temperaturen.

Heute Abend waren Jan und Klara zum Essen verabredet. Als Jan Klara von ihrer Wohnung abholte, bereute Klara, ihn nicht nach dem Lokal gefragt zu haben. Er war legere in einer Jeans mit einem Polohemd gekleidet. Sie stand in einem sehr eleganten Kleid vor ihm.

„Ich dachte wir gehen gleich hier zu einem Heurigen", sagte Jan verschmitzt, als er Klara in ihrem bezauberndem Kleid sah, welches absolut nicht zu seinem sportlichen Outfit passte.

„Kommen Sie bitte einen kurzen Augenblick hinein. Ich bin gleich bei Ihnen." Sie trat zur Seite, um Jan in ihre Wohnung zu lassen. Sie bot ihm ein Glas Wasser an und verschwand in ihrem Schlafzimmer. Als sie kaum einen Augenblick später wieder das Wohnzimmer betrat, wo Jan gerade ein Porträt von Nina in seinen Händen hielt, trug sie ebenfalls eine enge Jeans und dazu ein einfaches weißes T-Shirt. „So, ich glaube wir können gehen", lächelte sie ihn an und nahm ihm den Fotorahmen aus der Hand.
„Soeben hat mir eine elegante, wunderschöne junge Frau die Türe aufgemacht und jetzt gehe ich mit dem hübschesten Mädchen aus", stellte Jan laut fest und zwinkerte ihr zu. „Wollen wir gehen?", fragte sie unsicher. „Sehr gerne. Gerne würde ich einen kleinen Spaziergang zu einem Heurigen hier in der Nähe machen. Ist es Ihnen recht?" „Sehr gerne", flüsterte sie, immer noch unsicher, obwohl sie so wunderschön aussah, dass sie eigentlich vor Selbstsicherheit strotzen könnte. Grinzing gehörte zu den angesagtesten Heurigengegenden von Wien. Im Sommer bei einem Heurigen im Garten zu sitzen war ein ganz spezielles Erlebnis. Am oberen Reisenweg mit einer fabelhaften Sicht über Wien ergatterten Jan und Klara sonnige Plätze im Garten. Beim Buffet bestellten sie eine gemischte Platte mit Aufstrichen und frischem Gebäck. Die Kellnerin trug ein grünes Dirndl mit rosa Blümchen drauf. Sie brachte zwei weiße Spritzer. Jan und Klara fühlten sich sehr entspannt und genossen die womöglich letzten Sonnenstrahlen in diesem Jahr.

„Es gab eine Zeit in meinem Leben, da musste ich radikal etwas ändern. Damals dachte ich, die einzige Rettung sei es, mein eigenes Leben hinter mir zu lassen. Heute weiß ich, dass es lediglich eine Flucht vor mir selbst und der anstehenden Entscheidung war", antwortete Jan, als ihn Klara gefragt hatte, wie er dazu kam, für Ärzte ohne Grenzen zu arbeiten. „Ich habe mich bei der Organisation gemeldet und einige Wochen später war ich mitten in einer mir völlig fremden Welt. Anfangs habe ich gedacht, nein, das kann ich nicht machen. Das Elend, die Armut, einfach das Nichts um dich herum. Die Aussichtslosigkeit der Menschen ständig vor Augen zu haben. Es ist grausam das Leid zu sehen, es ist ungerecht. Bei all dem Elend habe ich körperliche Schmerzen bekommen. Bis mir Martin schließlich die Augen für das Wesentliche geöffnet hat. Damals hat er zu mir gesagt: „Junge, schau genau hin. Du bist ihre Hoffnung, du bist im Moment alles, was sie haben. Also versinke nicht im Selbstmitleid, sondern hilf ihnen. Dafür bist du hier." Da wachte ich langsam aus meinem Koma auf. Es war schwerer für mich, das Leid der Menschen zu akzeptieren, als ich es mir eingestehen wollte. Aber ich habe es geschafft. Ich konzentrierte mich auf meine Arbeit. Und dann, wenn es dich packt, wenn du die vielen flehenden Augen siehst, die auf dich warten und dir vertrauen. Wenn du die Dankbarkeit dieser Menschen zu spüren beginnst. Egal, ob jung oder alt, ob Mann, Frau oder Kind. Du denkst nicht mehr nach. Du schaltest einfach dein Gehirn aus und arbeitest. Du arbeitest so viel. Du gehst an deine Grenzen. Du willst möglichst vielen von ihnen helfen. Manchmal, wenn ich in der Nacht wenige Stunden Ruhe finden konnte, um Kraft für den nächsten Tag zu sammeln, habe ich einfach nur geweint. Es war mir klar, dass mein Tun da unten nur ein Tropfen auf dem heißen Stein ist. Der Mut und der Glaube haben mich in diesen Nächten verlassen. Am nächsten Morgen aber war ich wieder da und habe den Menschen „Hoffnung" gegeben." Jan nahm einen Schluck von seinem Weißen Gespritzen und biss herzhaft in sein belegtes Brot.

„Noch nie habe ich Armut und Reichtum so nah beieinander gesehen", erzählte er dann weiter. „Die besondere Herausforderung war damals für mich, den großen Kontrast zwischen Khayelitsha und Kapstadt, zwischen Arm und Reich, zu akzeptieren. Die Einwohner Khayelitshas leben zumeist in Wellblechhütten auf engstem Raum zusammengepfercht. Im Gegensatz dazu sieht man im nur eine halbe Stunde Autofahrt entfernten Kapstadt die schönsten und größten Häuser, teuersten Autos und die besten Restaurants und Einkaufszentren. Abends fühlte ich mich wie im wohlhabenden Europa und tagsüber habe ich in Afrika gearbeitet." Jan verstummte und blickte auf Wien, welches vor ihm lag, hinunter. „Aus Sicherheitsgründen haben wir nicht in unserem Einsatzgebiet gewohnt, sondern in Kapstadt. Martin, Petra und noch ein Kollege haben uns eine Wohnung geteilt. Unter der Woche wechseln wir uns beim Kochen ab und am Wochenende, falls genug Zeit vorhanden war, organisierten wir den einen oder anderen Ausflug, um auch die schönen Seiten Südafrikas kennenzulernen." Klara lauschte seinen Worten, ohne auch nur einziges Mal zu unterbrechen. Sie war überrascht, wie offen Jan über seine Gefühle sprechen konnte. Sie war über seine Ehrlichkeit beschämt und hörte fasziniert zu. Wieder einmal erschien ihr Jan in einem völlig anderen Licht. Jan war facettenreich. Dennoch hatte er den Grund, warum er vor seinem Leben geflüchtet war, nicht mit einem einzigen Wort angesprochen.

Klara stellte keine Fragen, sie ahnte, dass es ihm sonst unangenehm werden könnte. Mit Schrecken erinnerte sie sich an ihre fünfzehn Jahre Ehe mit Richard, die, wie sich zum Schluss herausgestellt hatte, voller Lügen und Intrigen gewesen war. Oft hatte er sich über seine Frau und über ihre Arbeit als Medizinerin lustig gemacht. Es war ihm unvorstellbar gewesen, wie jemand freiwillig diesen Beruf ausüben konnte. Wie unterschiedlich Jan und Richard waren, dachte sich Klara.

„Und dort hatten sie Martin kennengelernt? „Ja, er leitete die Einheit dort. Wir verstanden uns auf Anhieb. Ich habe sehr viel von ihm gelernt. Er hat die Gabe, in extrem belastenden Situationen Ruhe und Überblick zu bewahren. Er ist ein großartiger Mensch und ich habe einen sehr guten Freund gefunden."

„Und was machen Sie jetzt?" fragte Klara schließlich.

„Als ich zu Weihnachten nach Wien zurückgekommen bin, habe ich mich verloren gefühlt. Ich habe nicht gewusst, wo ich hingehöre. Ich haderte mit meinem Leben und mit der Entscheidung, nochmals einen Auslandseinsatz zu machen. Bis mir dann schließlich bewusst wurde, dass ich dankbar für die Erfahrung war, welche ich in Südafrika sammeln konnte, aber es für mich im Augenblick besser wäre wieder, in Wien Fuß zu fassen. Ich bin Kinderarzt. Ich habe das große Glück gehabt, in der Praxis eines Kinderarztes im Norden von Wien einzusteigen. In einigen Jahren denkt er ans Aufhören. Seine Söhne haben einen anderen Berufsweg eingeschlagen, und so hat er mir seine Praxisanteile zum Verkauf angeboten. Wir kennen uns schon seit Jahren. Er war ärztlicher Leiter an der Neonatologie im SMZ/Ost, als ich dort meine Fachausbildung gemacht habe. Über all die Jahre sind wir in Kontakt geblieben. Bereits vor einem Jahr hat er mir erstmals seine Anteile an seiner Praxis angeboten. Weder er noch ich hatten es mit der Entscheidung eilig. Nach meiner Rückkehr aus Südafrika haben wir Nägeln mit Köpfen gemacht. Der Kindermissbrauch in Südafrika hat mich sehr geprägt. Seit März dieses Jahres bin ich auch als Leiter einer Kinderschutzgruppe teilzeitbeschäftigt. Das lässt sich wunderbar mit meinen Ordinationszeiten vereinbaren." Jan wurde still und seine klaren Augen beobachteten Klara. „Wir sprechen die ganze Zeit über mich. Jetzt zu Ihnen. Seit einigen Monaten wohnen wir Tür an Tür und ich bekomme Sie kaum zu sehen. Wenn ich so darüber nachdenke, weiß ich gar nichts von Ihnen. Nur dass sie scheinbar die Gesellschaft anderer Menschen, abgesehen von meiner Tante, meiden", sagte Jan und wendete seinen Blick von Klara nicht ab. Klara nippte an ihrem Almdudler. Langsam begann sie, ihm über Richard und Nina zu erzählen. Es floss keine einzige Träne. Klara fühlte sich stärker als je zuvor in den vergangen Jahren. Ihre Stimme klang ruhig. Sie erzählte Jan auch, wie sie ohne Elenas Hilfe in der Herrengasse verwahrlost war. Als sie dann mit ihrer kurz zusammengefassten Geschichte fertig war, bemerkte sie, wie sich Jans Gesichtszüge verändert hatten. Er wirkte ernst und erschüttert.

„Das tut mit sehr leid, Klara", sagte er mit heiserer Stimme.

Dieser kleine Satz klang so aufrichtig, wie nur die Wahrheit klingen kann.

„Wäre es möglich, Sie einmal zum Grab ihrer Tochter begleiten zu dürfen?" fragte etwas Jan zögernd. Verwirrt über dieses ungewöhnliche Angebot willigte Klara ein. Als sich die beiden wieder auf den Heimweg machten, war die Sonne bereits untergegangen. Bei ihrer Wohnungstür verabschiedete sich Jan mit einem Handkuss bevor auch er in seiner Wohnung einen Stock höher. Als er sich in seiner Küche ein Glas Whisky einschenkte, verzichtete er darauf, das Licht aufzudrehen. Zurück im Wohnzimmer setzte er sich auf sein Sofa und dachte über Alexandra nach. Und über Klara. An diesem Abend schlief Jan erst in den Morgenstunden ein.

-25-

Am nächsten Morgen klopfte es an Klaras Tür.
„Klärchen, schau, gestern, als ich aus der Stadt heimkam, war gerade der Postbote hier und drückte mir die Post hier für dich in die Hand." Sie reichte ihr ein cremefarbenes Kuvert.
„Er hat wieder geschrieben", sagte sie.
„Danke Frau Smetana, das ist sehr freundlich von Ihnen, mir meine Post zu bringen."
„Wie geht es dir, meine Liebe?" fragte die Dame und blieb an der Türschwelle stehen. Es entging ihr nicht, dass in Klaras unendlich traurigen Augen ein leichtes Funkeln zu sehen war.
„Gut. Ja ich glaube es geht mir gut. Ich habe hier noch Kleinigkeiten zu erledigen, aber wollen wir gemeinsam frühstücken? Ich hole vom Bäcker frische Semmeln und Sie machen uns eine oder mehrere Tassen Tee?", schlug Klara vor. Sie fühlte sich an diesem Morgen wirklich gut.
„Du brauchst keine Semmeln zu holen. Gestern habe ich einen Nusskuchen und frisches Brot gebacken."
„Also wenn das nicht verlockend klingt. Ich bin in einer halben Stunden bei Ihnen."
„Ich freue mich. Gleich werde ich den Hofrat sagen, er soll uns einen frischen Kaffee und Tee machen."
„Der Herr Hofrat ist schon um diese Uhrzeit bei Ihnen?" wunderte sich Klara. Frau Smetana

zwinkerte ihr mit ihren lustigen wasserblauen Augen zu und kicherte wie ein junges Mädchen. Klara machte die Tür zu und schmunzelte.

„Also der Herr Hofrat übernachtet bereits hier." Sie schaute sich um. „In diesem wunderbaren Haus", dachte sie und riss gutgelaunt Viktors Brief auf.

Wenig später saß sie mit Frau Smetana und der Herrn Hofrat beim Frühstück. Dann klingelte das Telefon. Es war Luise, die beiden hatten sich für das kommende Wochenende verabredet.

„Es war ein Fehler Alexandra einzuladen, Friedrich."

„Das habe ich dir gesagt. Aber du meine Liebe hast nicht auf mich gehört. Menschen wie Alexandra ändern sich nicht."

„Friedrich, jetzt sei nicht so streng mit mir. Ich habe einen Fehler gemacht. Spar dir das, Jan hat mir schon die Leviten gelesen", sagte Frau Smetana und kehrte wieder zum Frühstückstisch zurück. Klara schnappte nach Luft. Es war ihr nicht recht, an so einem Gespräch teilzunehmen. Zum Einen, weil sie Jan in den letzten Wochen schätzen gelernt hatte, und zum Anderen, wenn Jan es wollen würde, dass Klara etwas über seine Beziehung zu Alexandra erfahren sollte, würde er es ihr selbst erzählen wollen.

„Ich werde mich jetzt verabschieden", sagte Klara zaghaft.

„Oh, verzeih bitte. Bleib noch, du hast noch nicht einmal deinen Kaffee ausgetrunken."

„Ich bitte um Verzeihung, aber ich denke nicht, dass...". Die Tür ging auf und Jan trat in den Wohnsalon ein.

„Das darf doch nicht wahr sein", dachte sich Klara, als sie ihn hineinkommen sah. Wieder fiel ihr auf, wie verdammt gut er aussah.
„Guten Morgen alle miteinander" begrüßte er fröhlich seine Tante und gab ihr einem Wangenkuss. Dem Herrn Hofrat und Klara reichte er die Hand.
„Klara, da sind Sie ja. Ich habe für heute Abend Karten für David Garrett bekommen. Möchten Sie mich begleiten?"
„Oh, ja sehr gerne", erwiderte Klara im selben Augenblick verschämt und senkte ihren Blick auf ihren Kaffee.
„Gut, dann hole ich Sie heute gegen sechs ab", Jan schmatze seiner Tante noch einmal einen dicken Kuss auf die Wange und verschwand wieder bei der Tür hinaus.
„Wer um Himmels Willen ist David Garrett?", fragte der Herr Hofrat verblüfft. „Ein Geigenspieler", antwortete Klara knapp.
„Also bleib noch ein wenig, bitte", drängte Frau Smetana Klara.
„Klara, bleiben Sie bitte noch, denn ich muss jetzt gehen. Und wie Sie wissen liebt es Anna, in Gesellschaft zu sein", drängte jetzt auch noch der Herr Hofrat. „Ach, du alter Narr. Ich komme auch ganz gut alleine zurecht."
„Ich weiß, mein Täubchen." Der Herr Hofrat verabschiedete sich von Anna Smetana mit einem Kuss auf den Mund. Dann schnappte die Tür ins Schloss und es wurde leise im Haus.
„Ich finde es schön, wenn Jan und du euch anfreundet. Jan ist ein guter Mann. Leider hat er sich vor Jahren Alexandra angelacht." Jetzt wollte es Klara einfach wissen. Sie konnte ihre Neugier

nicht mehr überspielen. Auch war es ihr plötzlich egal, ob Jan wollen würde, dass sie mehr über diese Frau erfährt.

„Wer ist diese Alexandra?", platzte es schließlich aus ihr heraus.

„Alexandra ist Jans Ex-Frau."

„Ich wusste nicht, dass ihr Neffe verheiratet war", sagte Klara verblüfft.

„Ja das war er. Aber nicht lange, mein Mäderle", seufzte Frau Smetana. „Alexandra hat mich wenige Tage vor meinem Fest angerufen. Sie konnte nicht einmal den Grund ihres Anrufes erwähnen und schon habe ich sie übereifrig zu meinem Fest eingeladen. Ich weiß gar nicht, was ich mir dabei gedacht habe. Ich dachte Jan hat seine Krise überstanden und die beiden könnten miteinander neu verhandeln. Aber da habe ich mich offensichtlich ordentlich getäuscht." Frau Smetana schaute nachdenklich und goss sich noch eine Tasse Kaffee ein.

„Das war nicht richtig von mir, ich hätte Jan fragen müssen. Ich bin eine dumme alte Frau."

„Wie hat Jan darauf reagiert?" fragte Klara, denn wie heute erinnerte sie sich, wie erstarrt Jan gewesen war, als plötzlich diese überaus attraktive Frau vor ihm gestanden war.

„Jan ist ein sehr guter Mensch. Mit viel Feingefühl und viel Respekt mir gegenüber. Wir beide schätzen uns sehr, aber diesmal hat er mir am nächsten Morgen ordentlich die Leviten gelesen. Ach, wie recht er hat. Wie konnte ich bloß annehmen, dass sie sich jetzt plötzlich einigen könnten. Zuviel war passiert und zu lange ist es her", seufzte Frau Smetana. Klara hatte Mitleid mir ihrer Vermieterin, denn sie schien wirklich zu bereuen, Alexandra eingeladen zu haben.

„Frau Smetana, bestimmt hat ihnen Jan schon verziehen. Machen Sie sich darüber keine Gedanken mehr. Jan ist ein erwachsener Mann und so wie ich ihn kennengelernt habe, hat er genug Stärke, um darüber zu stehen", sagte Klara bestimmt, war sich dessen aber überhaupt nicht sicher. Eigentlich kannte sie Jan nicht gut genug, um das mit Sicherheit behaupten zu können. Klara trank ihren Kaffee aus und aß den herrlichen Nusskuchen auf. Dann verabschiedete sie sich von ihrer Vermieterin. Zurück in ihrer Wohnung las sie nochmals Viktor Zeilen.

September
Liebste,

heute war ein wunderschöner Sonntagmorgen. Der hellblaue Himmel deckte den Rasen und Blumenbeete ab. Ich lief sofort barfuss hinaus. Der Morgentau küsste meine Füße wach. Du warst nicht bei mir, also flüsterte ich, damit du mich ja hörst, von welchen Schönheiten ich umgeben bin. Ich legte mich auf den Boden zu den Blumen, die Sonne kitzelte mich am ganzen Körper. Ein erotisches Verlangen nach dir übermannte mich. Klara, verzeih, mir bitte, dass ich dir so etwas schreibe. Aber ich vermisse dich. Ich habe tausend Fragen an Dich. Ich will dich küssen. Ich will mit dir zusammen sein. In der Wiese liegend hoffte ich, du kämst angeflogen zu mir, wie ein Vögelchen. Klara, ich liebe dich. Aber unsere Wege werden sich schon bald für immer

trennen. Vermutlich habe ich nur deshalb den Mut, dir solches Zeug zu schreiben. Gestern Nacht träumte ich wieder mal von dir. Du kamst wie immer nach der Arbeit nach Hause. Es war schön, endlich deinen Wohnungsschlüssel in unserer alten Tür rascheln zu hören.
„Hallo, Schatz", riefst du mir schon im Vorzimmer zu. „Hier bin ich wieder", sagtest du zu mir, ich lächelte. Du wusstest, dass ich dich liebe. Deine zarten Hände klammerten sich an meine Schulter und deine heißen Lippen küssten jeden Zentimeter meines entblößten nackten Körpers ab. Wir liebten uns, sehr lange diese Nacht. Klara, ich glaube du wusstest es, dass ich dich in dieser Nacht verlassen wollte. Ich hatte nicht die Kraft dazu. Du bist eine großartige Frau, welche sehr viel Leid in ihrem Leben ertragen musste. Leid, das man nicht in Worte fassen kann. Klara, eines Tages wird jemand kommen, und deine Hand halten, wenn du sie brauchen wirst. Gerne wäre ich derjenige, aber die Zeit arbeitet gegen mich und so weiß ich, dass dies vielleicht mein letzter Brief an dich ist. Klara, gib dich nicht auf. Du bist eine großartige Ärztin. Eine Ärztin mit Herz. Es besteht die Gefahr, dass man die Schönheiten des Lebens übersieht. Der Mensch ist nicht dazu geboren, um alleine durch die Welt zu streifen. Gib deinem Leben eine Chance. Mit deiner Selbstzerstörung holst du niemanden ins Leben zurück. Öffne Dein Herz für die Liebe und liebe. So wie wir uns heute Nacht in meinem Traum geliebt haben. Es wird finster und ich wünschte mir, meinen Kopf an deiner Schulter zu lehnen. Ich wünschte, dich streicheln und dich küssen zu können.

In tiefster Freundschaft

Dein Viktor

Viktors Briefe hatten in letzter Zeit an erotischer Bedeutung zugenommen und schon in einigen Briefen davor hatte Viktor Klara unmissverständlich seine Liebe zu ihr kundgemacht. Klara musste sich eingestehen, dass es ihr immer mehr und mehr schwer, dieses Thema in Viktors Briefen zu ignorieren. Sie verspürte kein sexuelles Verlangen, aber sie fühlte wie recht Viktor hatte. Der Unfall lag an die zweieinhalb Jahre zurück. Über all die Ehejahre war Klara Richard treu ergeben gewesen. Nach Ninas Geburt hatte Richard sehr bald das Interesse an Klara verloren. Als Klara aus dem gemeinsamen Schlafzimmer ausgezogen war, war Nina noch ein Kleinkind. Klara hielt Viktors Brief in der Hand und las ihn ein weiteres Mal. Sie konnte sich nicht erinnern, wann sie das letzte Mal in den Armen eines Mannes gelegen war. Wann sie das letzte Mal die zarten Worte „Ich liebe dich" gehört hatte. Sie war vierzig Jahre alt. In ihrem bisherigen Leben hatte sie kaum Liebe erfahren. Viktor hatte recht. Sie hatte sich aufgegeben, aber nicht erst nach dem Unfall. Klara hatte sich schon während ihrer unglücklichen Ehe mit Richard aufgegeben. Ohne einen weiteren Gedanken nahm sie ein Blatt Papier heraus und schrieb sofort zurück.

September
Viktor,

was für ein schöner Name. Viktor, heißt du überhaupt so? Langsam zweifle ich an dem Namen, manchmal nehme ich deine Briefe und rieche an ihnen um dich zu spüren. Nur so kann ich akzeptieren, dass es dich da draußen gibt. Ich komme mir wie ein blinder Mensch vor. Jeden Tag denke ich, bist du hier bei mir? Beobachtest du mich gerade?
Viktor, ich weiß nicht, weshalb du dich entschieden hast gerade mir zu schreiben. Es wird schon einen Grund geben, warum sich unsere Wege gekreuzt haben. Sehr gerne hätte ich ein Gesicht zu dieser wunderschönen Schrift und den klugen Worten gehabt. Für diesen Schritt fühle ich mich allerdings nicht stark genug. Deine Worte sind es, die meine Seele ruhen lassen, deine Worte sind es, die mir Mut für den nächsten Tag geben. Ich liebe und schätze deine Briefe sehr. Mein lieber Viktor, ich verspreche dir, in Zukunft auf mich aufzupassen. Es ist schon sehr sehr lange her, dass jemand Worte dieser Art zu mir gesagt hat. In Wahrheit kann ich mich gar nicht mehr daran erinnern, so lange ist es schon her. Gerne würde ich meine Fantasien spielen lassen. Aber ich fürchte, ich bin zu feig dafür. Viktor, wie soll unser Gedankenaustausch weitergehen? Warum schreibst du mir wieder, vermutlich sei es dein letzter Brief?
In tiefer Freundschaft

Klara

Fest entschlossen, den Kontakt zu Viktor nicht abrechen zu lassen, brachte sie diesen Brief sofort auf das Postamt. Sie schaute auf die Uhr. In ein paar Stunden würde sie von Jan zum Konzert abgeholt werden. Sie ging noch ins Spital. Neumann hatte sie angerufen. Es gab zwischen ihren und seinen Ergebnissen kleinere Unstimmigkeiten, die er noch gerne abgleichen wollte. Es war ein herrlicher Herbsttag. Beim Betreten des Spitals traf sie Fiedler.
„Sie schon wieder da?" wunderte sich Klara.
„Nein, Frau Doktor. Ich hatte mit Dr. Neumann nur etwas zu besprechen – privater Natur", fügte Fiedler bei und lächelte.
„Was machen Sie denn hier? Es wurde mir gesagt, Sie haben heute ihren freien Tag?", fragte Fiedler neugierig.
„Sie haben sich nach mir erkundigt?", lächelte Klara.
„Dr. Neumann hat mich angerufen. Wir haben etwas zu besprechen. Wird nicht sehr lange dauern."
„Darf ich Sie auf einen kurzen Kaffee einladen?", fügte Fiedler noch schnell bei. Er hatte Angst, sie könnte sich gleich von ihm verabschieden und er sähe sie nie wieder.
„Ja, gerne." Sie schaute kurz auf die Uhr. Sie hatte tatsächlich noch etwas Zeit. Die Kantine war halb leer und nur wenige Patienten saßen an einigen Tischen mit ihren Besuchern. Sie nahmen gleich beim Fenster Platz.
„Dr. Lang, ich habe nie Gelegenheit gehabt, mich bei Ihnen für Ihre professionelle und liebevolle Unterstützung zu bedanken."

„Was meinen Sie? Ich habe doch nichts getan!", wunderte sich Klara, als sie Fiedlers Worte gehört hatte.
„Ich weiß, Sie werden jetzt sagen, es ist ihr Beruf. Sie sind Ärztin und Sie haben nur ihre Pflicht getan. Und vermutlich haben Sie recht. Aber wenn man in meiner Situation ist, ist man für jedes friedliche Wort. für jede menschliche Empfehlung und jedes Gespräch dankbar, das man bekommt. Ich habe nicht den Eindruck, dass, Sie immer als Ärztin zu mir gesprochen haben. Wie oft haben Sie meine Hand gehalten und mir Mut zugesprochen?
„Entsetzt schaute Klara Fiedler an. Sie hatte keine Ahnung, wovon er soeben gesprochen hatte. Natürlich war ihr bewusst, dass Sie Fiedler mochte. Bald erkannte sie seine weiche Seite, die hinter seiner Krankheit verborgen war.
„Klara, es gibt nicht viele Ärzte von ihrer Sorte. Auch wenn Sie, mich eventuell symphatisch finden." Fiedler schmunzelte bei seinen Worten. Klara stockte.
„Nein, ich sehe nur ihre Augen, welche seitdem ich Sie kenne, unendlich traurig sind." Fiedler berührte ihre Hand. „Klara, Sie sind eine großartige Ärztin. Ich habe mich jetzt mit Dr. Neumann getroffen, er erprobt an mir neue Medikamente, welche international zugelassen werden sollen. Die Nebenwirkungen sind nicht zur Gänze bekannt. Ich berichte ihm über mein Befinden. Vor ein paar Wochen saß ich in seinem Büro, als er ein Telefongespräch aus den USA erhalten hatte. Ich war Zeuge eines kurzen Telefonats, bei dem Dr. Neumann sagte, die Medikamente an ausgewählten Patienten zu

testen." Fiedler machte eine kurze Atempause. Klara bemerkte, dass ihm das Atmen bereits schwer fiel.
„Ich wusste gar nicht." Sie verstummte wieder.
„Was wussten sie nicht, Klara?" Fiedler hielt noch immer ihre Hand in seiner. Seine Hände fühlten sich kalt an, aber seine Haut war weich. Es war ihr aufgefallen, wie gepflegt seine Hände waren. „Wie lange wird er wohl noch so weiter machen können?", fragte sich Klara. Seine Lebenskraft entglitt aus seinem Körper, Tag für Tag. Seit seiner letzten Operation im Frühjahr dieses Jahres war Klara aufgefallen, dass er dünner und blasser als sonst aussah. „Frau Doktor, wie viele Monate geben Sie mir? Oder sollen wir lieber von Wochen sprechen?" Fiedler schaute Klara mit seinen stechend blauen Augen an und seine Gesichtszüge erstarrten. Klara saß neben Fiedler in der Spitalskantine und war nicht bereit diesem Mann, welchen sie im Laufe der Jahre sehr zu schätzen gelernt hatte, ins Gesicht zu sagen, dass er diese Weihnachten nicht mehr erleben werde. Aber ihre Achtung vor ihm war größer und unter keinen Umständen wollte sie ihn anlügen. Fiedler war nicht der Typus Mensch, der leeren Worten Glauben schenkte. Fiedler wusste allzu gut selbst, dass seine Tage gezählt waren.
„Herr Fiedler, jetzt denken Sie bitte nicht an die Zukunft. Die wird uns sowieso alle einholen. Genießen Sie jeden Tag, solange es Ihnen Ihre Mobilität und die Schmerzen zulassen, verreisen Sie. Irgendwohin, wo Sie noch nie gewesen sind, und immer schon hinfahren wollten. Machen Sie einfach die Dinge, die Ihnen Spaß machen."

Verdutzt über so viel verborgene Offenheit verharrte Fiedler in seiner Starrheit.
„So schlimm steht es bereits um mich? Seine Lippen setzten zu einem gequälten Lächeln an."
„Die neue Therapie, welche Sie mit Dr. Neumann testen," fing Klara mit leiser Stimme an, „soll der Baustein für die neue Revolution der Krebsbehandlung sein." Ihre Stimme verstummte. Tatsächlich handelte es sich um eine neue Form der Therapie. Experten sprachen sogar bereits vorsichtig von dem Sieg über diese Krankheit. Aber Klara wusste genauso wie Fiedler, für Fiedler müsste es sich um ein Wundermittel handeln, um ihn noch zu retten. Und das war es mit Sicherheit nicht.
„Herr Fiedler, es sollen mehr Menschen wie Sie geben auf dieser Welt. Trotz ihrer Erkrankung haben Sie Ihren Sinn für Humor nicht verloren. Sehr oft habe ich Sie beobachtet, als Sie im Spital anderen Patienten Mut zugesprochen haben oder einfach nur Ihre Hand gehalten. Sie sind ein wunderbarer Mensch und ich bin stolz, Sie zu kennen."
„Oh, Sie haben mich beobachtet?", schmunzelte Fiedler. Beschämt senkte Klara ihren Blick auf ihre mittlerweile leere Tasse und spielte mit dem kleinen Löffel. „Das ist mir entgangen. Schade, ich hätte es gerne bemerkt. Frau Doktor, ich weiß genau, wie es um mich steht. Ich bin Dr. Neumann und seinem Team unendlich dankbar. Sie alle haben Ihr Menschenmöglichstes unternommen, um mich von dieser fatalen Erkrankung zu erlösen. Der Krebs ist nun mal noch nicht gut genug erforscht, um ihn zu heilen. Vielleicht gelingt es im nächsten Jahrhundert

einem tüchtigen Medizinforscher ein Medikament gegen diese Krankheit zu finden. Und vielleicht wird man eines Tages Krebs wie heutzutage Grippe behandeln können oder jemand findet eine Impfung gegen diese Erkrankung. In diesem Leben geht sich eine Heilung für mich nicht mehr aus", seufzte Fiedler und ließ Klaras Hand los.

„Lassen Sie Dr. Neumann von mir grüßen", sagte er zum Abschied. Fiedler beglich die Rechnung und verabschiedete sich von Klara. Sie schaute ihm noch eine Weile nach, bis er hinter der Glastür verschwunden war. Danach steuerte sie langsam in Neumanns Büro.

Jan war pünktlich an Klaras Tür gestanden. Diesmal waren sie beide passend zueinander angezogen. Beide trugen ihre Blue Jeans. Klara trug ein einfaches weißes T-Shirt mit einem grauen Sakko. Ihre Haare waren hinter zu einem Pferdeschwanz zusammengebunden, wodurch ihre kleinen Steckohrringe zur Geltung kamen.
„David Garrett wartet auf uns. Darf ich bitten?" Mit diesen Worten begrüßte er Klara, als sie ihm die Tür geöffnet hatte. Die Stadthalle war voll und zu Klaras Überraschung war dort sowohl junges wie älteres Publikum anzutreffen. Die Stimmung war fantastisch. Es gab viele berührende Momente. Auch Klara und Jan waren von der überwältigenden Stimmung berührt. Als sie anschließend gemeinsam bei einem Würstelstand einen Käsekrainer aßen, wurde Klara bewusst, dass sie den Abend mit Jan wirklich sehr genossen hatte. Sie schaute ihn lange an und obwohl ihr klar war, dass sie diesen schönen Abend vielleicht kaputt machen würde, wagte sie es doch zu sagen. Ihre Sorge um Anna Smetana war einfach zu groß. „Heute Morgen beim Frühstück hat ihre Tante kurz Alexandra angesprochen. Eine Scheidung ist keine schöne Sache. Und ich glaube, es tut ihr immer nicht sehr Leid, Alexandra ohne Ihr Wissen, zu ihrem Geburtstag eingeladen gehabt zu haben."

„Machen sie sich keine Gedanken darüber. Ich kenne Anna von meiner Geburt an. Sie ist jemand, der die Welt verändern möchte. Jemand, der aus dem Bauch entscheidet und bestimmt niemanden verletzten möchte. Alexandra und ich haben uns nicht sehr gut gekannt, als wir geheiratet haben. Sechs Monate nach der Hochzeit bekamen wir Zwillinge. Sie waren auch der Grund für die überstürzte Hochzeit. Die Trauung fand in Tirol statt, wo Alexandra herkam. Ich überließ ihr die Vorbereitungen, denn ich verlor sowieso bald den Überblick. Die meisten Gäste kannte ich sowieso nur von Erzählungen. Sogar ihre Eltern habe ich erst am Abend vor der Trauung kennengelernt. Alexandras Familie ist sehr wohlhabend und sie ließen es sich nicht nehmen, die Kosten für die Hochzeit zu tragen. Alexandra hat das Angebot ihrer Eltern angenommen und gab es mit vollen Händen aus. Bei der Planung der Hochzeit war Alexandra nichts groß und exklusiv genug. Es kamen insgesamt an die dreihundert Gäste. Die Damen aus ihrer Familie trugen alle Hüte bei der Hochzeit. So viele Hüte auf einmal habe ich noch nie gesehen. Meine Familie befand sich in der Minderheit. Aber meine drei besten Freunde Matthias, Johannes und Ferdinand machten das mit unterhaltsamen Spielen. Es wurde ausgelassen und mit viel Wein gefeiert. Erst in den Morgenstunden hatten die letzten Gäste in ihre Betten gefunden. Ich denke das war auch die einzige Zeit, in der ich mit Alexandra glücklich war. Während ich arbeitete, hat sich Alexandra zu Hause gelangweilt. Obwohl sie damals bereits seit einigen Jahren lebte, konnte sie keine wirklichen Freundschaften schließen. Und bevor ich mich an den Gedanken gewöhnen konnte, Ehemann und Vater zu sein, war sie samt der Kinder auch schon wieder weg. Die Scheidung verlief schnell. Wir haben versucht, uns wie kultivierte Erwachsene mit viel Verantwortungsgefühl für ihre Kinder zu benehmen. Von nun an verbrachte ich meine rare Freizeit im Auto. Ich düste zwischen Kitzbühel und Wien hin und her, bis sie mir eines Tages mitteilte, dass sie nochmals heiraten wollte und ihr neuer Partner es für besten hielt, wenn ich die Kinder nicht mehr besuchen kam. Es war ein harter Schlag für mich, aber auch ich wusste, dass dieses Hin und Herfahren einmal ein Ende haben würde. Es war damals nicht nur ein ungeheurer Zeitaufwand für mich, sondern auch eine psychische Belastung. Als dann endgültig die Entscheidung gefallen war, dass ich mich aus Alexandras und dem Leben der Kinder zurückziehen werde, waren die Zwillinge gerade vier Jahre alt. Ich habe ihnen zu Weihnachten und zu Geburtstagen Karten geschrieben und Geschenke geschickt. Noch nie habe ich eine Karte oder einen Anruf von den Mädchen erhalten, ob meine Briefe oder Geschenke je angekommen waren. Heute müssen die Mädchen neun Jahre alt sein. Ich vermisse sie sehr. Aber über so eine Distanz kann ich meine Vaterpflichten nicht erfüllen." Aus seinem Mund sprudelte es nur so heraus.

„Kurz vor der Party hat sich Alexandra bei Anna gemeldet. Sie wusste, dass ich aus Südafrika zurück war und bei meiner Tante wohnte. Sie hat es geschickt angestellt und Anna am Telefon um den Finger gewickelt. Offensichtlich hat sie so verzweifelt geklungen, dass Anna sie zu ihrer Party eingeladen hat." Jan machte eine lange Pause „Ab nächstem Monat werden die Mädchen vorübergehend bei mir wohnen. Alexandra lebt wegen diesem Jüngling, den sie unverschämter Weise auch zu der Party mitgenommen hat, wieder in Scheidung und ist scheinbar so verliebt, dass sie keine Zeit mehr hat, sich um die Kinder zu kümmern." Jan machte eine lange Pause und fügte nachdenklich hinzu. „Ich weiß gar nicht, was alles auf uns drei zukommen wird. Die Mädchen kennen mich kaum. Auf der einen Seite freue ich mich sehr, sie bei mir zu haben, auf der anderen Seite macht es mir Angst. Ich habe keine Ahnung, welche Pläne Alexandra hegt. Schließlich hat sie das alleinige Sorgerecht für die Kinder. Was ist, wenn ich mich an ihre Anwesenheit schnell gewöhne und dann nimmt sie mir die Mädchen wieder weg? Was ist, wenn die Mädchen ihre Mutter vermissen und die ganze Zeit bei mir nur Mutter nachtrauern?" Jan machte eine kurze Pause.

„Klara, ich habe große Angst. Schon nächstes Wochenende wird Alexandra mir die Mädchen bringen und dann gleich wieder wegfahren. Ich weiß nicht einmal, was sie zu ihnen gesagt hatte. Ich weiß gar nichts. Nur das ich mich darauf freue aber gleichzeitig eine sehr große Angst davor habe." Klara stand wie versteinert gegenüber Jan und konnte nicht fassen, was sie gerade gehört hatte.

-27-

Am nächsten Morgen klopfte Jan an Klaras Tür.
„Klara, Sie haben mir versprochen, Nina mit Ihnen besuchen zu dürfen." Jan stand in der Tür und wusste nicht genau, ob er Klara nicht überrumpelte. „Hmmm, ich dachte, wenn es ihnen recht ist. Vielleicht könnten wir das jetzt tun. Aber nur wenn es Ihnen passt."
„Nina hätte Sie bestimmt gemocht. Kommen Sie herein, ich bin in ein paar Minuten fertig. Ich würde mich sehr freuen, wenn Sie mich begleiten würden", antwortete Klara entschlossen und freute sich aufrichtig, dass Jan sein Versprechen gehalten hatte. „Danke. Es hat mir gestern Abend sehr gut getan, mit Ihnen zu sprechen." Klara zog sich eine Jacke über ihr Kleid. Der Herbst stand dicht vor der Tür und die Tage waren nicht nur kürzer, sondern auch bereits empfindlich kälter. Sie stieg in Jans Z3 ein. Während der Autofahrt sprachen die beiden kein Wort miteinander und als sie sich dem Friedhof näherten, merkte Klara, wie ruhig sie war. Eine innere Kraft, eine Stärke, welche sie schon seit Jahren nicht mehr bei sich wahrgenommen hatte, kam in ihr auf. Klara ging einen kleinen Schritt voraus. Jan folgte ihr leise. Dicht neben Ninas Grab wuchs eine kleine Trauerbirke heran. Nur das Sterbedatum verriet, wie jung dieser Mensch gestorben war. Klara nahm eine frische Kerze aus ihrer Handtasche

heraus und zündete diese an. Dann tauschte sie in der Vase die kleinen Blümchen gegen frische Margeriten aus, welche sie beim Eingang besorgt hatte. Jan vermutete, dass Klara mindestens zweimal die Woche hier vorbeikam, wenn nicht öfter. „Wie kam es? Verzeihen Sie mir bitte, wenn ich so direkt frage. Aber wie kam es, dass Nina hier in Grinzing begraben wurde?"
„Ich komme aus dieser Gegend. Ich bin hier aufgewachsen. Den Zentralfriedhof fand ich ein wenig zu groß für mein kleines Mädchen." Traurig schaute Klara zu Jan hinüber.
„Können wir bitte gehen?" Zum ersten Mal konnte sie diesen Ort nicht ertragen. Vermutlich war es Jans Anwesenheit. „Ich werde bestimmt niemanden mehr hierher mitnehmen", dachte sie sich.
„War es Ihnen unangenehmen, mich mitgenommen zu haben?", fragte Jan als sie wieder im Auto saßen.
„Ein wenig. Bis jetzt war ich noch nie mit jemanden..." Klara stockte. „bei meiner Tochter", sagte sie dann schließlich. „Normalerweise spreche ich mit ihr über meinen Tag und über meine Pläne." Klara lachte hell auf. „Meine Pläne. Ich habe keine Pläne. Was rede ich hier? Ich erzähle Nina, was ich so den ganzen Tag gemacht habe. Anfangs kam ich oft auch öfters am Tag hierher, um meiner Tochter zu versichern, dass ich nicht aufgehört habe, sie zu vermissen und sie zu lieben. Hier bei ihr habe ich wenig Kraft auftanken können, um den Tag und die Nacht zu ertragen. Es hat sich aber gebessert. Heute bin ich davon überzeugt, dass Nina weiß, wie sehr ich sie liebe und heute kann

ich ihr auch nah sein, wenn ich zu Hause bin. Das war ein langer Prozess, an dem ich arbeiten musste." Klara verstummte. Jan parkte sich aus und beide fuhren in die Sollingergasse. „Ist alles okay?", fragte er dann schließlich besorgt, als sie nach einer Weile noch immer schweigend zum Fenster hinaussah.

„Ja, alles wunderbar. Gerade habe ich festgestellt, dass ich, seitdem ich meinen Wohnsitz geändert habe, vieles hinter mir gelassen habe." Klara begann aufzuzählen: „Richard... nein, stimmt nicht. Anfangs habe ich alles was mein Leben ausgemacht hatte, mitgenommen. Erst in den letzten Monaten war es mir gelungen, Richard endgültig aus meinem Leben zu verbannen. Unfassbar, dass ich so naiv war und nur denken konnte, er würde so wie ich Nina nachtrauern. Richard war nie der Typ Mensch, der sich für eine lange Zeit mit unangenehmen Dingen auseinander gesetzt hatte. Richard liebt das Leben und die Gesellschaft anderer Menschen. Die Tatsache, dass ich meine Tochter nie wieder in meine Arme schließen darf, macht mich heute zwar noch immer sehr traurig, aber ich habe einen anderen Weg gefunden, sie umarmen zu können." Klara erinnerte sich an das Gespräch mit Jan von gestern. An seine Sorge über die mögliche Reaktion der Mädchen. „Jan, haben Sie keine Angst davor, wenn Alexandra Ihnen die Mädchen bringt. Genießen Sie jeden Tag mit ihnen, als ob es ihr letzter sein würde. Sie haben ein Herz für Kinder. Es wäre sehr schade, wenn Sie es ihren Töchtern vorenthalten. Sie sind ein wunderbarer Mann. Vielen Dank dass Sie mich zu meiner

Tochter begleitet haben", sagte Klara, als Jan sich wieder in der Sollingergasse eingeparkt hatte.

Wie verabredet brachte Alexandra die Mädchen am besagten Freitag-Nachmittag. Am Abend fuhr sie gleich wieder ab. Die Mädchen wurden offensichtlich von ihrer Mutter sehr gut auf ihren Vater vorbereitet. Sie waren weder ängstlich noch scheu. Jan war an diesem besagten Nachmittag vermutlich aufgeregter als die Kinder selbst. Anna empfing die Kinder gemeinsam mit ihrem Neffen in ihrem Haus. Als Klara am Abend von ihrem Dienst heimkam, klopfte Jan bei ihr an der Tür und lud sie zum gemeinsamen Abendessen ein. Es dauerte nur eine kurze Weile, bis alle aufgetaut waren und bald wurde der Abend mit viel Reden und gemeinsamen Lachen ausgefüllt. Klara war nicht entgangen, dass Jan sich immer wieder nach ihrem Befinden erkundigt hatte. Als sie ihm schließlich versichern konnte, dass sie sich, so gut wie schon lange nicht fühlte und er sich lieber um das Wohlbefinden seiner Mädchen Gedanken machen sollte, verliebte sich Jan endgültig rettungslos in Klara.

Am nächsten Tag gestand sich Klara ein, wie gut ihr der gestrige Abend getan hatte und wie sehr sie die beiden neuen Mitbewohnerinnen in der Sollingergasse mochte. Zu ihrer Verwunderung wurden ihre Wunden nicht neu aufgerissen. Nina war in ihrem Herzen fest verankert und dieser Platz war für ihre Tochter reserviert. Dennoch fand Klara gestern eine weitere Insel in ihrem Herzen. Es war eine leere Insel. Eine Insel, die bereit war, entdeckt zu werden. Während sie mit sich selbst sprach, bereitete sie sich für den

kommenden Nachtdienst vor. Ihre Gedanken schweiften immer wieder zu Jan. Wie er wohl seine Neugewonnene Vaterfunktion meistern würde. Sie fragte sich auch, wie sie selbst mit der neuen Situation in der Sollingergasse umgehen würde. Seit dem Tod ihrer Tochter hatte Klara den Kontakt zu Kindern in Ninas Alter gemieden. Für eine Suche nach einem neuen zuhause für Jan und die Mädchen war es derzeit bestimmt noch zu früh. Schließlich schien Alexandra noch unschlüssig zu sein, was sie von ihrem Leben wollte. So wie Klara es verstanden hatte, könnte es durchaus sein, dass sie ihm die Mädchen wieder nehmen würde. Für den Augenblick hatte Klara keine Lösung für sich gefunden. Aber es war ohnehin schon Zeit, sich auf dem Weg ins Spital zu machen.
Die Nacht auf der Station war sehr ruhig. Klara saß alleine auf dem Schwesterstützpunkt und griff zu ihrem Handy, um Elena anzurufen. Sie war gleich dran und plauderte munter los. Klara wusste, dass sie nicht viel zu Wort kommen würde Aber sie hatte das Bedürfnis, Elenas Stimme zu hören. Während sie mit ihrer Mutter sprach und in ihrem Sessel lehnte, betrachtete sie die Pinnwand im Schwesternzimmer. Plötzlich stach ihr eine halb verdeckte Ansichtskarte in die Augen, auf der sie nur noch die Worte „tsee" lesen konnte. Sie stand auf und hob das Schreiben hoch, welches die Karte verdeckte. „Ostsee". Elena erzählte Klara gerade, dass sie diese Weihnachten mit Simon nach Wien kommen werde. Sie wollten über Neujahr Schifahren gehen. Es würde sie sehr freuen, wenn Klara sich ihnen anschließen würde. Klara

lehnte nicht gleich ab. Sie sagte sie werde es sich überlegen. Im gleichen Moment nahm sie die Karte von der Pinnwand herunter und drehte sie um. Plötzlich wurde ihr schwindlig. Alles begann sich um sie zu drehen.
„Elena, ich rufe dich später nochmal an. Nach mir wird soeben verlangt", unterbrach Klara Elena und legte sofort auf. Mit der Karte in der Hand ließ sie sich wieder auf ihren Sessel zurück fallen und las sie.

April
  Liebes Wien-Team,

ich habe den Rat von Dr. Lang befolgt und befinde mich im Sanatorium an der Ostsee. Es ist herrlich, vom Wellenrauschen geweckt zu werden. Die Leute hier sind etwas gewöhnungsbedürftig, aber sie lesen mir jeden Wunsch von den Lippen ab. Wenn ich hier noch länger bleiben muss, verlerne ich das Sprechen. Obwohl ich euch alle ins Herz geschlossen habe, hoffe ich dennoch, euch in diesem Leben nicht mehr sehen zu müssen.

Euer Fiedler

Fassungslos saß Klara in ihrem Sessel und starrte die Karte an. Als sie diese lange genug betrachtet hatte, steckte sie in ihre Handtasche. Klaras Körper begann zu zittern, ihr Herz zu rasen. Sie verließ das Schwesternzimmer und irrte auf den Flur. Es war ruhig auf der Station.

Die meisten Patienten schliefen bereits. Mit der Zeit beruhigte sie sich ein wenig und legte sich auch schlafen. Die Nacht blieb ruhig und Klara konnte tatsächlich bis zum nächsten Morgen durchschlafen. Die Heimfahrt erschien ihr an diesem Morgen endlos lang. Sie hatte nicht die Geduld, auf den Bus zu warten, also lief sie die drei Stationen zu Fuß. Endlich zu Hause angekommen lief sie geradeaus zu der Lade, wo sie Viktors Briefe aufbewahrte. Angespannt nahm sie den letzten Brief aus dem Kuvert hinaus und legte ihn offen auf den Schreibtisch. Dann holte sie vorsichtig Fiedlers Ansichtskarte aus ihrer Handtasche und legte diese daneben. Die Buchstaben verschwammen vor ihren Augen. Sie kniff ihre Augen zusammen und plötzlich sah sie alles klar und scharf vor sich. Die Schrift glich der anderen. Sie war groß, schön sauber und klar. Jetzt erinnerte sie sich an den vollen Namen ihres Patienten Viktor-Hugo Fiedler. Im Spital wurde er als Hugo Fiedler bezeichnet. Und die Briefe unterschrieb er mit Viktor, seinem ersten Vornamen. Nun nahm Klara auch die anderen Briefe aus der Lade heraus und las einen nach dem anderen wieder durch. Ihr Herzschlag drohte zu zerspringen. Schließlich schnappte sie ihre Autoschlüssel und fuhr zurück ins Spital.

„Guten Morgen, haben Sie etwas vergessen?", fragte die Krankenschwester, als sie Dr. Lang wieder auf der Station sah.

„Ja, ich muss dringend in einer Akte nachsehen, ob alles richtig eingetragen ist", gab Klara zurück, und suchte fieberhaft nach der Akte von Viktor-Hugo Fiedler.

„Da ist sie ja", sagte sie zu sich selbst und notierte sich seine Adresse auf einen Zettel. Sie fuhr Richtung Süden und blieb nach einer halben Stunde Autofahrt vor einem großen weißen Haus stehen. Umzäunt mit langen schwarzen, spitzen Eisenstangen. Das Haus wirkte groß und sehr elegant. Es war aber bescheiden, versteckt hinter einer alten Eiche. Klara blieb im Auto sitzen. Der Mut zu läuten fehlte ihr. Gerne wollte sie ihn sehen. Gerne wollte sie mit ihm reden über die Briefe und das Leben und das grausame Schicksal, welches sie beide auf unterschiedliche Weise ereilt hatte. In ihrem Herzen war Fiedler immer schon ihr großer Freund gewesen. Seine erotischen Phantasien, welche er Klara von Zeit zu Zeit Klara in seinen Briefen mitgeteilt hatte, spiegelten die Sehnsucht eines Mannes, auf der Suche nach Liebe wider. Allzu gerne würde sie ihn fragen, warum er gerade ihr diese Briefe schrieb. Klara saß für Stunden in ihrem Auto. Doch dann startete sie den Motor fuhr heim ohne Fiedler, ohne Viktor zu begegnet zu sein. Erschöpft kam sie zu Hause an, setzte sie sich an den Tisch und fing an Viktor zu schreiben. Diesmal war es aber ein anderes Gefühl, welches sie in sich trug. Sie wusste, es würden nicht mehr viele Worte zwischen ihnen fließen können. Sie wusste, Viktors Tage waren gezählt. Zum ersten Mal sah sie den gesamten Briefkontakt zwischen ihnen in einem völlig anderen Licht. Viktor-Hugo Fiedler war der Mann, welcher ihr die Augen für das Leben wieder geöffnet hatte. Viktor selbst war
ein gebrochener Mann mit dem größten Schatz, welchen ein Mensch in seinem Leben je erlangen

kann - der unermässlichen Menschenliebe, die er an andere weitergab. Er war ein Mann voller Gegensätze, der Klara kompromisslose Freundschaft geschenkt hatte. Während sie über den Mann, mit dem sie seit fast einem Jahr Briefe geschrieben hatte, nachdachte wurde ihr klar, wie sehr Viktor ihr Leben mit seinen Briefen verändert hatte. Durch ihn hatte sie gelernt, Ninas Verlust zu akzeptieren und Richard zu verzeihen.

-28-

In den nächsten Tagen wurde es bitterkalt. Die Nächte wurden länger und die Tage wurden wieder kurz. Fiedler war wieder im Spital. Es war sein letzter Aufenthalt. Die Ärzte konnten nichts mehr für ihn tun. Alle möglichen Therapien wurden angewendet und ausgeschöpft. Fiedler sprach auf nichts mehr an. Er lag in seinem Bett bis auf die Knochen abgemagert. Es war acht Uhr abends, als Klara auf leisen Fußsohlen sein Zimmer betrat. Sie hatte dienstfrei und ihre Gedanken trieben sie zu Fiedler. Sie setzte sich auf den Stuhl, der neben seinem Bett stand, und nahm seine Hand in die ihre.
„Guten Abend, mein Freund", flüsterte sie leise, sodass es kaum jemand hören konnte. Bei der Berührung öffnete Fiedler ein wenig seine Augenlider, um zu sehen, wer bei ihm war.
„Dr. Lang.", seine Stimme sank ein und beschwerlich schluckte er seinen fast nicht mehr vorhandenen Speichel hinunter. Nach einem Seufzer setzte er kaum wahrnehmbar wieder zum Sprechen an. „Da bin ich wieder". Klara schaute ihn an um konnte ihre aufsteigenden Tränen nicht mehr unterdrücken. Sie genierte sich, vor einem Mann, der vermutlich diese Nacht nicht überleben würde zu weinen. Anstatt ihm beizustehen, wälzte sie sich in ihrer Trauer, einen soeben gewonnen Freund bald wieder zu verlieren. Nach langem Schweigen flüsterte sie mit trockener Stimme:

„Viktor, ich bin bei dir. Ich werde jetzt da sein, bei dir", wiederholte sie sich. „Du bist nicht allein. Ich werde dich nicht verlassen." Leise schluchzte sie und hoffte Viktor bekäme nichts von ihrer Schwäche mit. Mit ihrer zweiten freien Hand griff sie in den Ärztemantel den sie immer nicht trug, und nahm das Taschentuch heraus, welches sie wohlwissentlich eingesteckt hatte. Fiedler öffnete wieder seine Augen.
„Du hast es also herausgefunden?" Klara spürte seinen schwachen Händedruck. Er schloss wieder seine Augen und atmete tief.
„Viktor, ich danke dir. Du hast mich vor mir selbst gerettet. Ohne unsere Gespräche hätte ich vermutlich nie aus meinem schrecklich einsamen Leben herausgefunden. Ich danke dir, mein lieber Freund." Klara kniete jetzt bei seinem Bett und führte seine Hand zu ihren Lippen. Liebevoll küsste sie seine Hand. „Hören Sie auf, Frau Doktor", scherzte Fiedler. „Das ist für meine letzten Tage ein wenig zu viel Sentimentalität."
„Rede bitte nicht so, Viktor. Hast du es vergessen? Wir dutzen uns bereits. Ich weiß, wir beide wären glücklich miteinander gewesen. Das Schicksal hat uns zu spät zueinander geführt." Mit einem milden Lächeln und bereits getrockneten Tränen schaute Klara Viktor aus nächste Nähe an. Beide verstummten. Im Zimmer war es angenehm warm. Am Gang herrschte bereits Nachtruhe. Nur der Mond schien mit seiner vollen Kraft ins Zimmer.
„Kannst du den Vollmond sehen, Viktor?", durchbrach Klara die Stille wieder. Viktor, der bereits wieder eingeschlafen war, wachte auf.
„Nein, meine Liebe, beschreibe mir ihn bitte."

„Er steht ganz oben am Himmel und leuchtet den verliebten Paaren den Weg in der dunklen Nacht auf dieser herrlichen Welt. Kannst du dich noch erinnern? Solange die Sonne unsere Erde mit Wärme bedeckt und der Mond uns den Weg leuchtet, geht es uns gut?" Klara erkannte, wie Viktors Mundwinkel zu einem kaum sichtbaren Lächeln ansetzten.

„Glaubst du jetzt an das Schicksal?", fragte Fiedler. Klara dachte nach und bejahte seine Frage. Die Antwort konnte Fiedler aber vermutlich nicht mehr hören, da er bereits wieder eingeschlafen war. Sie nahm Platz auf dem kleinen Sofa, welches in seinem Zimmer stand. Sie kuschelte sich hinein und schlief auch für kurze Zeit ein. Ein leises „Klara? Bist du noch da?", weckte sie aus ihrem ohnehin leichten Schlaf wieder auf. Schnell sprang sie auf und eilte wieder an Fiedlers Bett.

„Natürlich. Ich habe dir doch versprochen, dich nicht zu verlassen." Es dauerte ein wenig, bis Fiedler die Kraft zum Sprechen aufbrachte.

„Ich glaube nicht an den Zufall, aber ich glaube an das Schicksal."

„Ich auch", flüsterte sie zurück.

„Jetzt hör mir gut zu", keuchte Fiedler aus seinem trockenem Mund. Klara betupfte seine Lippen mit einem nassen Tuch.

„Du darfst nicht stehen bleiben, du musst weitergehen. Ich werde oben nach Nina suchen und sie finden, sie beschützen. Aber du versprich mir, dein Leben zu leben." Es dauerte eine Ewigkeit, bis er zu Ende gesprochen hatte. Immer machte er Pausen, um Kraft für zu sammeln. Über die ganze Zeit weinte Klara still. Sie war

dankbar, dass es im Zimmer dunkel war und Fiedler ihre großen Tränen nicht sehen konnte. Unauffällig trocknete sie sich ihre Augen und Wangen mit einem Taschentuch ab. Wieder kniete sie sich zu seinem Bett. Ihr Gesicht war seinem ganz nahe. Auf einmal fragte sie:
„Darf ich?"
„Was denn?"
Langsam beugte sie sich über ihn und ihre Lippen berührten zärtlich die seinen. Es war ein Kuss für die Ewigkeit. Ein Kuss voller Freundschaft und in tiefster Liebe. Als sie sich wieder sanft von ihm löste, sahen sie sich beide für eine sehr lange Zeit an.
„Wofür war das denn?", fragte Fiedler überwältigt.
„Für den besten Freund, den ich je hatte", antwortete sie, ohne eine Sekunde zu zögern.
„Fantastisch." Fiedler lächelte zufrieden. „Das war der Kuss des Jahrhunderts", hechelte er. „Wenn du nochmals das Bedürfnis bekommst, deinen besten Freund zu küssen, frage nicht. Tu' es einfach."
Am nächsten Morgen kam Sandler zu Fiedler. Klara und Sandler reichten sich die Hand.
„Wie geht es ihm?", fragte er sie zur Begrüßung.
„Bald ist er erlöst", flüsterte sie in sein Ohr, um Fiedler nicht zu wecken. „Spanne mir ja nicht meine beste Freundin aus, sonst muss ich dich verklagen", scherzte Fiedler. Es machte den Eindruck, ihm ginge es heute Morgen besser. Sandler trat an sein Bett und berührte seine Hand.
„Servus, alter Freund."
„Hast du alles mit?"

„Wie du es wolltest." Sandler öffnete seine schwarze Aktentasche und nahm mehrere Akten heraus. Klara verabschiedete sich und verließ das Zimmer.
„Ich komme zu Mittag wieder." Die Schwestern am Stützpunkt waren überrascht, Klara zu sehen. Jetzt erst zog sie ihren Spitalsmantel aus und schlüpfte in ihre Stiefel und ihre Daunenjacke.
Als sie zu Mittag wieder ins Spital kam, stand es bereits sehr schlecht um Fiedler. Sandler war noch immer da. „Eigentlich wollte ich heute nur kurz vorbeikommen, aber ich denke ich werde jetzt hier bleiben", Sagte er leise und schaute besorgt seinen Freund an.
„Wenn sie gestatten bleibe ich mit Ihnen bei ihm."
Sandler antwortete nicht. Fiedler schlief. Schließlich hob er, kaum sichtbar, seine Augenlider und blickte sich kurz im Zimmer um. Dabei erblickte er Klara und Sandler. Dann stieß er einen kräftigen Seufzer aus und schlief für immer ein. Als Klara am späteren Nachmittag das Krankenhauses verließ, fiel der erste Schnee.

-29-

Es war nahezu ein Wunder, dass Klara sofort einen Parkplatz ergattern konnte. Die Mariahilfer Straße hatte bereits vor einer Stunde ihre Pforten geöffnet, und so einige Menschen schlenderten bereits mit der soeben ergatterten Beute durch die Einkaufsstraße. Auch die zahlreichen Kaffeehäuser waren zu dieser frühen Stunde bereits gefüllt. So mancher Besucher erkundigte sich in den Tageszeitungen bei einem Frühstück über die aktuellsten Geschehnisse aus der Welt, bevor er zur Arbeit aufbrach oder sich dem Einkaufsvergnügen widmete. Als Klara das alte Gebäude in der Neustiftgasse betrat spürte sie wie ihre Hände glitschig und nass wurden. Am Telefon konnte die Assistentin nicht sagen, worum es sind handelte. Sie öffnete die große Tür und betrat einen Raum mit altem Fischgräten-Parkettboden und schönen alten Möbeln. Die elegante Dame am Empfang bat Klara, etwas Platz zu nehmen. „Herr Dr. Sandler wird gleich bei Ihnen sein, versicherte sie und verschwand wieder hinter ihrem überdimensional großen Schreibtisch. Plötzlich wirkte sie so klein, aber ihr Parfum schwebte noch immer wie eine Wolke über den Raum. Mit rasendem Herzen und feuchten Händen setzte sich Klara auf das altrosa Sofa, welches gleich beim Eingang stand. Es dauerte nicht lange, bis Georg Sandler kam und sie mit einem starken Händedruck begrüßte.

Bevor ihm Klara jedoch die Hand reichte, wischte sie diese unauffällig nochmals in ihrem Rock ab. Danach folge sie ihm in sein Büro. Die dunkeln Möbel und der riesige Perserteppich verliehen dem Büro eine gewisse Schwere.

„Dr. Klara Lang", holte Sandler tief Luft und schlug die vorbereiteten Akten auf. Klara ahnte nicht im Geringsten, warum sie gestern von Sandlers Assistentin angerufen und in sein Büro eingeladen wurde.

„Viktor". Er verstummte und schaute sie kurz an. "Sie wissen, dass Hugo Fiedler von seinen Freunden und Familie mit Viktor angesprochen wurde? Für alle anderen war er Dr. Hugo Fiedler", sagte er trocken und fuhr fort. „Als sein Freund und Testamentvollstrecker habe ich Sie zu mir eingeladen, um Ihnen seinen letzten Willen vorzulesen." Bei den Worten „Testamentvollstrecker" hatte sie aufgehört Sandler zuzuhören. In ihrem Kopf drehte sich alles, der große Tisch verschwand aus ihrem Blickwinkel und genauso schnell war er wieder da. Der Boden schien sich wie auf hoher See fortzubewegen.

„Frau Lang, ich weiß nicht viel über Sie und Viktor. Das Einzige, was ich mit Sicherheit sagen kann, ist dass Viktor sie sehr geschätzt hat. Durch Sie wurden seine letzten Lebensmonate erträglicher. Sie haben sein Lebensende verschönert, wenn nicht sogar sein Leben um Monate verlängert." Sandler schaute auf seine Akten hinunter und begann vorzulesen.

„Dr. Viktor-Hugo Fiedler überlässt sein Haus in der Karl-Greiner-Strasse in Perchtoldsdorf Frau Doktor Klara Lang... ." Als er mit dem Vorlesen des letzten Willens fertig war, überreichte er ihr eine Abschrift des Testaments und übergab ihr den Hausschlüssel. Dabei zog er Klara an sich und umarmte sie.

„Ich weiß, Viktor hätte das tagtäglich lieber selber getan. Erlauben Sie mir, Sie für meinen Freund zu umarmen". Georg Sandler kämpfte tapfer gegen seine Trauer an, aber er erlag ihr bei der Umarmung. Er löste sich von ihr und wendete sich gleich wieder seinen Akten zu, um vor Klara seine feuchten Augen zu verbergen.

„Viktor-Hugo Fiedler, geboren am 29.6.1965, gestorben am 14. November 2013", las Klara laut am Friedhof vor, als sie vor seinem Grab stand. Ihre zarte Hand berührte den grauen Stein mit seinem Namen. Sandler war auch in diesem Punkt Viktors letzten Wunsch nachgegangen. Seine letzte Ruhe sollte er im Familiengrab in Perchtoldsdorf, finden, wo er seine Kindheit, seine Jugend, sein ganzes Leben verbracht hatte. Klara war es gewohnt, am Friedhof ihre Zeit zu verbringen. Unweigerlich musste sie an den Kuss in der letzten Nacht im Spital denken. Dabei lachte und weinte sie zugleich. Sie küsste die rote Rose, welche sie in ihrer Hand hielt und legte sie behutsam auf sein Grab. Dann, ohne sich noch einmal umzudrehen, steuerte sie zum Ausgang hinaus.

Am Parkplatz im Regen stehend, durchsuchte sie ihre Handtasche nach dem Autoschlüssel. Als sie ihn nicht fand, steckte sie ihre Hände in die Manteljacke und fand dort den Schlüssel mit dem Anhänger, auf dem die Adresse der Karl-Greiner-Straße stand. Sie betrachtete den Schlüssel, und überlegte, ob sie in Viktors fahren sollte. Nach einer zwanzigminütigen Fahrt bog sie in die Karl-Greiner Straße ein. Sie parkte ihr Auto an derselben Stelle, wo sie bereits vor rund drei Monaten gestanden war. Damals vermutete sie Fiedler im Haus. Heute stand es leer da. Fiedler war vor mehr als einer Woche verstorben und hatte ihr aus einer Laune heraus dieses Haus überlassen. Nein, es war nicht aus einer Laune heraus gewesen. Fiedler hatte keine Familie, keine Kinder, die es mit ihren Lachen füllen könnten. Sein weiteres gesamtes Vermögen überließ er der Krebsforschung. Als Neumann über Fiedlers großzügige Spende erfahren hatte, war er den ganzen Tag grinsend im Spital herumgelaufen. Klara blieb noch eine Weile im Auto sitzen, bevor sie ausstieg und langsamen Schrittes auf das Haus zuging. Das Haus war umzäunt mit schwarzen Eisenstangen. Sie blieb stehen und staunte nicht nur über die Sonne, welche sich gerade ihren Weg durch die Wolken bahnte, sondern auch über den Regenbogen, welcher sich über das einsame Haus strecte. Sie steckte den kleineren Schlüssel in das Schloss des Gartentors und öffnete es. Als sie dann die Treppe hochgegangen war und die große Eingangstür geöffnet hatte, stand sie noch ein wenig unschlüssig draußen, bevor sie eintrat. Im Haus roch es sehr sauber. Jedenfalls wirkte der große Vorraum, in dem sich Klara nun befand, sehr ordentlich und sauber. Sie zog ihre Schuhe aus, und öffnete die erste Tür rechts. Es war das Badezimmer. Dann führte sie ihr Weg in die Küche. Sie war mindestens so groß wie ihr jetziges Wohnzimmer. Die kleine Bibliothek wirkte sehr warm, obwohl lediglich ein Stuhl mit einem

Beistelltisch und einer großen Stehlampe darin standen. Die Wände waren rundherum, vom Boden bis zur Decke, voll mit Büchern, in Mahagoni-Bücherregalen. Das Haus verfügte über vier Schlafzimmer, einen traumhaft großen Wohnbereich mit einem offenen Kamin und mit Blick in den großen Garten, in dem hohe Bäume standen. In diesem herrlichen, ja fast herrschaftlichen, Wohnbereich stand in einer Nische, welche man nicht auf Anhieb sah, ein großer Arbeitstisch aus Nussholz. Klara setzte sich an den Tisch und schaute durch die verglaste Wand in den Garten hinaus. Dann fiel ihr Blick auf die großen Tischladen. Sie öffnete eine und stieß einen leisen Schrei aus. Sie sah ihre Briefe darin sorgfältig aufbewahrt liegen. Sie nahm sie heraus und begann darin zu lesen. Obwohl ihr Herz vor Trauer fast zersprang, vergoss sie keine Träne mehr. Auf einmal entdeckte sie ein Kuvert, welches unter einem Buch versteckt war. Auf dem Umschlag stand ihr Name. Langsam öffnete sie es und faltete den darin verborgenen Brief auf. Sie begann zu lesen.

November
Liebste Klara,

es ist vermutlich mein schwerster, aber auch mein letzter Brief an dich. Wenn du ihn liest, bin ich schon von dieser Erde gegangen. Mein alter lieber Freund und Treuhandberechtigter Dr. Georg Sandler hat dich jetzt bestimmt schon über meinen letzten Willen aufgeklärt. Wie du siehst, habe ich weder eine Frau, noch entzückende

Kinder, welche dieses Haus mit ihrem Lachen zum Leben erwecken können. Es ist mein großer Wunsch, dass du es bekommst und dich darin wohlfühlst, es mit deiner Wärme und Liebe füllst. Obwohl das Leben zu dir grausam war, denke an die vielen schönen Momente, welche du in den letzten Jahren erleben durftest. Werfe dein Leben nicht sinnlos weg, damit machst du niemanden lebendig. Bestimmt lernst du jemanden kennen, der deine nicht nur Äußere, sondern auch deine innere grenzenlose Schönheit sehen kann. Er wird dich auf Händen tragen, so wie ich es am liebsten getan hätte. Durch ihn wirst du erkennen, dass das Leben trotz all dem Leid, welches dir widerfahren ist, schön sein kann. Er ist ein richtiger Glückspilz. Füllt dieses Haus mit vielen Kindern, hab Mut dazu, meine Süße. Hätte ich die Möglichkeit gehabt, noch einige Zeit auf dieser Erde zu verbringen, würde ich dich für den Rest meines Lebens lieben und festhalten. Ich würde dir jeden Wunsch von deinen großen Augen ablesen wollen. Ich schätze mich glücklich, dich kennengelernt zu haben. Durch dich ist mein Lebensende erträglich geworden. Nein, ich starb nicht einsam und krank. Ich hatte dich meine Klara. In diesem Haus lebte ich mein ganzes Leben lang. Siehst du den Baum im Garten? Wenn du vom Schreibtisch aus geradeaus blickst, siehst du im Garten eine alte Eiche, auf der ich, als kleiner Junge herumgeklettert bin. Mein Vater nagelte darauf Bretter an, auf denen ich gut sitzen konnte. Als ich neun Jahre alt war, starb meine Mutter an Krebs. Der Baum wurde mein Zufluchtsort. Ich kletterte hinauf und dachte mir die schönsten Geschichten aus, durch die Höhe fühlte ich mich meiner Mutter näher. Mein Vater wusste es, er ließ mich oft stundenlang oben sitzen. ...Klara unterbrach für einen kurzen Augenblick das Lesen und blickte zu der großen Eiche, die im Garten dominierte. Sofort erkannte sie die befestigten Bretter auf dem laubfreien Baum. Sie stieß einen lauten Seufzer aus. Jetzt konnte sie sich nicht mehr zurückhalten. Mit ihren Taschentüchern kam sie nicht nach, ihre Tränen und ihre Nase zu trocknen. Laut und hemmungslos schluchzte sie und ihr Blick haftete auf den Brettern... Zum Abendessen lockte er mich dann hinunter indem er sagte: „Mein Junge, komm essen. Ich habe ein Essen nach Mamas Rezept gemacht. Aber bestimmt ist es mir nicht so gut gelungen wie ihr. Komm und lass es uns testen, mein Kleiner." Ich kletterte dann hinunter. Und er hatte recht, es schmeckte nie so wie von meiner Mutter, es roch auch anders. Aber ich wusste, dass es für ihn auch sehr schwer war und so habe ich nie etwas zu ihm gesagt. Meine Oma kam oft zu uns und half meinem Vater. Als ich erwachsen wurde, war sein großer Wunsch, dieses Haus mit Kinderlachen zu füllen. Diesen Wunsch konnte ich ihm nicht erfüllen, er starb zehn Jahre nach dem Tod meiner Mutter. Wie du siehst Klara, war ich bereits mit neunzehn Jahren ein Vollwaise. Ich stürzte mich in mein Studium und studierte Recht. Ich trat hiermit in die Fußstapfen meines Vaters. Ich wollte was er aufgebaut hatte, weiterführen. Klara, füll' dieses wunderbare Haus mit deiner enormen Herzenswärme aus. Es hat schon allzu viel Leid ertragen müssen. In diesem Haus ist kein Platz mehr für Trauer. Es ist an der Zeit, die

Vergangenheit zu begraben und es mit Lachen und Freude zum Leben zu erwecken. Genieße jeden Augenblick deines Lebens. Das Leben ist schön und es ist lebenswert. Ich weiß nicht, was nach dem Tod passiert. Ich denke jedoch, dass wir uns eines Tages wiedersehen werden. Ich werde Nina deine tiefe Liebe überbringen, aber bestimmt weißt sie um diese Bescheid. Und wenn auch du eines Tages nach oben geholt wirst, werde ich beim großen Tor auf dich warten und dich in Empfang nehmen. Ich werde dich küssen und dir ins Ohr flüstern, wie sehr ich dich liebe.

Bis in die Ewigkeit, dein Viktor

-30-

Viktors Haus hatte Klara seit dem besagten Tag nicht wieder betreten. Auch sämtliche Pläne, die dieses herrliche Haus betrafen, schob sie in die ferne Zukunft hinaus. In sechs Wochen war Weihnachten. Von Schnee war weit und breit keine Spur mehr. In ganz Österreich drohten grüne Wiesen dem beliebtesten Wintersport, dem Schifahren, einen Strich durch die Rechnung zu machen. Die Meteorologen gaben bereits zu bedenken, die bevorstehende Kitzbühler Streif abzusagen. Frau Smetana war gerade mit ihrem Hofrat in Karlsbad auf Kur. Sie wollte noch einmal an jenen Ort fahren, an dem sie als junges Mädchen die Nächte durchgetanzt hatte. Noch einmal wollte sie dahin zurückkehren, wo sie am Beginn ihres Lebens gestanden war und unbeschwert der Zukunft entgegengefiebert hatte. Ihre Eltern, ihre Tanten und auch ihre Großeltern haben in Karlsbad zahlreiche amüsante Tage und Ferien verbracht. Anna Smetana war eine Frau mit scharfem Verstand. Sie wusste, dass dort, wie überall anders auch, die Zeit nicht stehen geblieben war. Sie wusste über das Schicksal dieser Stadt Bescheid. Die Russen hatten Karlsbad aufgekauft und sich hier niedergelassen. Eine Ansichtskarte war heute Morgen von den beiden an Klara und Jan in der

Sollingergasse eingetroffen. Klara stand vor dem Postfach und überflog die Zeilen. Dann legte sie die Karte wieder zurück. Schließlich sollte auch Jan sie lesen. Als sie am nächsten Morgen noch immer im Postfach lag, schnappte Klara die Postkarte und steckte sie Jan in seinen Türstock. Noch am selben Tag klopfte jemand an ihrer Tür. Es war Jan. „Hallo! Danke für die Karte. Es scheint Anna und unser Herr Hofrat amüsieren sich in Karlsbad. Sie haben verlängert", stellte Jan fest und blieb am Gang stehen.
„Ja, sieht ganz so aus. Wo sind die Mädchen?"
„Sie sind heute bis am Abend in der Schule. Sie üben für eine Theatervorstellung, welche im Dezember aufgeführt werden soll."
„Ich werde heute Weihnachtsgeschenke für die Mädels einkaufen. Ich wollte Sie fragen, ob Sie mich vielleicht begleiten möchten? Ich habe da nicht so die Erfahrung", fragte er unsicher.
„Trifft sich gut. Ich habe heute dienstfrei. Gerne, wann wollen sie losstarten?" „Von mir aus gleich."
„Gut, kommen Sie rein. Ich ziehe mich nur um."
Es dauerte wirklich nicht lange, bis Klara in ihre Hose geschlüpft war. Jan wartete im Wohnzimmer und betrachtete Ninas Bild, welches er vor einigen Monaten zum ersten Mal gesehen hatte. Durch die Anwesenheit seiner Kinder konnte er heute noch besser nachvollziehen, welches unerträgliche Leid diese unglaublich elegante und wunderschöne Frau im Nebenzimmer ertragen musste.
In einem Spielwarengeschäft suchten sie gemeinsam mit der hilfsbereiten Verkäuferin ein Gemeinschaftsspiel aus. Weiters kaufte Jan für jedes Mädchen einen CD-Player mit qualitativ

hochwertigen Kopfhörern. Durch das gemeinsame Kinderzimmer kam es gelegentlich zum Streit zwischen den beiden Schwestern, wer wann welche Musik wann hören durfte.

„Darf ich Sie, als Dankeschön heute Abend zum Essen einladen?", fragte Jan zufrieden als er endlich das Thema Weihnachtsgeschenke für dieses Jahr abschließen konnte. Alexandra hatte angekündigt, die Kinder erst nach den Weihnachtsfeiertagen zu sich nach Kärnten zu holen. Somit war es das erste Weihnachtsfest, an dem Jan seine Töchter bei sich hatte und er wollte es so schön und perfekt wie möglich für die Mädchen gestalten. Frau Smetana ließ es sich nicht nehmen, ein Weihnachtsessen in ihrer Wohnung zu veranstalten. Auch Jans Eltern waren wieder aus Argentinien zurück. Jade ließ noch offen, wo sie Weihnachten würde. Als Klara die Einladung erhalten hatte, hatte sie keine Sekunde gezögert und sagte Frau Smetana zu. Nach dem Weihnachtsshopping verabschiedeten sie sich. Klara blieb noch in der Stadt. Jan fuhr heim, um die Geschenke einzupacken und vor den Mädchen zu verstecken. Währenddessen kaufte Klara heimlich für die Mädchen eine CD von Katy Parry und das neue Album von Justin Bieber. Es war die Musik welche Nina so gerne gemocht hatte. Als sie sich dann zu Hause für das Abendessen mit Jan zurecht machte, stellte sie fest, dass es ihr nicht schwer gefallen war, Weihnachtsgeschenke für Jans Töchter zu besorgen.

Jan trug einen Anzug und Klara ein traumhaftes rotes Kleid. Die beiden gaben ein wunderschönes

Paar ab. Als sie das Steiereck im ersten Bezirk betraten, blieben einige Blicke an ihnen haften.
„So meine Liebe. Schauen Sie, wie uns die Menschen hier anstarren. Es ist kein Wunder, so ein schönes Paar sieht man nicht alle Tage", scherzte Jan und berührte stolz Klaras Hüfte. In der Dämmerung wurde an jedem Tisch eine Kerze angezündet.
„Klara, nochmals vielen Dank für ihre Unterstützung heute Nachmittag mit den Weihnachtsgeschenken", bedankte sich Jan nochmals und hob sein Weinglas zum Anstoßen.
„Keine Ursache. Es war schön zu beobachten, mit welcher Sorgfalt Sie die Geschenke für die Mädchen aussuchten."
„Trotzdem vielen Dank. Ich möchte gerne, dass Sie wissen wie bewusst mir ist, dass es Ihnen sehr schwer gefallen sein muss."
„Jetzt wohnen wir schon seit etlichen Monaten Tür an Tür. Ich glaube, es ist an der Zeit, dass wir uns dutzen." Er schaute sie hoffnungsvoll an.
„Ich heiße Jan." Überrascht blickte Klara in Jans helle Augen. Nie hatte sie daran gedacht, sich mit Jan zu dutzen. „Warum eigentlich nicht?", dachte sie sich. „Anfangs habe ich mich in ihm getäuscht. Aber ist ein sehr netter Mann und ich habe bereits viele schöne Stunden mit ihm verbracht."
„Ich heiße Klara", sagte sie. Sie hatten wunderbar gegessen und hatten über den Abend viel Spaß miteinander. Es war schon lange nach Mitternacht, als Jan sein Auto in der Sollingergasse einparkte. Als sie die Stiege hinaufgingen, verzichteten sie darauf, das Licht aufzudrehen. Der tiefsitzende Mond leuchtete

durch das Stiegenfenster den Aufgang aus. Klara steckte den Schlüssel in das Schloss ihrer Tür und drehte sich nochmals zu Jan um, um sich von ihm zu verabschieden.

„Danke für den schönen Abend", flüsterte sie, um niemanden aufzuwecken. Schließlich schliefen hier mittlerweile nicht mehr nur Frau Smetana, sondern auch Jans Töchter. Jan stand dicht hinter Klara. Deutlich konnte sie seinen Atem fühlen. Er roch nach Wein, welcher sich mit seinem herben After Shave in der Luft vermischte. Mit seiner linken Hand stütze er sich an Klaras Tür und seine Augen näherten sich langsam ihrem Gesicht. Sie lehnte sich an ihre noch verschlossene Tür und ließ das zu, worauf sie, womöglich insgeheim, seit Annas Geburtstagsfest im August sehnsüchtig gewartet hatte. Jans Lippen berührten sanft die ihren. Der Kuss schien für eine Ewigkeit anzudauern. Langsam löste er sich von ihr.

„Darf ich noch reinkommen?", flüsterte er schweren Atems und sie konnte deutlich seine trockene Stimme hören. Ohne sich umzudrehen drehte sie den Schlüssel hinter ihrem Rücken im Schloss um und sperrte die Tür auf. Beide traten in die Wohnung, während sie sich weiter leidenschaftlich küssten. Der Weg führte sie beide direkt in Klaras Schlafzimmer, wo ihre Körper endlich bis in die Morgenstunden mehrere Male miteinander verschmelzen. Bevor sich Jan schweren Herzens von Klara loslöste, um in der Früh bei den Mädchen oben aufzuwachen, verabredete er sich flüsternd mit der tief schlafenden Frau, welche er seit ihrer ersten Begegnung auf dem Stiegenhaus mochte und seit dem gemeinsamen Besuch am Grab ihrer Tochter liebte. Dann schlich er sich leise hinauf in seine Wohnung, wo noch alle friedlich schliefen.

-31-

Es waren nur noch wenige Tage bis zum Weihnachtsabend. Klara und Jan sahen sich fast täglich. Die Mädchen hatten bei Jan ihre Ruhe gefunden und mochten Klara sehr. Frau Smetana verwöhnte die Mädchen kulinarisch. Alexandra telefonierte mehrmals die Woche mit den Mädchen. Jan und Alexandra hatten eine Übereinstimmung für die Obsorge der Mädchen gefunden. Während der Schule würden sie großteils bei Jan wohnen. In den Weihnachtsferien würden die Kinder die erste Jännerwoche bei ihrer Mutter in Kärnten verbringen. Im Sommer würden sie ein ganzes Monat bei ihrer Mutter sein. Es war gut für die Mädchen, nicht hin und her reisen zu müssen, dazu hatte Jan sehr klar Stellung bezogen. Alexandra war ohnehin nie die aufopfernde Mutter gewesen. Sie brauchte die Freiheit und sie hasste die Verpflichtung. Ein wenig erinnerte sie Klara an Elena. Klara besuchte jeden zweiten Tag Ninas Grab, aber zuhause brannte täglich ein Licht für ihre Tochter. Beim Anzünden der Kerze sprach sie manchmal mit ihr. Sie erzählte ihr, was sie gerade erlebt hatte. Manchmal fragte sie ihre Tochter, ob es für sie in Ordnung sei, dass jetzt zwei andere Mädchen da waren, für die sie sorgte. Dann versicherte sie Nina wie sehr sie ihre Tochter vermisse. Die ganze letzte Woche war Frau Smetana mit der Planung des Festmahles und dessen Zubereitung beschäftigt.

Vehement lehnte sie Klaras Hilfe ab. Der Herr Hofrat hatte freudig die Aufgaben eines Dienstboten übernommen. Endlich zeigte ihm seine Auserwählte auch öffentlich ihre Gefühle für ihn. Der alten tschechischen Tradition nach bereitete sie am Tag vor dem Fest eine Karpfensuppe zu. Am heiligen Abend selbst widmete sie sich nur noch dem Hauptgang, Dem überbackenen Karpfen mit böhmischem Kartoffelsalat. Seit Wochen roch es bereits im ganzen Haus in der Sollingergasse nach Vanille, Zimt und Lebkuchen. Als die Mädchen von der Schule kamen, aßen sie die frisch gebackenen Weihnachtskekse direkt vom Blech weg. Heute war es soweit. Klara verschwendete keinen Gedanken daran, sich selbst oder jemand anderem diesen Abend zu verderben. Heute wusste Klara, Ninas Platz würde und könne durch niemanden ersetzt werden und Nina würde es sich wünschen, eine glückliche Mutter zu haben. Klara war optimistisch, das heurige Weihnachtsfest zum ersten mal nach Ninas Tod wieder genießen zu können. Sie musste sich eingestehen, dass sie im letzten Jahr gelernt hatte, ihr Schicksal besser zu ertragen.

Heute war heiliger Abend. Sie hatte sie sich für ein enges schwarzes Kleid entschieden. Dazu nahm sie die Perlenkette, welche ihr Viktor dieses Jahr zum Geburtstag geschenkt hatte. Das Haar war streng nach hinten zu einem Pferdeschwanz zusammengebunden. Wie immer sah Klara einfach fantastisch aus. Zum Nachtisch hatte sie eine Schokotorte gebacken. Das war Ninas Lieblingstorte gewesen und es war das erste Mal, das sie Klara seit damals gebacken hatte.

„Ich liebe dich, mein Schatz", sagte sie zu ihrer Tochter und küsste das Foto. Dann drehte sie das Licht ab und verschwand mit der Torte in der Hand im Stiegenhaus. Der Herr Hofrat hatte sich in seinen besten Sonntagsanzug gezwängt. Er wusste Anna war es wichtig zu so einem festlichen Anlass nicht nur eine festliche Tafel zu haben, sondern auch eine gut gekleidete Begleitung. Tagsüber hatte er sich um den Christbaum und seine glänzende Pracht gekümmert. Jan und die Mädchen waren auch schon da. Jan begrüßte Klara mit einem leidenschaftlichen Kuss.
„Du siehst großartig aus. Ich liebe dich", flüsterte er ihr ins Ohr. Die Mädchen hatten mitgehört und kicherten. Frau Smetana und ihr Herr Hofrat waren in der Küche mit dem Aperitif beschäftigt. Trotz der Aufregung rund um die Geschenke dauerte das Essen sehr lange. Die Mädchen fieberten der Bescherung entgegen und die Erwachsenen am Weihnachtstisch machten keine Anstalten mit dem Essen fertig zu werden. Klara bemerkte die Unruhe der Mädchen und sagte dann „Ich frage mich, ob das Christkind schon da gewesen ist?". Natürlich glaubte niemand der Anwesenden mehr an das Christkind, aber es beim Namen zu nennen wollte heute Abend auch niemand. Alle hatten Klaras Einwand verstanden und Frau Smetana ging ins Nebenzimmer, wo schon der prachtvolle Tannenbaum mit all den Geschenken vorbereitet stand. Sie machte die elektrischen Kerzen an und ließ die Tür einen Spalt weit offen, sodass das sanfte warme Licht der Kerzen zu ihnen in den Essraum strahlte. Die Mädchen waren nicht mehr zu bremsen. Jan

stand auf und nahm sie an der Hand, eine links, die andere rechts und ging mit ihnen in den Wohnsalon. Alle anderen folgten dem Trio. Stille Nacht dröhnte aus dem CD-Player und alle standen, um den beleuchteten Christbaum, bis das Lied vorbei war. Danach drehte der Herr Hofrat das Wohnzimmerlicht auf und die Mädchen stürzten sich auf die Geschenke. An diesem Abend war für jeden etwas Schönes dabei. Abgesehen von dem Städtetrip nach Paris, welchen Jan für sich und Klara gebucht hatte, war Klaras größtes Geschenk die Gesellschaft aller hier anwesenden Menschen. Sie nahm Platz auf dem Sofa, auf welchem Sie mit Frau Smetana bei ihren gemeinsamen Teestunden gesessen waren und beobachtete glücklich das Geschehen in der Sollingergasse. Obwohl Klara dieses Jahr einen weiteren Verlust erlitten hatte, so hatte sie auch viel gewonnen. Sie vermisste ihren Freund Viktor. Aber sie gewann Liebe, genau wie es ihr Viktor immer wieder in seinen Briefen vorausgesagt hatte. Klara und Jan hatten beschlossen, sich Viktors Haus „Das Haus unter dem Regenbogen" – wie es Klara seit ihrem letzten Besuch dort für sich in Gedanken nannte – anzusehen und schließen es nicht aus dorthin vielleicht gemeinsam mit den Mädchen einzuziehen. Nachdem der Herr Hofrat ohnehin schon fast zu seiner Anna gezogen war, hatten sie keine Sorge mehr, sie würde sich hier alleine fühlen.
Elena und Simon hatten sich für den nächsten Tag angekündigt und David Lettner hatte Klara nächstes Jahr nach Kanada eingeladen. Während Klara hier so saß und das bunte Treiben im Wohnsalon von Frau Smetana

beobachtete, setzte sich Jan zu ihr auf die Lehne und flüsterte ihr ins Ohr „Habe ich dir heute schon gesagt, dass ich dich liebe?" Ja, das hatte er. Und er musste es nicht einmal sagen. Zum ersten Mal in ihrem Leben spürte Klara, wie es sich anfühlt, geliebt zu werden.

Ende